NF文庫
ノンフィクション

日韓戦争

備えなければ憂いあり

中村秀樹

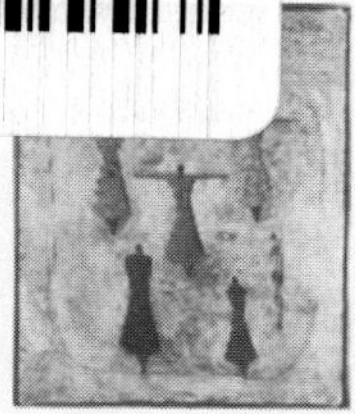

潮書房光人社

はじめに

今年は、平成二十六年（二〇一四年）。月日の経つのは早いものである。ついこの前できたと思っていた自衛隊の歴史が、いつの間にか帝国陸海軍に近づいてきた。

長いようだが、帝国陸海軍の歴史はそれほどではない。近代化した幕府や諸藩の軍隊を基に、帝国陸海軍ができたのは明治五年（一八七二年）、その終焉は大東亜戦争に敗れた昭和二十年（一九四五年）、その歴史はわずか七三年で閉じられた。

自衛隊は、朝鮮戦争勃発をきっかけとして、警察予備隊が昭和二十五年（一九五〇年）に創設されたのが始まりだ。警察予備隊は陸上兵力だけだったが、昭和二十七年（一九五二年）に海上警備隊を加えて保安隊に改編され、昭和二十九年（一九五四年）に航空自衛隊を加えて陸海空が揃い、今日の自衛隊となった。自衛隊の歴史は、予備隊から数えれば今年で六四年になる。ちなみに、陸軍士官学校は六一期、海軍兵学校は七八期までで廃止されたが、防衛大学校の在校生は六一期生をとっくに超えて、陸士を上回っている。

間もなく、自衛隊の歴史が帝国陸海軍を抜くであろう。その前に、自衛隊が滅びるようなことはまさかないだろうが。自衛隊が滅びるということは、即ち日本の主権が喪失することである。現在の世界情勢からは、大戦争の発生は考えにくい。先の大戦のような世界的な戦争に巻き込まれて、日本が世界を相手に戦うことはまずない。日本を侵す可能性のある国（防衛対象国あるいは仮想敵国）は、中華人民共和国、ロシア連邦、朝鮮民主主義人民共和国、そして大韓民国であろう。これら周辺国との地域紛争の可能性を考えて、その防止に備えるのが現実的である。

日本には、数十年間思考停止状態にある人たちがいる。彼ら護憲論者たちが唱える、他国（米国だろう）の戦争に巻き込まれて、遠隔の地で自衛隊が大規模戦闘をすることはない。自衛隊が遠隔の地で活動することがあるとすれば、協力する相手はアメリカよりは、国連であろう。彼らの硬直した国際観は昭和初期のままであり、平成の日本は政治的鎖国はできない。世界秩序を安定させるための国際協力と、独自に周辺の脅威に備えることが、日本の安全保障の二本柱になるべきだ。それが自衛隊の任務でもある。

私はこれまで、中国、ロシアの侵攻を仮想して日本の防衛体制の検証を試みたが、それだけではすまないようだ。最近、韓国の政策や国内世論は、かつてない異常な反日ぶりを示している。その原因は彼の国にあるから、日本がどんな対応をしても、そのすべてに批判材料を探す韓国には意味がない。同盟国のはずの韓国の脅威も、もはや無視できるレベルではない。

本書は、最近反日政策に過激さを増す韓国が日本を侵略したらどうなるか、というテーマを仮想戦記で考えたものだ。日韓戦を想定することは、日中、日露戦とは違った意味があるはずだ。

同盟国だった国が、仮想敵国(いや防衛対象国だった)と組んで、対日共同戦線を張るようになった。韓国軍には、北朝鮮を仮想敵としたら不可解な装備が増えている。新型戦闘機やイージス艦、強襲揚陸艦、潜水艦などである。その上、わざわざ「独島」やら「安重根」などという日本人には不快な人名をつけた軍艦を揃える理由はなんだろう。これだけミエミエの軍備をするのは、もはや韓国軍は北朝鮮ではなく、日本を仮想敵国にしているとしか思えない。北に交戦状態の敵が隣接しているのに、友好的な日本に敵対することは、合理的な判断ではないだろうが、彼の国の事情は合理的な説明がつかないことばかりだ。恨の国といわれるのは根拠のないことではないだろう。

安全保障は、敵が国益追求の手段として、わが国を侵略するという合理的で論理的な思考を前提にしている。しかし、侵略の動機は利害や大義だけではない。北朝鮮の行動は世界の理解を越えているが、同じ民族の韓国も合理的な判断をしないと見るべきだろう。

日本の安全保障は従来、旧ソ連を第一に、冷戦終結後は中国、北朝鮮に重点を置いてきた。しかし、最も近い隣国で準同盟国だったはずの韓国の脅威は、かえって深刻ではないだろうか。戦争は起きないに越したことはない。しかし、備えがなければ起きるものでもある。備えなければ憂いあり、だ。

本書は、韓国による日本侵略をテーマにした。友好国と信じている人からの批判は覚悟の上だが、備えは必要だ。本書を読まれる日本を憂うる読者に、日韓戦の軍事的実態をお伝えしたいというのが、目的である。

そもそも日韓の間には、問題が多い。その一つで象徴的なものは、竹島問題であろう。団塊世代以上なら周知の李承晩ラインの陰にあった領土問題だ。その解説が少々長くなるが、読者には無益な知識ではないはずだ。

竹島が日本固有の領土であることは、歴史的事実であり、韓国の主張には根拠がない。竹島問題が日本国内での理解が難しく、韓国の不法な主張の根拠になっている理由の一つは、島名の混同であろう。日本や韓国、欧米の文献での島名が重複混在していることが、要因だから、複雑な話をしばらく我慢していただくしかない。韓国が故意に、竹島を他の島と混同していることがお分かりいただけると思う。

現在の竹島は、かつては「松島」と呼ばれ、逆に鬱陵島が「竹島」や「磯竹島」と呼ばれていた。これらの名称については、昔の測量技術の誤差などから一時的な混乱があったものの、わが国が「竹島」と「松島」の存在を古くから承知していたことは各種の地図や文献からも確認できる。『改正日本輿地路程（よちろてい）全図』（一七七九年初版）はじめ、鬱陵島と竹島を明確に記載している地図は多数存在する。（一七九〇年の『蝦夷風俗人情之沙汰付

図　全図』『蝦夷草紙全図』、一七六九年の『寛政亜細亜地図』『日本並北方図』、一八〇六年の『華夷一覧図』など）

　これらの資料は、後述する韓国側の文献資料の曖昧さとは比較にならない。

　一八四〇年、シーボルトは『日本図』〈図一〉を作成した。日本の認識と欧米人の知識が総合されたこの地図では「アルゴノート島」が「タカシマ」、「ダジュレー島」が「マツシマ」と記載された。これにより、それまで一貫して「竹島」または「磯竹島」と呼ばれてきた鬱陵島が、「松島」とも呼ばれることになり、混乱を招いた。

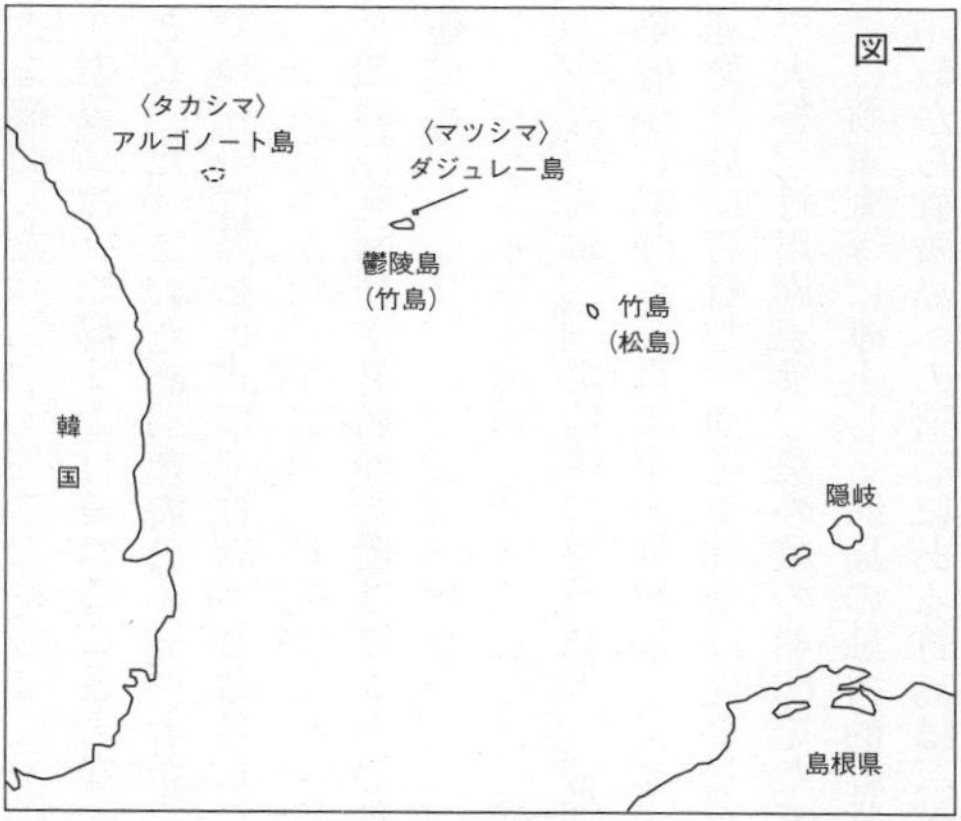

図一

　このように、明治維新前後のわが国内では、古来の「竹島」、「松島」に関する知識と、その後に欧米から伝えられた島名が混在していた。そんな時、ある日本人が、「松島」の開拓を請願した。明治政府は、島名の関係を明らかにするため一八八〇年（明治十三年）に現地調査を行ない、同請願で「松島」と称されている島が鬱陵島であることを確認した。

鬱陵島は「松島」と称されることとなったため、現在の竹島の名称をいかにするかが問題となった。このため、政府は一九〇五年（明治三十八年）、これまでの名称を入れ替える形で現在の竹島を正式に「竹島」と命名した。

島の位置関係や島名の変遷は以上のとおりである。次に、領有権についての歴史的事実を述べる。

一六一八年（一説には一六二五年）、鳥取藩伯耆国米子の町人大谷甚吉、村川市兵衛は、幕府から鬱陵島（当時の「竹島」）への渡海免許を受けた。これ以降、両家は交替で毎年一回鬱陵島に渡航し、漁業や林業に従事した。

大谷、村川両家は、葵の紋の船印をたてて鬱陵島で漁猟に従事し、採取したあわびについては将軍家等に献上し、同島の独占的経営を幕府公認で行なっていた。この事業にともない、隠岐から鬱陵島への道筋にある竹島は、航海の目標や中継点、また、あしかやあわびの猟場として利用されるようになった。

すなわち、わが国は、遅くとも江戸時代初期には、竹島の領有権を確立していたし、鬱陵島も日本領と見なしていたのである。もし幕府が鬱陵島や竹島を外国領であると見なしておれば、鎖国令で海外渡航を禁止した一六三五年には、これらの島に対する渡海を禁じていたはずであるが、両島への渡航は禁止されることはなかった。

一方、韓国が古くから竹島を認識していたという歴史的根拠はない。したがって、領有したとする主張は正当ではない。

韓国側は、朝鮮の古文献『三国史記』（一一四五年）、『世宗（せそう）実録地理誌』（一四五四年）や『新増東国輿地勝覧（しんぞうとうごくよちしょうらん）』（一五三一年）、『東国（とうごく）文献備考』（一七七〇年）、『萬機（ばんき）要覧』（一八〇八年）、『増補（ぞうほ）文献備考』（一九〇八年）などを根拠に、「鬱陵島」と「于山島」という二つの島を古くから認知して、その「于山島」こそ、現在の竹島であると主張している。つまり、「于山島」が韓国側の主張の要である。そこが韓国の弱点でもある。要の「于山島」が極めてあいまいな存在だからだ。現竹島や鬱陵島との混同が見られし、そもそも存在すら怪しい島である。

たとえば『三国史記』には、鬱陵島が五一二年に新羅に帰属したとの記述はあっても「于山島」に関する記述はない。また、他の朝鮮古文献中にある「于山島」の島内に関する記述は樹木や竹が多いとされ、岩礁と大差ない竹島の実態とはまったく矛盾しており、むしろ、鬱陵島と見た方が合理的である。

また、韓国側は、『東国文献備考』、『増補文献備考』、『萬機要覧』に引用された『輿地志（よちし）』（一六五六年）を根拠に、「于山島は日本のいう松島（現在の竹島）である」と主張している。しかし、『輿地志』の本来の記述は、于山島と鬱陵島は同一の島としており、『東国文献備考』等の記述は『輿地志』から直接、正しく引用されたものではない。その論拠は、『東国文献備考』等の記述は安龍福の信憑性の低い供述を無批判に取り入れた別の文献（『彊界考〈きょうかいこう〉』〈『彊界誌』〉、一七五六年）を底本にしていることである。

なお、『新増東国輿地勝覧』に添付された地図（『八道総図』一四八一年）には、鬱陵島と「于山島」が別個の二つの島として記述されている。もし、韓国側が主張するように「于山島」が竹島なら、鬱陵島の東方に、鬱陵島よりもはるかに小さな島として描かれるはずだ。しかし、この地図における「于山島」は、鬱陵島とほぼ同じ大きさで描かれ、さらには朝鮮半島と鬱陵島の間（鬱陵島より半島側）に位置しているなど、まったく実在しない島であることがわかる。〈図二〉

このように韓国側が自国領として主張する「于山島＝竹島」の論拠は弱すぎる。そもそも「于山島」が実在しない可能性もあり、あったとする資料でも、鬱陵島などとの混同が見られ、論拠として極めて薄弱である。

以上は、外務省ホームページの記事を基に、諸資料を整理したものだ。

そもそも、問題をわかりやすく国民に知らせることが、政府の責任のはずだ。ところが外務省の記事は一、二度読んだだけでは、理解できない難解な説明である。官僚的な発想ではなく、必要最小限の知識がまず必要だ。尖閣や北方領土に比べて、話がこんがらがってしまうので、日本人が正確な知識を持つのが難しい。韓国の一方的な主張だけが世界で独り歩きしないよう、日本人個々が正しい知識を持つ必要がある。日本の主張が正しいことは、以上の説明でもわかるが、韓国が自身の主張に無理があることを承知しているからこそ、国際司法裁判所への提訴を避けているのである。

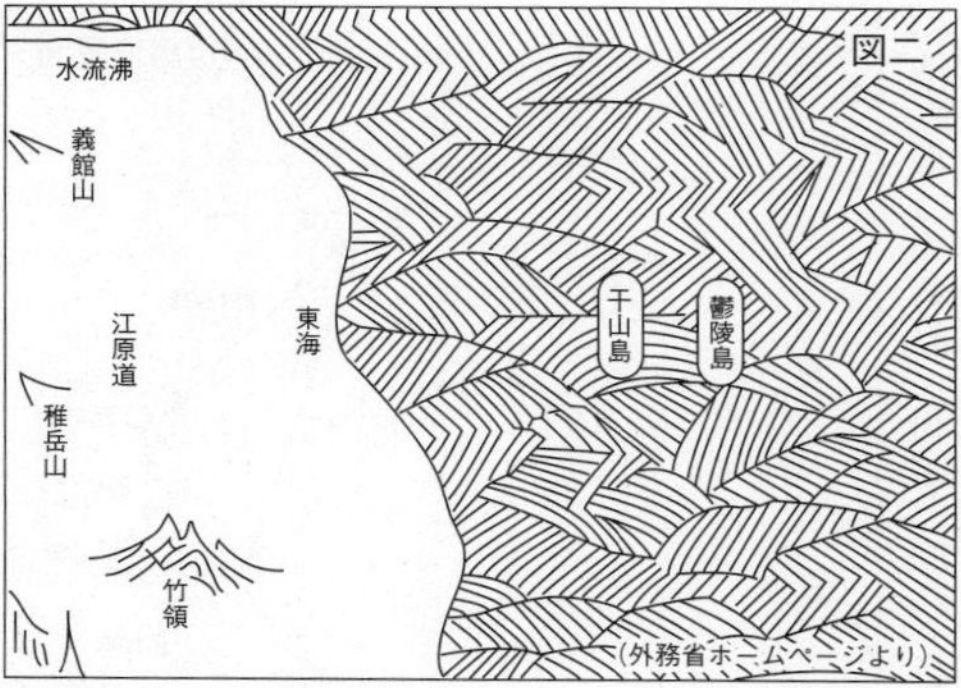

（外務省ホームページより）

その上、韓国が竹島を占拠した経緯は、国際法上も違法である。これも、国際司法裁判所への提訴を嫌う理由であろう。

明治三十八年（一九〇五年）、日本政府は、竹島を島根県に編入し、国際法上合法的に日本領土とした。閣議決定、島根県告示の手続きを経ている。日本の韓国併合の結果とする主張もあるが、併合は一九一〇年だから、それもおかしい。

日本は江戸時代から実効支配していたが、明治維新で世界秩序に参加した後、改めて正式手続きを踏んだのである。しかし日本の敗戦後、GHQは竹島を沖縄や小笠

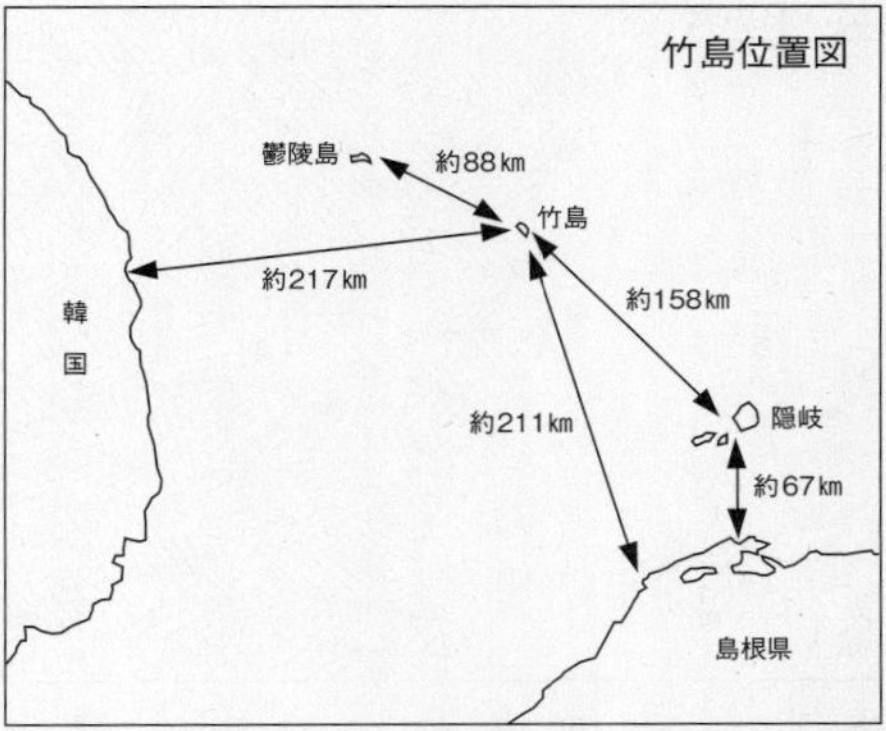

原諸島と同様に、日本の行政権から外した。日本がまだ連合国の占領下にあった昭和二十七年（一九五二年）一月十八日、李承晩韓国初代大統領は海洋主権の宣言ライン、いわゆる「李承晩ライン」を設け、一方的に竹島を自国領とした。この処置は国際法上、合法的なものではないから、主権を回復した際、日本は竹島を取りもどすべきだったが、事なかれ主義の政治家と官僚は放置してきた。

韓国のやり方は、中国の南沙、西沙や尖閣でのやり方と変わらぬ、強引で違法なものである。中国同様に、相手の穏健な対応に付け込み、不法占拠した島を要塞化し、軍艦に「独島」という名をつけ、大統領が訪問し演習をする、というのは日本の足元を見た不法行為の積み重ねである。問題を怖れて放置すれば、固有の領土や主権が侵されるという事態に、そろそろ政府も国民も気づくべきであろう。

最後にもう一度確認しておこう。古来日本は、竹島をしっかりと地理的に認識しており、江戸初期から実効支配してきた。明治時代に島根県の一部として世界に表明した。一方、韓国は竹島を他の島と混同している上、戦後李承晩ラインという国際法上根拠のない境界線を一方的に設定して、竹島を奪取した。法的根拠、歴史的事実すべてに反する不法占拠である。日本が独立を回復する直前のこの行為は、水に落ちた犬を打つ民族性に起因するのだろうか。

現在、韓国は世界に対して自国の正当性を主張して回っているが、それほど自信があるなら、出るところ（国際司法裁判所）へ出ればいいのだ。

『日韓戦争』目次

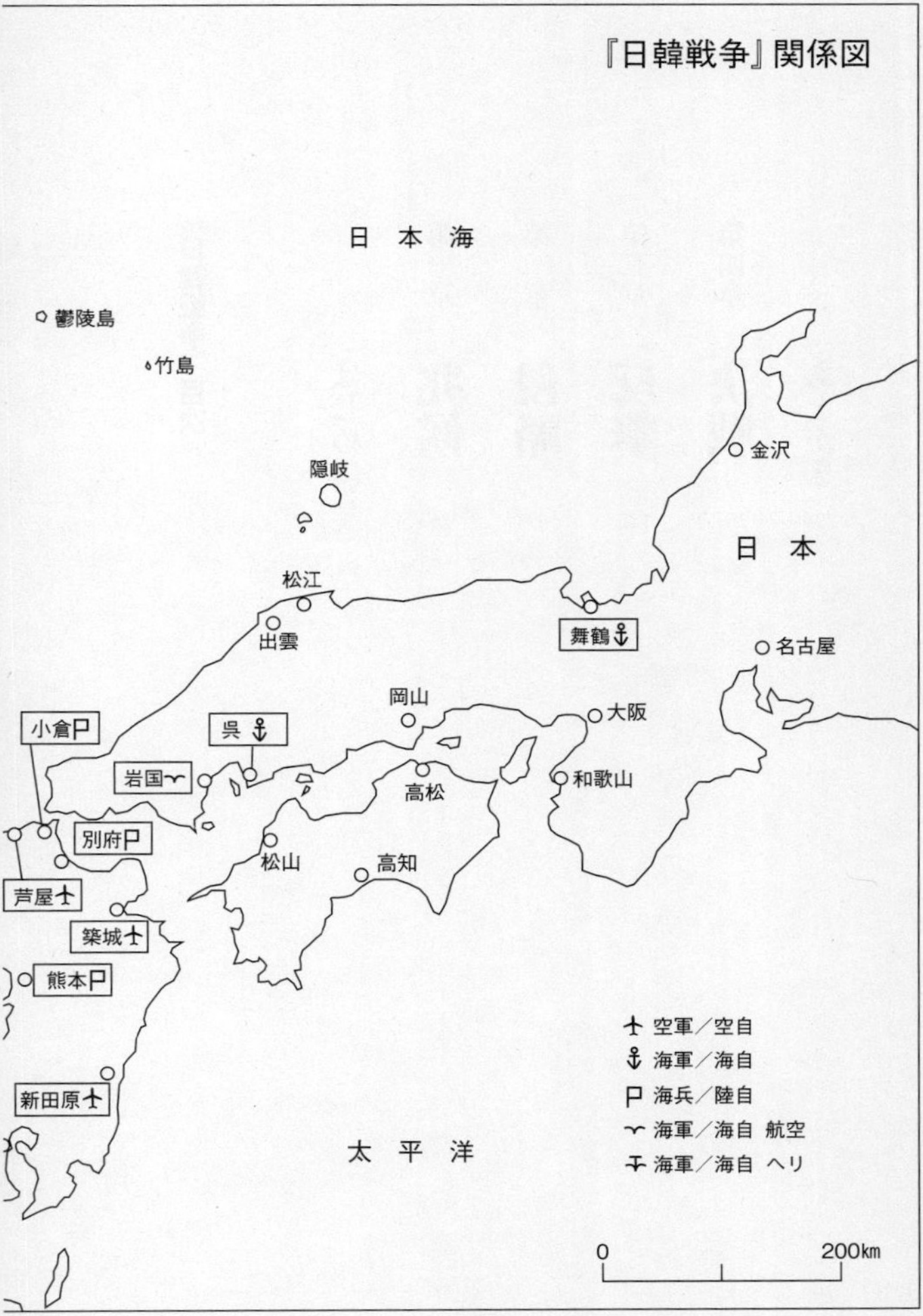
『日韓戦争』関係図
日 本 海
鬱陵島
竹島
隠岐
金沢
日 本
松江
出雲
舞鶴
名古屋
岡山
大阪
小倉
呉
岩国
高松
和歌山
別府
松山
高知
芦屋
築城
熊本
新田原
太 平 洋
空軍／空自
海軍／海自
海兵／陸自
海軍／海自 航空
海軍／海自 へり
0
200km

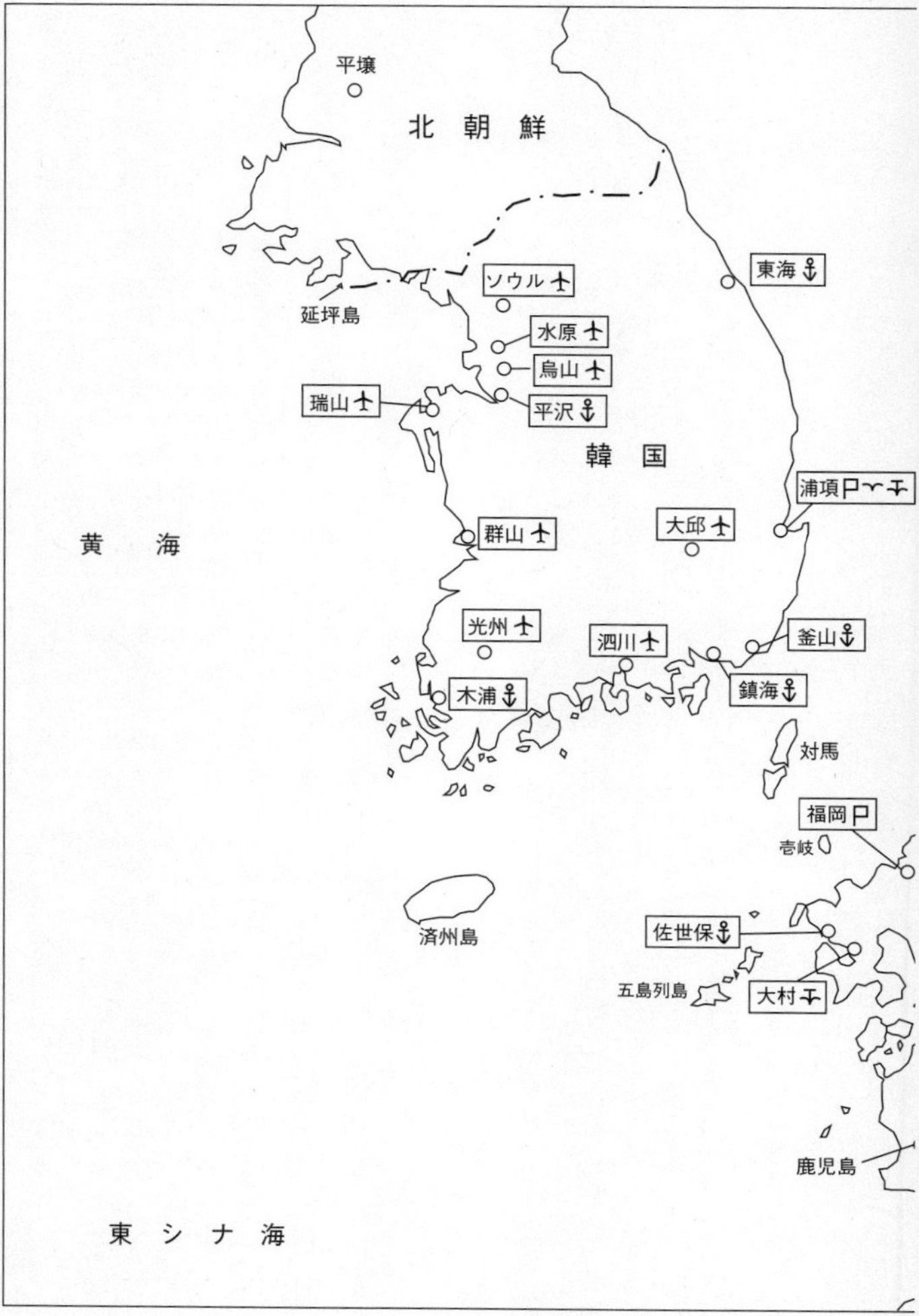

平壌
北朝鮮
東海
ソウル
延坪島
水原
烏山
瑞山
平沢
韓国
浦項
黄海
大邱
群山
光州
泗川
釜山
木浦
鎮海
対馬
福岡
壱岐
済州島
佐世保
五島列島
大村
鹿児島
東シナ海

日韓戦争

備えなければ憂いあり

第一章

兆候

二〇××年

あの東日本大震災以来、日本は復興に努めてきた。東京オリンピックの開催決定や、民主党政権の退場など好材料が続いて、経済力は回復しつつあった。しかし、周辺国は異常といえる反日政策を継続して、とくに安全保障上の懸念は増えている。米国は中東やアフガンなどでの対応に疲れ切っている。南シナ海やアフリカにも不安材料が増加して、日欧の同盟国に軍事的に支援する力はもうない。自ら、世界の警察官であることを放棄する宣言すらした。世界平和の懸念材料は、アルカイダやイスラム国といった非国家組織だけでなく、ロシア、中国という軍事大国の違法な軍事行動が加わって、新たな困難な情勢を作りつつある。中露などがめざす「軍事力による現状の変更」は、昔風にいえば「帝国主義」であろう。

韓国は、長年の反日教育が自縄自縛となり、経済的にも安全保障上も連携が必要な日本に対して、常軌を逸した対応を続けている。その矛盾と不利益は韓国内の有識者には認識されているが、感情的な国民と過激発言を続けた政権は、エスカレートするしか道はない。

芸能界はともかく、経済的には韓国なしでもやっていける日本は、韓流ブームの終焉とともに、韓国への行き過ぎた配慮への反省が生まれている。韓国経済は、実はずっと日本に依存してきた。これは、韓国のやるプロパガンダではなく、客観的事実である。

昭和四十年（一九六五年）の日韓基本条約締結の際、日本は多額の資金援助をした。韓国内に残した日本のインフラの価値（当時約六〇〇〇億ドル）を差し引いて、八億ドルという大金である。これは、当時の韓国国家予算二年分以上に相当する巨額だったことは注目すべきである。日本から韓国に与えられたものは、これだけではない。その後二五年間にわたって多額のＯＤＡを与えられた。その後も、日韓両国民の知らない間に、多額の資金援助が実施されてきた。通貨スワップなど、日本に何のメリットもない政策も、感謝されはしない。

そして、金より価値のある技術も渡ったのである。浦項製鉄所はじめ韓国主要産業は、日本の技術なしには成立しない。自立したと信じられている今でも、輸出製品には日本製部品が欠かせないのである。サムスン、現代といった大手財閥一〇社が韓国のＧＤＰの七七パーセントを占めている。それらの企業は、日本製の部品に依存している。中国同様にパクリもある。

それが分からない大統領や国民たちは、感情的な反日に走ってそれがエスカレートしている。

こんな異常事態が長く続けば、さすがに優しい日本人も、反韓から嫌韓へと世論が動く。

当然の結果だ。韓国への行き過ぎた配慮は不要とする空気が支配的となり、外交、経済での対韓政策は、他国並みに淡々とした対応になった。他国並みにするだけで、甘やかされた韓国世論はさらに反発を強め、反日行動が過激化するという負のスパイラルに陥っている。もう日本との戦争しかない、と言い出しているのは、市井の無責任な連中だけではなく、元将官や現役の中堅将校にも出てきた。良識派の正論が無知な感情論に圧倒されるのはどこの国でも見られる傾向だが、韓国においては反日に関する限り、抑制は利かない。なにしろ、大統領がその旗頭なのだから。

アメリカは日韓関係の改善を両国に働きかけてきた。日本は最大限の妥協をしたが、韓国の反日態度は改善しない。こんな情勢を、ロシアと中国は手を打って歓迎している。そして、北朝鮮は……。

七月一日　平壌

市内某所で秘密会議が召集された。これだけの党や軍の情報工作機関の責任者が集まったのは、何年ぶりだろう。

独裁者である国防委員会第一委員長金正恩が主役だが、発言はしない。代わって最高人民会議常任委員会の文委員長が司会した。出席者は朝鮮労働党から作戦部長、統一戦線部長、対外連絡部（二二五局）長、それに対外情報調査部長。人民軍から総参謀長、総政治部長、総参謀部偵察局長、保衛司令官、総政治局敵工局長たちである。

異例の会議が招集されたのは、北朝鮮を取り巻く情勢の逼迫が尋常ではないからである。先代の金正日時代に乱用した瀬戸際外交も効果が薄く、核やミサイルカードを切ろうにも、予算不足でそれも難しくなった。

何十年も続く国内経済の疲弊はもはや、常態となった。慢性的な食糧、エネルギー不足は悪化する一方である。飢餓は、敵対階層から動揺階層へ移り、核心階層へも波及しつつある。先代の金正日以来の軍依存はさらに増している。韓国や中国、ロシアからの援助も限界が見えてきた。金づるの日本も、拉致問題が顕在化して以来、財布のひもが固い。

北朝鮮を取り巻く国際情勢は、これまでになく厳しく不利なものである。なんとかしなければならない。これまでの瀬戸際外交とは次元の違う奇策が必要だ。なんでもいいから、情勢を変える必要がある。北朝鮮を取り巻く国際情勢を劇的に変化させることだ。どんな変化も今より悪くはならないだろう。北朝鮮いや現政権（王権というべきか）が無事なら、自国も他国も何人が死のうとかまうものか。

司会の文委員長が、会議の趣旨を説明して会議は始まった。先代の先軍政治を踏襲しているから、まずは、軍である。

北朝鮮の軍事組織は、朝鮮人民軍と呼ばれる。中華人民共和国の毛沢東が率いた人民解放軍同様、金日成が率いた抗日遊撃隊というゲリラを起源としているから、軍隊としての毛並みはよくない。もっとも、抗日遊撃行動をした金日成は、北朝鮮の初代独裁者とは別人だとの説も有力だが、ここでは詮索しないことにしよう。いずれにせよ、ゲリラ部隊が起源だ。

人民軍は、一九四八年（昭和二十三年）九月九日の建国より早く、同年二月八日に創建された。国より軍が先というのは、いかにも先軍政治の国らしい歴史だ。一九七八年以降は、四月二十五日を創設記念日、健軍節に変えて今日に至る。

人民軍は、朝鮮半島の北半分に進駐したソ連の援助を受けて、徐々に組織が整えられ、これに中国国共内戦の終結後、北朝鮮に帰国した中国人民解放軍内の朝鮮人部隊が加わった。朝鮮戦争時には、戦車も作戦機も持たない韓国軍八個師団一〇万六〇〇〇に対し、戦車や野砲、航空機を有する約二〇万の戦力で、圧倒的優位にあった。

一九五〇年（昭和二十五年）六月二十五日に始まった朝鮮戦争（北側では「祖国解放戦争」と呼称）で、人民軍はその戦力を発揮した。ソ連や中共の支援を受けた人民軍は、奇襲の効果もあり、脆弱な韓国軍を圧倒して、釜山付近まで半島を席巻した。米軍を主力とする国連軍の介入や、中国解放軍の参戦など、紆余曲折をへて現在の軍事境界線（地理的には近いが、直線の三八度線とは別の線）で休戦状態となった。一九五三年七月二十七日のことである。朝鮮戦争はあくまで休戦であり、終戦ではない。したがって、人民軍は戦時体制にある。

余談ながら、国連軍も韓国軍も　名目上は同じく戦時体制である。休戦協定発効の翌年一九五四年二月、「日本国における国際連合の軍隊の地位に関する協定」が締結された。つまりまだ、朝鮮戦争における国連軍は生きている。在日米軍基地のうち、横須賀や横田など七ヵ所が協定に基づく国連軍施設とされている。だから横須賀の在日米海軍司令部庁舎などには国連旗が掲揚されているのである。そして豪州など加盟国の軍艦が日本に寄港する際は、国連軍としてそれら日本の基地を使用できるので、手続きが簡単だ。

人民軍も他国の国防軍同様、陸海空軍からなる。休戦後、戦争の教訓を取り入れて戦備は拡充されて今日に至る。朝鮮戦争の教訓は四項目に集約され、「全人民の武装化」「全軍の幹部化」「全軍の現代化」「全国土の要塞化」が唱えられているが、経済的技術的事情で実施は困難を極めている。とくに、装備の旧式化は深刻で、人口の五パーセント一一〇万もの兵力を抱えながら、装備は朝鮮戦争時と大差ない。いや、当時は使えたが、整備不良で稼働しない航空機や戦車、艦艇が多く、むしろ戦力は低下している。わずかに稼働する装備も旧式化がひどく、諸国の軍事専門家の間では、「動く軍事博物館」と揶揄されるほどである。だから、現在では米韓軍に太刀打ちできる状態ではない。非武装地帯から近いソウルは、長距離砲や奇襲などで攻撃できるだろうが、態勢を立て直した米韓軍が本格的に反撃すれば、北朝鮮全土が占領される危険も十分考えられる。もう、ロシアや中国の介入する可能性も低い。かつての同盟国も、朝鮮半島での武力紛争は好まないから、勝手に戦争を始めても、大した支援は期待できない。単独での開戦には、成算はない。

以上の事情を踏まえて、人民軍総参謀長が、対南戦争の見通しを報告した。しかし、実情を正直に報告するわけにはいかない。先代の金正日時代から先軍政治の名のもとに、優遇されてきた軍が弱音は吐けない。

そこで、婉曲に悲観的な情勢を述べた。責任を回避する論理が必要だ。

「人民軍は、いつでも共和国防衛と半島の統一のために戦う準備はできております。作戦に必要な燃料・弾薬さえ確保できれば、いつでも作戦発起は可能です」

慢性的な燃料不足で、空軍戦闘機パイロットの飛行時間が、年間わずか一五時間程度だとは、誰もが知っている。海軍も同様だし、何よりも南進の主力になるはずの四〇〇〇両の戦車も、その多くが燃料不足で非稼働になって久しい。燃料確保は人民軍の責任ではないから、燃料不足で戦えないといわれても、軍の責任は問えないのである。独裁政権下で軍のトップにいるには、保身に長けていなければならないが、その世渡り上手が幸いした。とりあえず、人民軍は主役をまぬかれた。

正規軍が戦えないなら、非正規戦だ。北朝鮮には、兵力二〇万という世界最大の特殊部隊がある。

このなかでも最大の部隊は、人民軍の軽歩兵教導指導局が管理する第一一軍団である。かつて、特殊第八軍団と呼ばれたこの軍団は、三個軽歩兵旅団を有する。このほか、各軍団隷下に一一個旅団が分散されている。これら軍団所属の旅団は南進の際、必要に応じて、さらに分割されて師団に配属される。このほか陸海空軍には、二乃至三個の狙撃専任旅団がある。

しかし、これら人民軍隷下の特殊部隊は、本来は対南戦争の際、開戦前後に敵を攪乱するための部隊である。正規戦を有利に展開するための非正規戦の戦力だ。だから平時、単独での特殊作戦には馴染まない。

現に、偵察局時代の一九六八年（昭和四十三年）に、第一二四部隊が三一名で青瓦台（韓国大統領官邸）襲撃を図ったが、阻止されて二八名が死亡。二三四名を投入した韓国内での攪乱工作も露見して、ほとんどが韓国軍に射殺された。一九八三年（昭和五十八年）には、第七一一部隊が全斗換大統領を狙ってビルマで爆弾を仕掛けたが、閣僚など一七名を殺害したものの、大統領は無事だった。一九九六年（平成八年）には二二戦隊所属のサンオ級潜水艦で工作員の潜入と収容を企図したが、座礁して失敗に終わった。どうも、軍の特殊部隊の作戦は、平時にはうまくいかない。

特殊部隊も軍がだめなら、党の出番である。

労働党には、四つの特殊工作機関があり、活発に活動してきた。

まず、労働党作戦部がある。主要な任務は、非合法活動の訓練を受けた工作員を韓国や日本に潜入させ、時には非合法の武力活動を実行することである。作戦部は、約三〇〇〇人の特殊訓練を受けた工作員や戦闘員を擁し、独自の出撃基地まで保有している。これまで、工作船での日本への侵入を繰り返し、多数の日本人を拉致もしてきた。

韓国と違い、警備の甘い日本には潜入も脱出も簡単だった。そのためやりすぎて、日本に発見され、東シナ海で巡視船と交戦の末、沈没する失策もあったが、日本の気づかぬうちに成果はかなりあげてきた。工作員養成機関、金正日政治軍事大学も作戦部の管轄下にある。

次に党対外連絡部は、もっとも歴史のある対韓工作機関で、当初は南朝鮮労働党出身の活動家を主な工作員としていた。日本共産党政治局員で北朝鮮に逃げた金天海が、部長を勤めていたこともある。

連絡部の任務は、韓国や日本に工作員を潜入させ、韓国内における地下組織を組織することだが、日本のやくざ組織と組んで、麻薬密売等で外貨獲得も行なっている。麻薬の密輸にも、日本漁船に偽装した工作船が活用された。

三つ目の労働党対外情報調査部の任務は、情報収集と国際的なテロ活動や破壊工作である。韓国内での政治経済、軍事、社会の情報の収集のため、日本や韓国、諸外国に長期間潜伏し、現地で協力者を獲得して秘密活動を遂行している。その一例が、大韓航空機爆破である。一九八七年（昭和六十二年）一月に航空機を爆破した際、実行犯金賢姫は逮捕されたが、韓国の自作自演を主張している。このほか、一九七八年（昭和五十三年）には、韓国の映画監督申相玉とその夫人で女優の崔銀姫を香港で拉致している。映画好きの金正日の指示によるものである。

四つ目の労働党統一戦線部は、南朝鮮（韓国）や海外同胞を担当する。韓国では過激な反日風潮とは別に、北に対しては融和的な情勢を作ることができた。親北勢力は、今は従北勢力と呼ばれる。複数の現職国会議員を含む多数の韓国民が獲得された。金大中、盧武鉉という親北政治家が政権の座についたこともある。危機感を持った保守勢力が政権を奪還したが、政府、マスコミその他にシンパは多い。とくに、北朝鮮からの資金提供を受けて、多くの従北学生が司法試験に合格し、彼らが、弁護士のみならず、裁判官や検事にまで勢力を伸張して、近代法治国家としては信じられない事後法を適用してまで、状況を作為している。このため、元大統領を含む韓国保守政治家や、日本に対する不可解な判決が乱発されているのである。

過去の工作成功例として、一九八九年（平成元年）の第一三回世界青年学生祭典に、韓国の大学生自治組織全大協代表として女子学生林秀卿を参加させたことがある。韓国内でも反体制的な林秀卿だから、統一戦線部の統制にも従わずに自由に行動して、公式行事にジーンズ、Tシャツ姿で登場、「私とデートしたい人はいますか」と放言して、担当幹部を慌てさせた。もっとも、北朝鮮の学生には受けたようだが。

このように八〇年代（昭和六十年代）に主体思想の地下活動をしていた学生たちが成長した今、各界で中堅として主要ポストについて、韓国の政治、経済、司法、言論などを支配しつつある。目下最大の障害は国家情報院だが、虚実取り混ぜたスキャンダルで攻撃しており、いずれ無力化できるだろう。

そして、統一戦線部の海外担当課は、日本国内の朝鮮総連を担当している。朝鮮総連は、北朝鮮労働党の管制下にあるが、それは統一戦線部を通じて管制しているのだ。先の司法試験支援の資金源は、朝鮮総連からの送金といわれる。

労働党対外情報調査部長が、人民軍の報告を受けて発言した。

「周辺国の状況を見ると、日本が一番脆弱で工作や謀略の対象として最適でしょう。ロシア、中国とも対立関係にあるし、最近は南朝鮮とも険悪です。南朝鮮傀儡政府の対日姿勢は、わが国から見ても異常と思える反日ぶりで、共和国より日本を嫌う人民も多いと見られます。南朝鮮は国連事務総長や大統領までが、常識外れの反日発言を繰り返しており、火種はあると思われます」

人民武力部長も同意したので、さらに踏み込んだ発言をした。

「南の傀儡軍にも、日本と戦争すべきと主張する勢力が増えています。対馬攻略を公言する退役将官の発言も、その一例です。最近悪化している南朝鮮と日本との間に紛争を作為しましょう。中国共産党が、主体二六年（一九三七年）に盧溝橋で成功したあれです。国府軍にまぎれて日本軍に実弾を撃ち込み、両軍の間に戦闘を起こさせ、漁夫の利を得ました。中共は、自らはほとんど戦うことなく、日本を大陸から追い出した後、蔣介石軍も台湾に追い出すことに成功し、中華人民共和国の成立につながりました」

またもや工作の実施と責任が軍に振られそうになったことに気づき、武力部長が発言した。

「盧溝橋みたいに両軍が近くにいれば工作も簡単だが、日本と南鮮傀儡軍は、まったく別行動でしょう。どうやって両軍を衝突させますか」

「両国陸軍が一緒になることはないでしょうが、海軍は共同演習もあるし、公海上で行き違うこともあるでしょう。その時を狙ってどちらか、あるいは双方を攻撃するのは如何かと」

「具体的な攻撃手段は？」

「潜水艇による雷撃なら、攻撃者が不明ですから、都合がいいでしょう」

そこで海軍司令官が口を挟んだ。

「あいにくわが軍の潜水艇には、そんな任務は実行不能かと。両国海軍が訓練する可能性があるのは太平洋であり、共和国の海軍基地からは遠くて、そこまで行くことはできません。大型のR級は作戦に使える状態にはありません。小型潜水艇は本来南への潜入用で、近距離の行動能力しかありません」

独裁者の前でこんなセリフを吐くには相当な勇気がいるが、実行して失敗するよりはましだとのプロの判断である。安請け合いして失敗すれば、過酷な粛清が待っている。それに陸軍はもちろん、党の連中に海軍のことはわからない。海軍の作戦は、陸軍の作戦と違って微妙なのだ。面子をつぶされた格好の対外調査部長が、最後の抵抗をした。

「主体九九年（二〇一〇年）に、わが潜水艇が、南鮮傀儡軍の『天安』を見事撃沈したではないか。同じことはできないというのか」

海軍司令官はうんざりしたが、党の石頭はともかく、独裁者には理解させておかねば、自分の命が危ない。

「あれは、幸運でした。敵の『天安』は低速で同じ航路をなんども通過したので、動かない機雷でも沈められたでしょう。それに、なんといっても沿岸から近く、小型潜水艇でも十分行動圏内でした。同じ条件が日本と傀儡軍が行動する海域で得られることはありません」

党の面目をつぶされて司会の委員長もむっとしたが、海軍司令官の発言は常識でも理解できる。そこで、一番信頼できる党の機関に水を向けた。

「ではどうする。作戦部長、何かないか」

労働党作戦部は、これまで多くの秘密工作を実施してきた。党の多くの工作機関が、南鮮や日本、アメリカ相手に裏で戦ってきたのだ。それが最近の先軍政治の結果、軍に食料や資材が党より優遇されているのが不満である。軍ができないというなら、党がやってやろう。

党作戦部長は、

「工作員や在日同務を使って、日本国内または南朝鮮で日本人による対南テロを偽装すれば、同じ効果が得られるでしょう。大規模な活動は困難でも、南朝鮮の対日融和論者など、警護されていない個人を殺害することも可能です」

と答えた。なるほどそれなら実現の可能性は高い。何よりも、実施の時期や場所の選択肢がぐっとひろがる。作戦の自由度が高ければ成功の可能性も高い。

基本方針が決まって、細部が検討された。話が具体化したので、参加者からは、過去の反省や現在の人的物的条件など、意見が出始めた。

「工作員が日本人に偽装した主体七六年（一九八七年）の大韓航空機爆破では、工作員の一人が自殺に失敗して逮捕され、共和国の仕業とばれてしまった。無論、南朝鮮の自作自演との主張は継続しているが、９・11など他のテロもあって、旅客機の保安検査は相当厳しくなった今、航空機爆破はリスクが大きい」

「そのとおりだが、あの時の準備はまだ使える。日本人に偽装する工作員や書類なども、使用されないまま揃っている」

「南朝鮮は青瓦台襲撃や大韓航空機爆破、サンオ級潜水艇座礁などの事件があったから、今でも相変わらず警戒が厳しい。夜間外出が禁止されていた青瓦台襲撃の直後に比べればゆるんだといえるが、南への浸透や武器の搬入は困難がともなう」

「作戦の対象は、やはり日本だろう。漁船に偽装した工作船はまだ使える。主体八八年（一九九九年）の能登沖や九〇年（二〇〇一年）の九州南西沖でわが工作船が発見追尾された頃から、日本の海上警備が強化された。しかし、その水準は以前低く、わが方の浸透を阻止するには至らない。その上、最近の中国の活動に注意が向けられている」

最後に、日本の朝鮮総連を監督する統一戦線部長が、結論に近い発言をした。

「総連の工作機関、学習組はまだ健在です。在日同胞は日本人と変わりませんから、偽装は身分だけですみます。危険な潜入は不要だし、偽装用の日本人の身分証も確保しています。テロのために共和国から武器や爆薬を搬入せずとも、代用品を確保できるでしょう」

司会役の文委員長が金正恩の顔を見ると、彼はおうようにうなずいて会議は終了した。

その後、国防委員会の主導で党、軍、内閣による実務会議が開催され、作戦の概要が決まった。

一、目的
南朝鮮と日本との間に深刻な国際問題、できれば戦争を勃発させる。

二、手段

日本国内において、日本人に偽装した在日同胞による南朝鮮に対するテロを実行する。

三、その他

南朝鮮傀儡軍が対日戦に専念できるよう、朝鮮人民軍は軍事行動をひかえる。

南朝鮮が共和国に対する警戒をしないよう、対南政策は一時的に融和的姿勢をとる。

中断中の南北対話を再開して、南朝鮮当局を油断させる。

状況によっては、対南解放の機会が得られるかもしれないので、戦争準備だけは実施する。

作戦は、食糧確保が終わる秋以降に発動する。

七月十五日、統一戦線部海外担当課から、日本の朝鮮総連に秘密指令が出された。総連では一部の幹部を除いて、内心では今頃こんな過激な活動をすることには、不安を持つものが多かった。しかし、凋落しつつある組織の再生を賭けることになった。表立って反対できないのは、本国も日本も同じだ。在日のほとんどは、本国の親類縁者を人質にとられている。

作戦指導と打ち合わせのため、統一戦線部から部長と課長を含む数名が、日本に潜入したのは、朝鮮総連の準備がほぼ完成した九月中旬のことである。攻撃目標は、来日する南朝鮮議員団及び在日公館である。できれば大使館を攻撃したいが、東京は警戒厳重だから、地方都市の総領事館を狙う。

工作員の安全のため、時限爆弾や手製迫撃弾で攻撃する。工作員の人命を尊重しているわけでは、むろんない。万が一逮捕されたら、北の仕業とばれてしまうおそれがあるからである。破壊や殺傷効果は二の次でいい。日本国内で南朝鮮の総領事館や議員が、日本人に攻撃されたと南に思わせることが、重要である。南朝鮮の傀儡政府や世論を激昂させ、対日開戦を惹起させることが目的だ。

使用される武器には、軍用品は避けてある。もちろん、北朝鮮製のものは厳禁だ。日本国内で調達可能な民生用部品、資材で爆弾や武器を製作し、北朝鮮当局や総連の関与の証拠を残さないように配慮された。日本の極左の使用した迫撃弾や、炊飯器爆弾などが作られた。火炎瓶も大量に準備された。

総連には極左勢力とのパイプがある。今や高齢化して活動が低調な過激派の代わりに、テロを実行してやろう。日本の右翼は、伝統的に無差別テロはやらない。刃物などで特定人物を狙って、自らも逮捕されるか自殺するやり方だから、これを模倣するのは効率が悪い。効果が低いうえ、実行犯が特定されてしまう恐れがある。テロ実行の要員は、在日の学習組から数十名が選抜され、人目につかない山中で入念な訓練が反復されてきた。

総連は組織が弱体化しているとされているが、まだまだ根強い勢力を持っている。たとえば平成二十六年（二〇一四年）五月の衆議院拉致特別委員会での審議があげられる。朝鮮総連がテレビ局などへのマスコミに対し、不都合な発言（つまり事実）をする識者を出演させないように圧力をかけたというのだ。これはただの一例、氷山の一角である。いまだに総連は日本の政治、マスコミその他の要所に対して、かなりの影響力を有しているのである。

十月三日　出雲大社

韓国慶尚北道からの代表団が、姉妹都市（州）の島根県を訪問した。招待した日本側が期待した友好目的ではなく、竹島に関して抗議をするためである。島根は旧国名が出雲であり、最近就役した大型護衛艦「いずも」の地元である。竹島が属する島根にちなんだ命名が気に入らぬ、といちゃもんである。日本人には理解できないが、エキセントリックな韓国人にとっては、自衛艦にこんな艦名をつけるとは、けしからぬ暴挙らしい。彼の国は「独島」や「安重根」「忠武公李舜臣」などと、日本人には不快な艦名をどんどん採用している。日本は遠慮して「たけしま」という掃海艇すらないのである。

抗議行動は、よりによって出雲大社で始まった。

十月は日本では神無月という。日本中の八百万の神々が、出雲に集まって留守をするからだ。その代わり、出雲では神有月という。だから、この時期は出雲大社は参拝客で賑わう。先年、六〇年ぶりに平成の大遷宮を終えたばかりの新しい社殿も、神々しく美しい。二〇一四年（平成二十六年）には権宮司のもとへ高円宮家典子女王の降嫁があった。よりによってそんな場所で、野暮で下品な抗議活動が始まった。

世界遺産富士の裾野で尾籠な真似をし、靖国神社境内の池には放尿するような民族だ。日本人には神聖な神社境内も、彼らにとっては猥雑なソウル繁華街と変わらないらしい。静謐な境内に突然、騒音が響き渡った。拡声器でがなり立て、プラカードやビラが景観を汚し始めた。この事態に驚いた日本人参拝客は、眉をひそめながら通り過ぎるだけである。社務所から様子を見に出てきた神主や巫女たちに、抗議の矛先が向けられた。警官が呼ばれたが、時間がかかるだろう。おとなしい神職男女は、抗議行動を放置せざるを得ず、社務所へ避難した。

東京から送り込まれた朝鮮総連学習組十数名が、実在の日本人の身分証や免許証を持って神社境内に待機している。起訴されるような事態になれば、身元がばれるだろうが、逮捕程度ならごまかせるだろう。そもそも、作戦は、逮捕者をださないように慎重に計画されている。

傍若無人の行動を続ける韓国抗議団体に対して、右翼団体に偽装した学習組が挑発を始めた。日本語では効果がないとみて、朝鮮語で悪口雑言を浴びせて韓国側を激昂させた。彼らが冷静だったら、日本の右翼が流暢な朝鮮語、いや韓国語を使うことに、疑問を持ったはずだ。しかし、日本で抗議をすること自体に興奮して、感情が抑制できない状態にある韓国代表団は、さらに興奮しただけである。代表団に同行した韓国マスコミや在日民団も大同小異で、現場には険悪な空気が満ちていく。両者の間で、小競り合いが始まった。

やっと駆けつけた警官が両者を離そうと、規制を始めた。しかし、おとなしい日本の警察のやり方では、興奮した彼らを従わせることは難しい。とくに、右翼偽装の学習組は、故意に問題を発生させる意図があるから、逮捕すれすれの行動をとった。警官は機動隊ではなく、近くの派出所から来た数名の警官だったから、素手で規制するしかない。興奮した多数を相手に、警官自体が危険ですらあった。そんな時、後ろの方にいた工作員が、隠し持っていた火炎瓶を韓国集団の中に放り込んだ。火炎瓶は精巧な出来だったから、地面に落下したとたんに発火し、瓶の破片と充塡されていたガソリンをまき散らした。悲鳴が起こり、数名の衣服に引火して大騒ぎとなった。警官がこれに気を取られている間に、犯人は逃亡した。これを見ていたひとりの神職男性が、危険を顧みず韓国人を救うため消火器を持って社務所から飛び出した。

この間、日本語と韓国語の怒号と悲鳴が飛び交い、騒然となった。抗議での騒ぎの比ではない。警官の動きを巧みに妨害するグループと、凶器を使用するグループに分かれた工作員は、火炎瓶をさらに二本、投擲して騒ぎを大きくした。興奮した韓国人や確信的な工作員に警官も暴行を受けて、もはや事態は収拾不能の状態になった。

騒ぎは拡大する一方だったが、弱小な島根県警では事態を収拾できないまま、時間が過ぎて行った。なにしろ、全県あげても千数百名しか警官がいない静かな土地である。東京の警視庁なら一警察署に数百の警官がいるし、機動隊も九個あって突発的な大事件にも対応できるが、山陰ではそうはいかない。結局、工作員が逃亡することで、事態は自然消滅した。工作員が逃亡した後の事件現場には、韓国代表団の負傷者が多数残された。この惨状を韓国メディアが本国に伝えたのはいうまでもない。

翌日、在日韓国人のデモが東京と大阪で起きた。日本側も、デモで応えた。日本の保守勢力は、違法なデモはしない。だから、届け出なしに急に動員される日本デモ隊は、学習組が偽装した似非右翼団体を中核とした工作組織である。右翼団体から盗んだ街宣車を使って、総領事館前で抗議行動をして警察に排除された。これも予定の行動である。街宣車を乗り捨てた場所から、迫撃弾を総領事館に撃ち込んだ。数発撃って逃走したので、着弾後に付近を捜索した警官が発射機を発見した時には、犯人の姿はなかった。

十月十日　韓国

これらの事件は、日本より韓国で大きく報道され、韓国世論は政府が抑制不能の状態になっていく。これは、自然な結果だけではなく、韓国内の従北勢力が意図的に煽った結果である。北の計画に従う周到かつ効果的な工作だから、政府や軍の一部に残っていた理性的な勢力の意見は、封殺された。いや、むしろ攻撃対象となって、身の危険すらあった。常識的な議論をする少数の韓国軍将校もいたが、問題は正否ではなく感情論だから、その意見は通用しない。日本統治時代はよかったと発言した老人を、その杖で撲殺した若い韓国人がいたくらいだ。こんな暴力にも、韓国世論は好意的だった。

恐るべきそのような空気の中で、陸上自衛隊幹部学校に留学経験のある陸軍少将が襲われる、という事件が起きた。犯人は逃亡して少将は重傷を負った。高級軍人に対しても、このような暴行が起きるのである。これ以降、対日慎重論は急速に影をひそめた。

世論は、対日制裁を求めた。大統領が日本側に責任者の処分と謝罪を求める声明を出したが、かえって国民の反感を買って、さらに強硬な処置を採らざるを得ない羽目になった。

対日制裁といっても、使えるカードはもうない。政治的にはすでに断絶に近い状態が続き、日本が優位の経済には制裁の選択肢はない。日本への輸出を止めれば韓国企業が困るし、輸入制限をしたら日本製部品に頼っている韓国製品は生産ができない。輸出で韓国経済を支えている大企業は、主要部品は国産できず日本からの輸入に頼っていることは、韓国内ではあまり知られていない。だから、世論が騒いでも日本からの輸入は止められない。大衆レベルで日本製品不買運動はこれまで何度もやったが、安価で良質な日本製品は日常生活に欠かせないから、長続きしない。八方塞がりである。

政治、経済がダメとなれば、残るは武力行使だが。名目なしに武力行使をすれば、侵略国の汚名を着ることになる。長年中国がやっている挑発行為にも、日本は冷静に対処して隙を見せない。あれ以上の挑発行為は、米国や世界の目があるから難しいだろう。

韓国も、謀略から始めた。アメリカの慰安婦像を自作自演で破壊し、日本の仕業に見せて、アメリカはじめ外国の理解や支援の下、対日武力行使をすることになった。効果のほどは疑問だが、少々の挑発ではケンカを買わない日本には、無理もせねばなるまい。どんな難題を吹っ掛けても、戦って勝てばいいのだ。勝算はあると見られた。

ともかく、韓国軍合同参謀本部は、大統領から対日戦の準備を命じられた。北朝鮮の工作は、成功した。

大陸型半島国家の韓国軍は、陸軍主体である。同じ半島国家でもイタリアは海洋国家で、海軍が充実しているが、韓国軍は非武装地帯に接する北朝鮮に対抗して、陸軍に偏重した軍備である。歴代大統領も、陸軍軍人が多い。当然、軍トップの合同参謀本部議長は歴代陸軍大将であったが、最近、李海軍大将が就任した。彼は、海軍士官らしく、外国海軍に関心が高く、とくに留学経験や共同訓練で馴染みのある海上自衛隊には詳しかった。だから、韓国海軍が無理をして近代化しても、海上自衛隊には対抗できないことを知っていた。旧海軍以来の伝統と戦後に長年培った近代海軍としての実力を備えた海上自衛隊は、欧米海軍に比肩しうるレベルにある。とくに対潜戦では、米海軍を凌ぐこともある。

しかし、韓国海軍は歴史が浅いうえ、仮想敵はずっと北朝鮮人民軍だった。現実に朝鮮戦争で戦火を交え、現在も休戦状態であって、戦時体制のままである。休戦に反対した韓国代表が欠席したまま、中国、北朝鮮それに米国の間で休戦協定が成立した経緯も、韓国軍の態勢に微妙な心理的影を残してきた。そんな複雑な状況での対日戦である。

対日戦は、扇情的なマスコミや無知な国民の間では無責任に語られてきたが、現実問題は簡単ではない。地上戦なら、陸軍や海兵隊の圧倒的な兵力で楽勝だろうが、両国の地上軍が全力をあげて正面から戦う可能性は、ない。そんな戦闘は韓国軍地上部隊全部が日本本土に上陸するか、逆に陸上自衛隊が朝鮮半島に侵攻するかしないと起きないからだ。

国家意図として、日本は外国の領土に進攻することはないだろう。かたや韓国側には意図はともかく、その能力がない。大兵力を装備とともに、対馬海峡を越えて日本本土に送り込むことは、不可能である。北朝鮮を放置して、陸軍を移動させることなど絶対不可能だ。とすれば、海軍と空軍が対日戦の主役になる。それに海兵隊だ。近い対馬程度の占領は可能だろうが、それでいいのか。そもそも、対日戦の目的と目標はなんだ。

軍人トップのプロとして、対日戦への疑問と不安を感じた李提督は、大統領に反対意見を述べた。勇敢といっていい。しかし「諫言耳に逆らう」である。大統領は激怒し、彼を罷免して好戦的で視野の狭い金陸軍大将を任命した。海軍はもとより陸軍や空軍の中にも人気のあった李提督の代わりに、陸軍内でも不人気な金将軍が、強引な采配を振り始めた。

急遽命じられた対日戦の戦争目的、つまり勝利の定義から検討された。韓国の国内事情でやる羽目になった対日戦だから、国民世論が満足するものでなければならない。逆にいえば、国民世論が満足すれば良いという話だ。実のある戦略的勝利ではなく、派手な戦術的勝利の方が素人受けする。そもそも、最高指揮官の政治家は素人で派手好きなのだから、それに従うしかない。ポピュリズム国家のシビリアンコントロールがもつ欠点である。ともかく、できそうな成果を勝利とする都合のいい定義のもと、対日戦が計画されていく。

まずは、情報だ。国家情報院に軍の情報機関が協力して、急遽情勢分析が行なわれた。大韓民国と日本の政治的特徴を整理、比較し、軍事的特徴の分析がそれに続いた。

強点と弱点が列挙され、韓日のそれを比較することで情勢が分かりやすくなった。わが強点で敵の弱点を攻めるのが、戦の常道である。

一、韓国

（一）強点

陸軍及び海兵隊から成る地上兵力の圧倒的優勢

朝鮮戦争やベトナム戦争での実戦経験

軍事行動の自由度

（二）弱点

北韓との軍事的対峙

海空軍の劣勢

装備の技術的欠陥

二、日本

（一）強点

陸海空のバランスの取れた軍備

近代化された装備と、米軍との訓練で培われた近代戦能力

（二）弱点

国内法の制約による、即応能力の低さ

実戦経験の無さと軍司法欠如による軍隊としての弱さ

日本国内戦での非戦闘員の存在

これに基づいて、対日戦略がきまった。

一、戦争目的

懲罰と制裁

従来の歴史認識問題に加え、出雲事件への反省のない日本に対し、実力行使で懲罰を与え、実益をともなう反省と謝罪を引き出す。これにより、大統領や国民を満足させる。

二、行動方針

米国や国連の介入を回避しつつ、日本の政治的弱点を突いた速やかな軍事行動により、戦争目的を達する。

日本側の政治的混乱と軍事的対応の遅延を招くため、日本人民間人が所在する地域で作戦する。奇襲を重視し、極力交戦することなく戦争目的を達成すべく、日本側の防衛出動を法的に妨害する。併せて、特殊部隊を活用する。

韓国軍の行動とともに、韓国政府、在日同胞、韓国企業、親韓日本人勢力の側面支援を計画的、組織的に実施する。国連事務総長や安保理常任理事国、特に中露への工作を強化する。

以上が国防長官から大統領に報告された。すでに、合同参謀本部では作戦案が練られてい

韓国海軍

- 作戦司令部（釜山）
  - 第1艦隊（東海）
    - 第11駆逐艦戦隊
    - 第12哨戒艦戦隊
    - 第13高速艇戦隊
    - 第1戦備戦隊
    - 第1基地戦隊
    - 第1軍需戦隊
    - 第108早期警戒戦隊
    - 第118早期警戒戦隊
  - 第2艦隊（平沢）
    - 第21駆逐艦戦隊
    - 第22哨戒艦戦隊
    - 第23高速艇戦隊
    - 第2戦備戦隊
    - 第2基地戦隊
    - 第2軍需戦隊
    - 第208早期警戒戦隊
    - 仁川海域防衛司令部
  - 第3艦隊（木浦）
    - 第31駆逐艦戦隊
    - 第32哨戒艦戦隊
    - 第33高速艇戦隊
    - 第3戦備戦隊
    - 済州防衛司令部
  - 第5戦団（鎮海）
    - 第52戦隊
    - 第53戦隊
    - 第55戦隊

韓国空軍

- 北部戦闘司令部（烏山）
  - 第8戦闘航空団
  - 第10戦闘航空団
  - 第17戦闘航空団
  - 第18戦闘航空団
  - 第19戦闘航空団
  - 第20戦闘航空団
- 南部戦闘司令部（大邱）
  - 第1戦闘航空団
  - 第11戦闘航空団
  - 第16戦闘航空団
  - 第38戦闘飛行隊

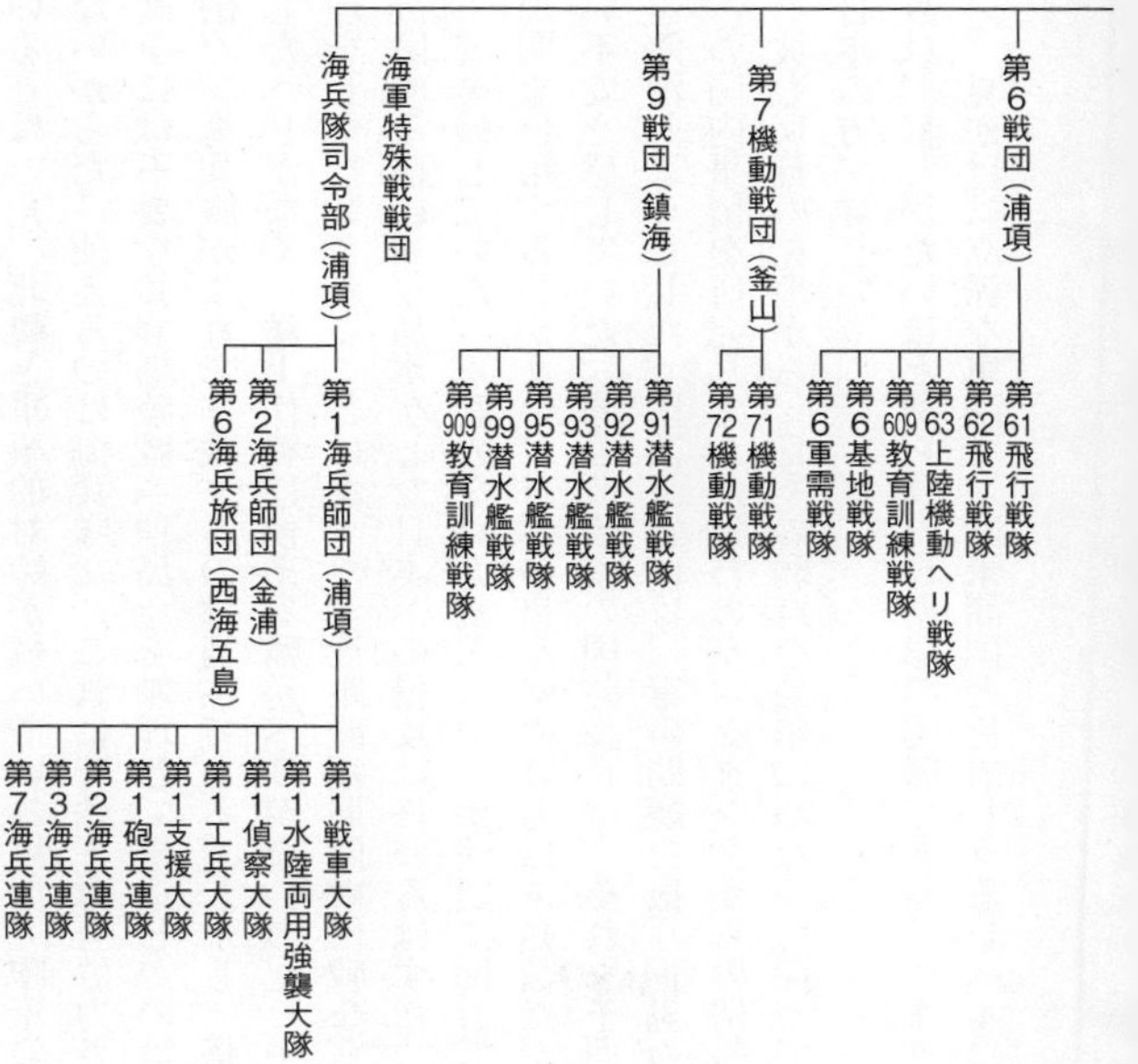
第6戦団（浦項）
第61飛行戦隊
第62飛行戦隊
第63上陸機動ヘリ戦隊
第609教育訓練戦隊
第6基地戦隊
第6軍需戦隊
第7機動戦団（釜山）
第71機動戦隊
第72機動戦隊
第9戦団（鎮海）
第91潜水艦戦隊
第92潜水艦戦隊
第93潜水艦戦隊
第95潜水艦戦隊
第99潜水艦戦隊
第909教育訓練戦隊
海軍特殊戦戦団
海兵隊司令部（浦項）
第1海兵師団（浦項）
第2海兵師団（金浦）
第6海兵旅団（西海五島）
第1戦車大隊
第1水陸両用強襲大隊
第1偵察大隊
第1工兵大隊
第1支援大隊
第1砲兵連隊
第2海兵連隊
第3海兵連隊
第7海兵連隊

る。

侵攻兵力の中核となる地上部隊は海兵隊をあてる。大兵力の陸軍を自由に使うわけにはいかない。弱体化しているとはいえ、北韓と軍事的対峙が続いている以上、陸軍の基礎配置を変えるわけにはいかないからだ。使えるのは海兵隊だ。これに特殊部隊を協力させることになった。北朝鮮との戦争には不要な強襲揚陸艦「独島」を無理して建造したのは、日本への侵攻がそもそもの目的だ。海兵隊がこれで作戦するのは当然である。しかし、搭載ヘリが未整備だ。塩害処置をしたヘリがなく、洋上作戦に使える輸送ヘリがないのだ。やむを得ず、既存の陸軍ヘリが無理をして搭載されることになった。近距離短期間の作戦なら、なんとかなるだろう。ヘリが故障する前に、平和ボケした日本への侵攻は終わるはずだ。

しかし、大統領は不安を残していた。軍歴のない大統領は、軍事問題に関しては、金合同参謀本部議長以下の説明を信用するしかない。日本の自衛隊の戦力は未知数だが、米軍並みという話もあって強い不安を感じていた。同じ政治家の国防長官は、それを予期していたので、補足説明でそれを解消しようとした。国防長官には、軍事問題を扱う正規の組織の合同参謀本部の他に、日本の国内事情を研究してきた独自のシンクタンクからの情報がある。反日世代の大統領同様、彼も反日の見地から、日本の弱点を長年にわたって探ってきた。国防長官は、北朝鮮より日本の方が詳しい。

国防長官の話の要点は、信じがたいほど縛られた自衛隊の実態である。つまり、格好だけで戦えない軍隊らしい。見かけは立派な軍隊で、欧米諸国と比肩しうるレベルにあり、訓練ではその能力をいかんなく発揮してはいる。しかし、実際に侵略に遭遇したら、何もできないうちに撃破されるというのだ。その最大の原因は、法的な制約である。長官は、結論をこう述べた。

「自衛隊だけは、平時に何もできない軍隊です。そして作戦は日本の国内法上の平時の間に片づきます」

大統領が興味と疑問の入り混じった表情で、長官を見つめた。長官はさらに、詳細な説明をした。

世界中の軍隊は、国を守るため、自衛権行使の権限が平時から付与されている。でないと、緊急事態に対応できないからだ。戦争状態にあるかどうかは関係なく、領域（領土、領海、領空）や主権、国民を守るために、いつでも自衛権を行使する。それが平時の軍隊の務めである。

もちろん他国との戦争は国権の発動で、それぞれの国の法律に従って、大統領や首相が決定する。緊急事態では、大統領などの専決に任されるが、民主国家ではたいてい議会の事後承認を要する。

国家間の戦争になるかどうかは別に、緊急事態に際しては、現場の軍隊は自衛権を行使して、侵略や急迫不正の侵害に対処する。国防軍は緊急事態に際しては、平時交戦規定（ＳＲＯＥ）に従って自衛の緊急処置をする。その態勢が侵略の未然防止、つまり抑止力になり結果として戦争を防止する、からである。

ところが、日本だけはそうではない。この日本の特異性が、侵略する側には信じがたい好条件を提供する。現実に武力侵略に遭遇しても、自衛隊は交戦することができない。自衛隊が国防軍として交戦し得るのは、防衛出動が出てからだ。それも、防衛出動イコール自衛権行使というわけでもないらしい。日本研究の専門家によれば、防衛出動の後、さらに武力行使の命令が別に必要だという。防衛出動が出て、やっと日本は有事となる。しかし防衛出動は、侵略に直面したら自動的に発令される、という代物ではない。理解しがたいほど煩雑な手続きが必要なのである。

まず、侵略事態と見做されたら事態対処専門委員会というものが開催される。安全保障会議の前に、こんな余計な会議が開催されるのだ。おまけに侵略事態と見做さなければこれさえ開催されないから、安保会議とその先の防衛出動は出ない。

事態対処専門委員会とは、安全保障会議の下部組織で、官房長官を長とする常設組織ということになっているが、実際には機能していない。この委員会が、武力攻撃に際して対処基本方針を策定して、安全保障会議に諮るという建て前である。しかし、実際に侵略を受けてから、官房長官以下（委員会に自衛官はいないのだ）が対処方針を検討するという悠長さである。その後、総理大臣が議長の安全保障会議が開かれて、対処基本方針について話し合う。侵略を受けてから二番目の会議だ。この後、閣議があり、さらに国会で承認を得る。ここまで全部で四つの会議がある。その後にやっと防衛出動が出る。すべて、日本が経験したことはないから、政治家も官僚たちもノウハウは知らない。短く見積もっても、数日はかかるだろう。作戦は一日で完了する予定だから、自衛隊が出動する前に、勝負はついている。

それだけではない。防衛出動さえ出れば、自衛隊が軍隊に変身して無敵の戦力を発揮する、というわけでもない。自衛隊の軍事行動には、まだまだ制約や問題が山積したままだ。その辺の軍事的事情は大統領の理解を超えるし、これまでの説明ですでに大統領は満足した。

大統領には報告が伏せられていたが、韓国軍にも問題はある。例えば「独島」のエンジンが不調なのと、艦載ヘリの準備不足が当面の問題だ。ただ、致命的ではないと考えられた。危機管理に鈍感な政府や国民が油断している日本に侵攻するのに、強襲作戦は必要ないだろう。抵抗は予想されないから、揚陸や着陸に強襲要素は少なく、奇襲でいけるだろう。輸送手段は、民間機やフェリーでも十分ということだ。

もともとハードウェアに無頓着なラインオフィサーたちがたてた作戦だし、それも海兵隊とくれば、艦やヘリの心配も真剣ではない。韓国海兵隊は米海兵隊と違い、本来の両用戦の経験に乏しい。主要な戦歴はベトナムの対ゲリラ戦、それも非力な村民相手の殲滅戦だ。ベトナムでは単なる虐殺と認識されている。強力な守備隊の守る海岸線への危険な侵攻経験はない。つまり海兵隊の本分たる両用戦については、実戦経験はない。

ただし、緒戦での侵攻作戦は、近距離の対馬へのヘリボン作戦だ。敵は防御態勢を採っていないのだから、両用戦ですらない。行先が離島というだけのことだ。だから、兵種はなんでもいいのだろうが、練度と即応能力の点で海兵隊に優るものはない。また、北と軍事的対峙が常態であるため、陸軍の移動は避けなければならない。韓国優勢のまま安定しているが、その安定が崩れれば、北の侵略を誘いかねないのだ。この点は韓国にとって、最大の弱点である。

遊撃兵種としては特殊部隊も使えるが、兵力は少なく装備も不十分だ。緒戦での非正規戦、破壊活動には限定的任務を担えるだろうが、主力の正兵としては使えない。空挺部隊のない韓国軍では、侵攻作戦の尖兵に、海兵隊以外の選択肢はない。

そして、侵攻作戦実施部隊、第一海兵師団に出動が命じられた。国軍最高指揮官は大統領だが、現実には海兵隊の上部組織、海軍の作戦司令部から命令が出る。

大韓民国海軍作戦命令（作命）第一号

海兵隊司令官は、次の作戦を実施せよ。

一、任務
　対馬占領

二、兵力
　第一海兵師団の一部（一個連隊基幹）

陸軍特殊部隊の一部（約一個大隊）

三、その他

日本の対応、とくに防衛出動の発令を遅らせるため、作戦発起まで企図は徹底して秘匿する。

兵員・装備の輸送及び対馬北部レーダーサイトへの対地砲撃は、海軍が実施する。海兵隊の侵攻を支援するため、陸軍特殊部隊による事前攻撃が実施される。海兵隊上陸後、陸軍特殊部隊は海兵隊の指揮下に入る。

実は、第一海兵師団の仕事は対馬侵攻だけではない。次の作戦も内示されているが、対馬以上に秘匿されているため、知っているのは、師団長安海兵少将以下数名にすぎず、口外は厳しく禁じられている。そのため、対馬侵攻作戦に際して、次の作戦を考慮するのが精いっぱいで、そのための二個連隊は、表面上予備兵力とされている。もっとも、対馬侵攻作戦が成功しないと、次の作戦はないから、二個連隊が予備、という体裁は、満更形式だけというわけではない。

十一月一日　浦項　韓国軍第一海兵師団

韓国海兵隊は海軍に所属し、師団二個と旅団が一個、総兵力二万八〇〇〇である。第一師団（海龍師団）は、慶尚北道浦項にあり、国産のＫ１Ａ１戦車を装備する第一戦車大隊、Ｋ

ＡＡＶ－７Ａ１を装備する第一水陸両用強襲車両大隊、Ｋ55一五五ミリ自走榴弾砲装備の第一砲兵連隊、第一偵察大隊、第一工兵大隊、第一支援大隊などを有し、作戦の中核となる歩兵連隊は、第二、第三、第七海兵連隊の三個を有する。第二海兵師団（青龍師団）も第一師団と同じだが、装備は旧式のＭ48戦車やＭ109自走榴弾砲などを保有する。国産より旧式でも米国製の方が信頼性がある、との見方もあるし、ベトナムで勇名と悪名を流した精鋭部隊でもある。

第二師団は、軍事境界線に接する京畿道の金浦にあって、陸軍の首都軍団に所属し、対北顧慮上動かせない。残りの一個旅団は第六旅団で、首都防衛司令部の指揮下で西海五島にあり、第六水陸両用偵察部隊などからなる。海兵隊で南の日本への侵攻に使えるのは、半島南部浦項に駐屯する第一師団のみということだ。

対馬攻略任務を与えられて約半月、即応が取り柄の海兵隊にも忙しい期間だった。対日戦、という予想外の任務が韓国軍に付与された当初は、安師団長以下が当惑した。北との戦争に備えてきた韓国軍だから、南の日本と事をかまえるのは、まさに想定外である。しかし、長年続いてきた反日教育の結果、韓国軍内にも反日感情は強く、対日戦を歓迎するムードは当惑を超えた。軍事的合理性より、感情というわけだ。この辺が朝鮮民族の特徴かもしれない。

地域配備が固定している陸軍は、北に対する布陣を変えられないから、使いやすい海兵師団が対日戦の地上兵力に選ばれたのはわかる。攻めるのは対馬など近場の離島だから、大兵力も必要ない。奇襲すれば、日本側の態勢が整わない間に攻略は完整する、との合同参謀本部の作戦見通しだ。師団としては、迅速に揚陸して島内を占拠するだけのことだ。必要な作戦準備は、作戦資材の集積程度。本来なら周到にやるべき上陸準備や、戦闘訓練の必要はあまりない。だから、補給を優先してもらったから、作戦準備は完了している。そこにやっと、作戦命令が出た。

原駐地の浦項から対馬まで約二〇〇キロ、大型輸送ヘリを使用して、直接ヘリボン侵攻も可能だが、距離を半分にするため侵攻部隊の一個連隊は釜山に陸上移動しておいた。演習を装っているため、日本側の注意は引いていないはずだ。

残り二個連隊は別の任務があるから、済州島に移動中だ。こっちは少々遅れ気味である。作戦では、アジア最大の揚陸艦「独島」が活躍するだろう。エンジン故障のため、洋上で立ち往生した前科があるから、載せられる海兵隊には不安だが、エンジンは修理されたし、近距離の作戦だから問題ない、と海軍が請け合っている。

国内の移動には、両用戦艦艇は不要だ。浦項から売島までは陸路を移動し、一〇〇キロ余りの済州海峡を民間船を使って済州島へ集結が終わった。

海兵隊の相手になるはずの対馬の戦闘部隊は、陸上自衛隊の対馬警備隊だが、実戦力は歩兵一個中隊に過ぎない。装備も対馬の地形から重装備はない。有事には別府の第四一普通科連隊が増援されるはずだが、日本側には準備が整っていないから、増援は結局実現しないだろう。その上、海兵隊の侵攻前に、特殊部隊が急襲して敵を無力化できるはずだ。海兵隊が着上陸するのに、障害はあるまい。上陸後の戦闘もないはずだから、無血占領が期待できる。

対馬侵攻作戦は、

一、特殊部隊による、陸上、海上自衛隊への奇襲

二、空自レーダーサイトへの艦砲射撃

三、海兵隊の着上陸

の三段階で実施される。

事前に海兵隊を載せた両用戦部隊が対馬に接近し、領海を侵犯することになるが、海上自衛隊が出てくる恐れはまずない。海上保安庁の巡視船艇が退去を求めるだろうが、無視するか撃沈すればいい。海上自衛隊が出てくるには、海上警備行動が発令される必要があるが、それには時間がかかる。その上、海上警備行動を命じられた自衛艦も、交戦権のある軍艦ではなく、海上保安庁の権限の一部が付与される警察行動しかできない。したがって、こちらから発砲しない限り、上陸を実力で阻止することはできない。

領海侵犯後、少なくとも半日は、まったく妨害を受けることはないとみていい。もっと長い期間が期待できるが、かりに半日でも対馬の占領には十分だ。

第二章
侵略

十一月三日　対馬

韓国陸軍特殊戦司令部（特戦司）には七個の特殊戦旅団（特戦団）があり、各特戦団は四個特戦大隊を持ち、各大隊は数十名規模の特戦中隊を地域隊として保有する。本来北朝鮮に対する作戦のための部隊だが、最近、日本も作戦対象に加え、一個大隊を専従させてきた。無論、北朝鮮の備えと違って、日本への備えは厳秘とされている。

その三個中隊が対馬に潜入している。一個中隊は約五〇名、隊員は下士官以上で構成されている。下士官以上で部隊を編成するのは、多くの国の特殊部隊の特徴の一つだ。個々の作戦は中隊単位で実施するが、三個中隊の作戦を統制するため、大隊長の姜中領（中佐）が厳原港近くにある韓国人所有の民宿に本部を置いている。

一ヵ月ほど前から、三個特戦中隊約一五〇名が、観光客に偽装して数名ずつが潜入した。部隊が揃って、はや一週間が過ぎた。

それにしても、これだけの集団が日本側の注意をひかなかったのは、不思議なことだ。ひとつには、韓国人が取得した施設に潜伏しているからだ。不況で過疎化の進んだ対馬は、かなりの不動産が韓国人の手に渡っている。観光客相手の宿泊施設も、韓国人のものが多い。オーナーの支援を受けつつ団体観光客に偽装すれば、この程度の特殊部隊が潜伏するのは簡単なことだ。いや潜伏すら必要なく、私服なら堂々と島内を自由に行動でき、事前偵察も余裕をもって実施できた。今では、対馬の観光バスは、韓国人観光客に優先権がある。マイクロバス数台が、特殊部隊専用に確保されたから、自在に行動して、隊員一人ひとりが、攻撃目標を自分の目で確かめることができた。攻撃の準備は、周到かつ緻密に完了した。

装備は、小火器のほか、対戦車ロケット、パンツァーファウストである。この程度の小型装備は、政府の支援を受けた韓国定期船で、検査をまぬかれて簡単に搬入できた。弾薬も同様だ。対馬には複数の港が韓国定期航路に開かれていて、入国審査の甘い港もある。眠った自衛隊を襲うのだから、武器弾薬の数量もさほど必要ない。

対馬空港に近い竹敷にある海上自衛隊対馬防備隊の隣接地も、韓国人に買収されている。厳原港近くの陸上自衛隊対馬警備隊も同様だ。それぞれ、一個中隊ずつが攻撃直前まで待機潜伏するのに好都合である。

日本には外国人の不動産保有を制限する法律がない。たいていの国では、外国人は不動産を取得できない。まして、国家の安全保障上重要な軍用地の周辺は、当該国民でさえ取得に制限があるだろう。

中国では、日本人観光客が撮影禁止場所で逮捕されることすらある。大した軍事施設ではなくてもだ。時には景観を撮影しただけでも、カメラを押収され拘束される。しかし、日本には国防を考慮した法律はない。むしろ国家安全保障を損なう方向に、法律が整備されているとしか思えないほどだ。

アジア最強の自衛隊も、自衛隊法なんて非現実的な法律でがんじがらめだし、自衛権行使には防衛出動が必要である。緊急事態にはまったく対応できない。即応性の向上、などと自衛隊だけが努力したところで、法律がそれを許さないのである。そこを韓国軍が衝いた。弱点を攻撃するのは、古今東西、兵法の基本である。

韓国軍特殊部隊は、潜入以来一週間以上にわたり、隣の韓国人所有地から自衛隊の状況を継続して観察してきた。今日の開戦当日になっても自衛隊に格別の変化が見られなかった。攻撃意図は察知されていないのは、確実だ。姜中領は本国の司令部に、作戦準備完了と、日本側の状況が平時のままであることを報告した。

○四：四五　本国から攻撃開始命令が届いた。姜中領は、待機している各中隊に、作戦開始を命じた。

○四：五○　海上自衛隊対馬防備隊に最初の攻撃が始まった。何の変哲もないただのフェンスをカッターで切断して、簡単に侵入した。

○五：○○　対馬防備隊に楽々と侵入した韓国軍特殊部隊は、各所にＣ４爆薬を仕掛けた。

陸海空自衛隊の中でも、海上自衛隊施設はもともと警備態勢が甘い。形ばかりの門番も、丸腰で緊張感もない。居眠りをしていた当直員は、数発の弾丸であっという間に制圧された。その後、眠ったままの防備隊本部は数名の当直員が殺害された後、ゆっくりと破壊された。保全区画に保護されて時間を稼ぐことのできた隊員が、秘物件や書類を破壊できたことは、むしろ例外的な健闘だったといえるだろう。

同時刻、陸上自衛隊対馬警備隊には、沈大尉が指揮する別の特戦中隊が攻撃をかけた。駐屯地の外から迫撃砲と対戦車弾が撃ち込まれた。海上自衛隊と違って、戦闘員がいる陸上自衛隊施設だから、念を入れて距離をとっての攻撃から始めたのである。

暗視眼鏡で目標を確認した沈中隊長は、隣で照準をしていたパンツァーファウストの射手二名に発射を命じた。

「一番、二番。対戦車弾、目標、前方警備兵詰所、距離一〇〇、撃て」

二発がほぼ同時に正門わきの警衛所に撃ち込まれた。脆弱な警衛所だから、対戦車ロケット弾一発でも十分破壊されただろう。これで、武器を持った少数の自衛官は全滅した。次は、本庁舎の当直員を片づける。

「三番、対戦車弾、目標、庁舎玄関わきの当直室。距離一二〇、撃て」

灯のともった当直室は、照準が簡単だ。おまけに、百やそこらの距離は、数百が普通の対戦車ロケットの射撃では至近距離だ。当直室にも命中して、ガラス片など破片が数十メートルにわたって飛散した。当直員は無事ではあるまい。

沈中隊長は突入を命じた。

まず許中尉に指揮された一個小隊が駆け出して、破壊された警衛所を確認、散開して正門付近で折敷いて警戒態勢をとった。その脇を二個小隊が超越して駐屯地内に駆け込んだ。破壊された建物から抵抗のないことを確認して、中隊長も敷地内に入った。庁舎玄関わきの当直室で、がれきの下に当直員一名の死体を確認し、営内居住者の宿舎でも多数の死体や重傷者を確認した。数名の生存者が弾のない小銃を武器庫から取り出していたが、無抵抗のまま射殺された。その中に、当直幹部もいた。たまたま目が覚めた彼は、起床時刻前に庁舎内を巡回していたところ、警衛所が爆発するところを見、当直室にも着弾するのを見た。組織的な襲撃を悟った彼は、すぐに武器庫に走ったが、在隊員に武器弾薬を支給する暇はなかった。

自衛隊は全く抵抗できないまま、二〇分ほどの間に制圧された。奇襲を受けたからではない。平時の自衛官には実弾は支給されていない。実弾は、射撃訓練の際、射撃場で渡されるものなのである。当然、正門を警備する隊員も、小銃を持ってはいるが、実弾は持っていない。弾のない銃などただの飾りにすぎないが、これが自衛隊である。ついでに言えば、銃剣も安全のため、刃は丸く引いてあり、実戦に出る前にいちいち削り出して刃を付けねばならないのである。だから、仮に弾のない小銃に着剣したところで、武器にはならない。かつて、治安出動には発砲できない小銃より（銃剣道で使う）木銃の方がいい、と言った人物は慧眼かもしれない。

こんな状況だから、特殊部隊が駐屯地内で掃討に入った時も、ほとんどの自衛官は武器さえ持っていなかった。自衛隊は旧軍や外国軍隊と違って、個人装備の小銃を居住区におかず、武器庫に厳重に保管している。だから緊急事態でも、隊員が武装するには時間がかかる。当直幹部が機敏なおかげで、武器庫の鍵を開けることはなんとかできたが、武器を手にした隊員はわずかで、弾薬はついに間に合わなかった。虐殺された隊員のほかは、負傷するか捕えられた。休日の早朝だったため、営外居住の隊員は出勤しておらず、難を逃れたのは、不幸中の幸いだった。

平時のまま無抵抗の自衛隊を、一方的に殺戮した虐殺行為だが、攻撃した韓国軍は命令を受けた戦闘行動だから、良心の呵責などない。日本人には知られていないが、平時の自衛官にはなんの権限もないのである。攻撃された場合、一般民間人同様の正当防衛が認められるが、それは国内法の刑法の規定にすぎず、外国軍との交戦とはまったく別物である。防衛出動が出るまでは、自衛隊は外国軍から攻撃されても、部隊としての交戦はできず、せいぜい正当防衛で必要最小限の反撃ができるだけだ。それも、武器弾薬が準備されていればの話で、前記のように、武器と弾薬は別々に、それも厳重に保管されているから、急場にはとても間に合わないのである。

○六：○○頃、上対馬の沖にある海栗島の航空自衛隊第一九警戒隊が、韓国海軍に砲撃された。本来は同時攻撃の計画だったが、そこは韓国軍のことで、この程度の誤差は日常的である。それでも、平時に奇襲された日本側には、大差のない結果をもたらした。一九警戒隊は、陸上や海上自衛隊の遭難の情報を受ける前に、攻撃されたからである。

夜のうちに領海を侵犯して、攻撃時期を待っていた韓国海軍駆逐艦二隻（「王健」「揚万春」）が、一二七ミリ砲をレーダードームに撃ち込むべく、砲撃針路に入った。一二七ミリ砲は、野戦陣地への砲撃には威力不足だが、脆弱なレーダードームには十分な破壊効果を発揮するはずだ。砲弾も徹甲弾ではなく、対空射撃に使う榴弾を使用し、信管は着発信管とした。

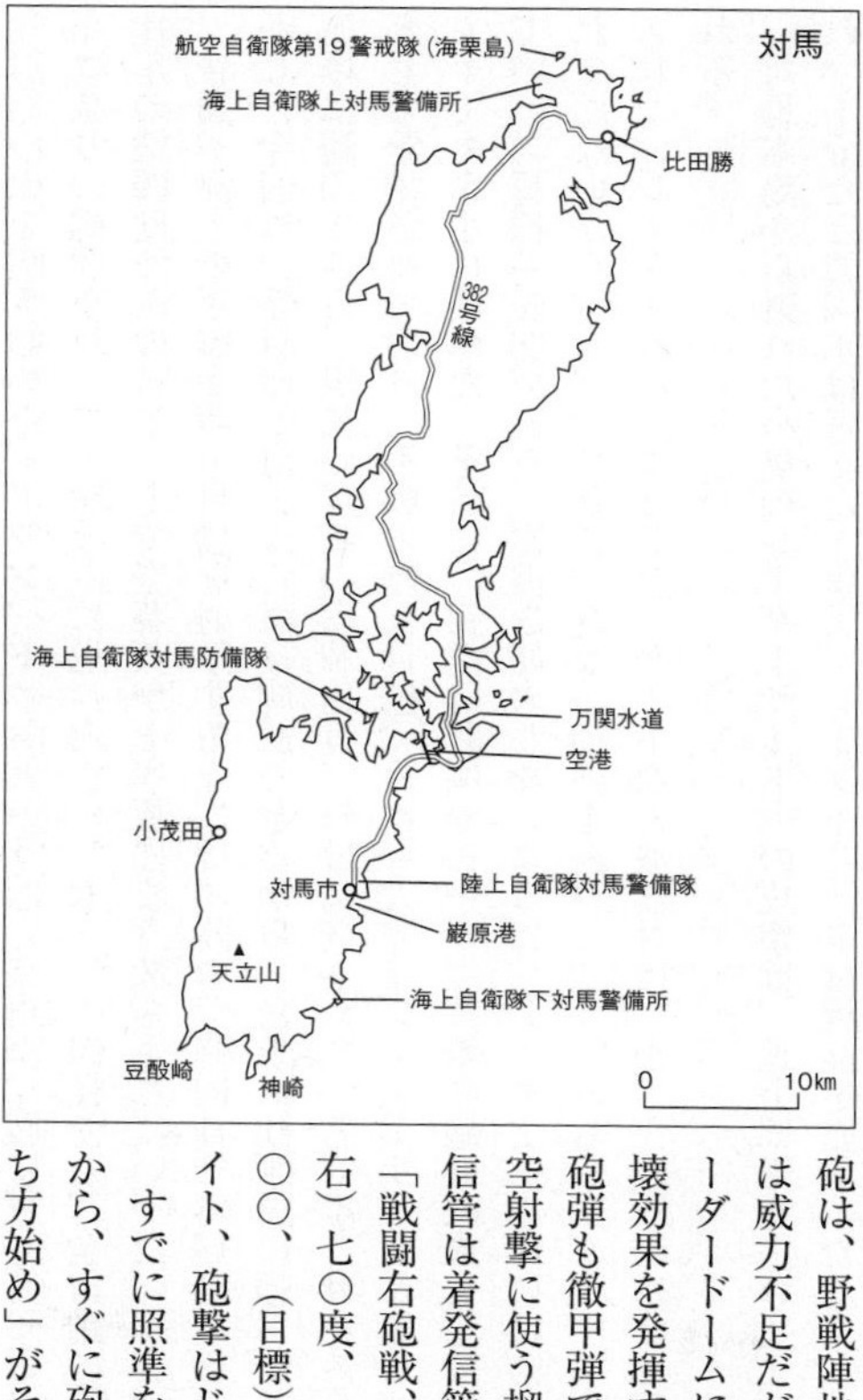

「戦闘右砲戦、（相対方位右）七〇度、（距離）三〇〇〇、（目標）レーダーサイト、砲撃はじめ」

　すでに照準を終えていたから、すぐに砲術長の「打ち方始め」がそれに続き、速射砲が火を噴き始めた。ドゥン、ドゥンという低い砲声が、腹に響く衝撃とともに、三〇キロ余りの砲弾をレーダーサイトに送った。一二七ミリの口径でも、全自動の速射砲だから、往年の機関砲並みのスピードで空薬莢が上甲板にまき散らされていった。

普通、海上の軍艦が陸上目標を射撃する際には、陸の野砲同様弾着観測員を送り込む。しかし、今回は砲撃目標が海上から直接確認できるから、着弾も観測員に頼らずとも、自艦で簡単に観測できる。現代の軍艦の艦載砲は、自分に向かってくる対艦ミサイルを究極の目標として整備されており、不動の陸上目標、それも大きなレーダーサイトとなれば、片目をつぶっても命中は簡単だ。それに、距離はわずか三キロ、軍艦の砲戦距離としては至近と言っていい。目標も脆弱である。電波を妨害しないように、レーダードームには防弾処置はとられていないから、大型の散弾にすぎない榴弾を浴びて、ドームもレーダーアンテナも、破壊された。レーダー機器のようなデリケートな電波器材は、小さな破片だけでも簡単に破壊される。

対馬本島から離れた小島のレーダーサイトへの攻撃は、地上部隊を送り込まなくても、これで十分だと韓国軍は考えた。事実、レーダーサイトは機能を喪失した。

数分の射撃で目的を達した二隻は、単縦陣のまま対馬海峡を東へ抜け、地上部隊の作戦支援のため、対馬東岸沖を南下した。自衛艦は防衛出動や海上警備行動が発令されていないから行動できないが、海上保安庁の巡視船艇が邪魔になるかもしれない。巡視船相手なら何隻いようと、駆逐艦二隻で圧倒できる。壱岐や博多からの海上交通遮断も任務に含まれている。

これら自衛隊への攻撃と並行して、対馬やまねこ空港も占拠された。空港も平時には警備兵力はないから、やはり簡単に占拠された。対馬空港は夜間の発着はなく、第一便の到着は八時台だから、早朝の空港は客もなく、少数の職員がいただけである。韓国軍特殊部隊は、管制塔や空港事務所などを押さえて、空港への立ち入りも禁止した。

空港を占拠した第三中隊は、半数を厳原港に向けた。港は空港と違って、出入りする船舶は管制を受けない。岸壁を押さえればいい。深夜に博多からのフェリーが入港したが、他の岸壁は閑散としていた。特殊部隊は、これら接岸船舶を撤去させて、岸壁を空けるのが任務である。船舶操縦の訓練を受けている特殊部隊員が日本船を移動させて、岸壁を整理した。

各中隊から、陸自襲撃、海自襲撃それに空港と港の占領の報告を受けた姜中領は、本国の陸軍司令部に作戦完了を報告した。特殊部隊の本領は発揮された。敵の寝込みを襲ったに過ぎないが、味方の被害はゼロで任務は完了した。

〇八：〇〇頃になると、占拠された空港と港に韓国軍海兵隊が到着し始めた。第二海兵連隊を基幹とする部隊で、連隊本部と第一大隊主力は、沖の「独島」からすぐに上陸し、残りの部隊も、釜山から海路と空路で続々と送り込まれた。日本側の要撃はないので、ただ輸送されただけで着上陸が終わった。第二連隊の他、戦車一個中隊、砲兵一個大隊などである。

釜山から対馬までは、直線距離約一〇〇キロにすぎない。ヘリでも三〇分ほどの行動圏内だし、民間フェリーを使っても数時間しかかからない。空港を押さえたから、さらに時間は短縮される。所要兵力の輸送は、正午までに完了した。

連隊本部が厳原におかれ、第一大隊が厳原を中心とした下対馬、第二大隊が空港、そして第三大隊が上対馬に展開した。表玄関の厳原港を補給拠点としつつ、朝鮮半島に面した対馬海峡西水道側の小茂田も裏玄関として確保された。元寇の際、元と高麗の連合軍が上陸した浜である。狭い海水浴場と小規模の漁港があるだけだが、予備の補給拠点として使えるだろう。もともと山岳地形の対馬には、広い海岸や平地はなく、対馬空港や厳原港が人工的に整備されただけである。これらが使えない場合、島内に散在する狭い海岸や空き地を補給拠点にせざるを得ない。だからこそ、港と空港を抑えておく必要も、またあるのだ。

正午までに、韓国海兵隊は対馬の主要地域を支配下に置いた。幹線道路には車両によるパトロールが巡回し、主要な交差点には機関銃座や装甲車が配置されて交通を管制した。歩兵の活動と並行し、砲兵や戦車も布陣すべく適地を調査し、厳原西方に配置、隠蔽された。

休日早朝の攻撃だったため、陸海空自衛隊とも、かなりの数の隊員が官舎や下宿で被害をまぬかれたのは、不幸中の幸いだった。人数の少ない韓国軍特殊部隊の掃討は市街へは及ばず、被害は局限された。全島の掃討と制圧は正規軍の海兵隊の任務だが、セオリーにしたがう正規軍は、自隊の安全を確保してから全島の制圧にかかる。

その前に生存自衛官たちは、携帯で連絡を取り合い善後策を講じた。部隊に戻るのは危険だし、意味もないので、私宅や公民館にひそかに集合した。自衛隊にも緊急連絡網がある。本来は、非常事態の際に、部隊から隊外にいる隊員を集めるためのものだが、今回は隊が壊滅しているから、編成上の上級者が部下を把握することになった。武器はないが、この組織は自衛隊の反攻に貢献するであろう。彼らは、私有車両や釣り船など、使える機材や情報を集めながら、本土との連絡に努めた。

一応既存の施設と組織に依拠できる空の一九警戒隊や海の三つの警備隊（上対馬・下対馬・壱岐）も、いずれ韓国軍の攻撃を受けることを予測して、対処を始めた。本格的攻撃を受ければ防ぎきれないだろうが、機材や文書の避難や破棄を準備した。陸の対馬警備隊が壊滅したため、生存者にはわずかな武器しか残らなかったから、武器弾薬の調達が増援とともに要請された。

十一月三日　春日　航空自衛隊西部航空方面隊司令部

本土の自衛隊で最初に異常事態を知ったのは、福岡県春日市の航空自衛隊西部防空管制群である。攻撃を受けた一九警戒隊からの急報を受けたからだ。航空自衛隊の防空組織は、平時でも二四時間体制で活動しているから、異常事態は直ぐに伝わる。

警戒隊自体も、レーダードームが攻撃されたものの、交替制で勤務するため、非番の隊員には被害が少なかったから、事態を急報できた。施設が破壊されて通信手段を失った陸上海上自衛隊の状況が不明な中、航空自衛隊からの報告が緊急事態を正確に本土に伝えた。

管制群当直幹部は、西部航空警戒管制団に報告した。さらにその報告を受けた西部航空方面隊（西空）司令部当直幕僚は、司令官に報告するとともに、陸の西部方面隊、海の佐世保地方総監部にも情報を求めた。これで、状況を把握していなかった陸上・海上自衛隊も、隷下部隊の被害を知った。陸上は福岡の第四師団、熊本の西部方面総監部、海上の佐世保地方総監部は、対馬の隷下部隊の状況確認に努力した。

急報は市ヶ谷へ伝達され、陸海空自衛隊は情報収集と警戒態勢に入った。しかし、事態を把握できない政府や自治体は、混乱するのみである。そんな中、徐々にではあるが情報が集まり始めた。陸自対馬警備隊は壊滅状態で連絡が取れず、海自対馬防備隊本部も同様である。ただ、離れて位置する上対馬、下対馬、壱岐警備所は被害を受けていないことが分かった。

ここで対馬の軍事的価値について、改めて見ておこう。

対馬は古来、日本と朝鮮半島の間に在って、壱岐とともに海上交通の中継地として重要な地位を占めていた。平和なときには、日本と朝鮮半島、大陸との交通がここを経由していたし、侵攻もここから始まった。二度の元寇（文永の役、弘安の役）でも、元軍はまず対馬や壱岐に上陸、ここを占領して拠点を確保した後、博多に侵攻した。文永の役（一二七四年）では、元と高麗の連合軍約一〇〇〇が対馬の小茂田浜に上陸、対馬守護代宗資国が八十余騎を率いてこれを要撃、全滅した。弘安の役（一二八一年）でも、対馬は最初に侵攻を受け、世界村大明浦に元・高麗の東路軍が上陸した。日本軍はやはり善戦して東路軍に痛撃を与えた。

大東亜戦争後、日本が最初の軍事的脅威を受けたのは、昭和二十五年（一九五〇年）に勃発した朝鮮戦争である。

まだ連合軍の占領下にあって独立を回復していなかったので、日本の防衛は連合軍の責任だった。しかし日本占領軍は四個師団とも朝鮮半島に投入されたため、日本防衛のために警察予備隊が創設された。これがのちに自衛隊になる。したがって、自衛隊は朝鮮からの侵攻に備えて創設された歴史を持っている。朝鮮戦争が開戦時とほぼ同じ位置で休戦となり、朝鮮半島からの侵攻の恐れはなくなった。当時、最大の軍事的脅威はソ連であり、ソ連と国境を接する北海道が日本防衛の最前線と見做されて、特に陸上自衛隊は北に精鋭部隊を配置してきた。

しかし、朝鮮半島での戦争の再発も懸念され、対馬には国境の島としては例外的に防衛体制が整えられた。西の与那国島には自衛隊どころか、警官も二人という状態だし、中国の脅威にさらされて久しい琉球列島も、沖縄本島に戦闘部隊がいるが、それより西の先島には、宮古島にレーダーサイトがあるのみだ。

朝鮮戦争でできた自衛隊だから、朝鮮半島からの侵略に備えたのは当然だ。しかし、その態勢も不十分なものである。侵略に対して防衛のために戦闘する部隊は、陸上自衛隊対馬警備隊のみだ。本部中隊、普通科中隊、後方支援隊からなる定数三五〇の大隊規模で、実数は三〇〇に満たない。有事には、別府の第四一普通科連隊から増援される予定だが、別府より釜山の方が近い。かつては警備隊本部だけで、別府から一個中隊が派遣されていたが、管理その他の問題があって、現在は専有の普通科中隊ができている。普通科中隊は、四個小銃小隊と一個迫撃砲小隊からなる。有事には連隊規模の増援を得られる計画だが、奇襲を受けると対応できないのは、今回の事態が示している。

対馬警備隊の普通科中隊が装備している武器は、小銃や軽機関銃のほかは、八一ミリ迫撃砲L16と一二〇ミリ重迫撃砲を始め、八四ミリ無反動砲、〇一式軽対戦車誘導弾、八七式対戦車誘導弾、七九式対舟艇対戦車誘導弾である。山岳地形だし、この規模の部隊としては充実した装備といえる。しかし、それも大半が使えないまま終わった。

釜山空港から対馬空港までは約一〇〇キロ、一方福岡空港からは一三〇キロである。対馬空港には、一九〇〇メートル滑走路が一本ある。これを利用して、韓国軍は輸送機とヘリで空輸できる。厳原港などの港には、韓国からの定期便もある。釜山からフェリーが補給手段として活用された。揚陸艇が達着できる砂浜が限られているから、大小の港湾にフェリーで揚陸する手段が採られた。

狭隘な地形のため、大規模な部隊は不適当と判断した韓国軍は、侵攻兵力を一個海兵連隊に留めた。これに砲兵大隊、工兵中隊、偵察中隊などを併せて、連隊戦闘団を構成した。地勢から戦車は一個中隊に限定された。日本側が反撃する際も、戦車は持っては来ないだろう。

五日には、占領部隊が揃い、特殊部隊は意気揚々と帰国した。韓国海兵隊は司令部を対馬空港におき、唯一の国道三八二号線を管制することで南北対馬を自在に分断、連結した。対馬は南北両島とも、全島が山岳といってよく、緊要地形は国道沿いに点在する。

韓国軍占領指揮官、第二連隊長高海兵大領が重視したのは、多数のトンネルと橋梁、空港と港湾それに厳原市街である。国道や主要地方道の存在からわかるように、対馬市のインフラは東側の方が多い。また、北部よりは南部の方が多い。西側は軽視しても構わないし、西岸は韓国に向いているから、海空からの監視や支援もできる、と判断した。北はもちろん韓国に近い。したがって、防御態勢は南東の市街地や空港、港湾が重点である。博多からの定期便もある北部の比田勝周辺に一個大隊を配置し、残り二個大隊と砲兵などは空港と厳原の防御に備えた。

日本側の逆襲は港湾と空港に指向されるはずだ。対馬には上陸に適した海岸はほとんどないからである。狭い海水浴場には一時に大兵力を揚陸できない。五月雨式に少しずつ上陸する部隊は、簡単に水際で殲滅できる。

万が一着上陸を許しても、移動には道路を使用せざるを得ないから、多数のトンネルや橋梁でそれを阻止できるはずである。

実に守りやすい条件と考えられる。高大領は、展開を終えた部隊に隠蔽（カモフラージュ）措置を命じ、日本の反撃を待った。たぶん、日本は対馬に来ないだろう。民間人が住む狭い島内での戦闘が難しいこともあるが、韓国海兵隊は、さらに日本領土への侵攻を計画しているから、対馬どころではなくなるはずだ。

十一月四日　熊本健軍　陸上自衛隊西部方面総監部

熊本は、旧陸軍第六師団の所在地である。西南戦争で西郷軍の猛攻に耐えた熊本鎮台が発祥の伝統ある師団だ。旧陸軍で第六師団といえば最精鋭師団の一つとされた。戦後自衛隊になっても尚武の地としての伝統は続き、自衛官の二〜三割は九州出身である。人口はほぼ一割だからその比率の高さがわかる。

旧陸軍は、平時編成と戦時編成は異なっていた。平時には、師団以上の部隊、軍や方面軍などはなく、戦時にのみ編成された。師団の編成も同様で、平時には少数の現役兵のみであるが、戦時になれば動員をかけて予備役を招集、兵力は数倍に膨れ上がる。今も、その態勢にある国はあるが、即応性を重視して平時と戦時（日本では有事という）の態勢にあまり差がない国が増えている。日本も少数の予備自衛官に頼ることができない点、消極的な意味で即応態勢にあり、平時と有事の編成には、ほとんど違いはない。

陸上自衛隊の場合、日本全国を北海道、東北、関東北陸、中部四国中国、九州沖縄の五つに分け、それぞれ北部、東北、東部、中部、西部方面隊が担当する態勢をとってきた。方面隊には基本構成単位として、複数の師団あるいは旅団がある。師団あるいは旅団は、普通科連隊を中核として、これに特科、戦車、施設などの職種（兵科）の部隊を協同させて単独で作戦する。このほか方面隊には直轄部隊がある。直轄部隊は、師団や旅団の作戦を支援するための航空隊、特科団や群（砲兵旅団、連隊）、施設群（工兵連隊）などである。

西部方面隊（西方）は、九州と琉球列島を守備範囲とし、北九州の第四師団（福岡）、南九州の第八師団（熊本）、沖縄の第一五旅団（那覇）が基幹部隊で、それに航空隊や高射特科団（対空ミサイル旅団）、特科隊（独立砲兵連隊）、施設団（工兵旅団）などの直轄部隊から成る。九州には西方のほかに陸上総隊直轄の水陸機動団が先年創設され、長崎県に配備されている。手薄な南西諸島に中国軍が侵攻した際、遊撃的に運用される機動部隊である。

中国の脅威の増大にともない、旧ソ連に備えた北方重視から、西方重視に変わって増強しつつあるとはいえ、西方の兵力は少なく、地理的な守備範囲は広大である。特に、第一五旅団は、南西諸島を担当しているが、旅団とは名ばかり、大隊に毛が生えたような兵力で、沖縄本島以外に部隊を配置する余裕はなく、重装備もない。心細い態勢で増大する中国の脅威に備えて来たのだが、敵は朝鮮半島から来た。中国に備えた西方重視が、今、韓国によって現実に試されることになった。

この事態に対処すべく、方面総監八代陸将以下、師団長や旅団長、直轄部隊の指揮官や主要幕僚が緊急会議を開いている。東京から飛来した統合幕僚監部や陸上総隊司令部の幕僚も、陪席している。事態の深刻さは誰もが承知しており、会議は緊張の極にあった。

西方総監部幕僚長大牟田将補の司会で、会議が始まった。まず、対馬警備隊が襲撃されて壊滅したことが、四師団幕僚長飯塚1佐から報告された。子隊が虐殺同然の被害を受けた師団の作戦主務者として、穏やかならぬ表情は隠せない。

「詳細は不明ですが、昨日未明、数十名規模の特殊部隊に攻撃を受けた模様です。敵は、対戦車ロケットで駐屯地正門の警衛所を破壊し、軽迫撃砲で警備隊庁舎と退舎を攻撃しました。これで施設はほぼ機能喪失、在隊していた隊員の大半が死傷したと思われます。砲撃後に駐

陸上自衛隊

- 陸上総隊
- 北部方面隊
- 東北方面隊
- 東部方面隊
- 中部方面隊
- 西部方面隊
  - 第四師団
    - 第一六普通科連隊
    - 第四〇普通科連隊
    - 第四一普通科連隊
    - 対馬警備隊
    - その他
  - 西部方面航空隊
    - 第三対戦車ヘリコプター隊
      - 付隊
      - 第一飛行隊
      - 第二飛行隊
    - 西部方面ヘリコプター隊
      - 付隊
      - 第一飛行隊
      - 第二飛行隊
      - 第三飛行隊
      - その他
  - 第八師団
  - 第一五旅団
  - その他
- 中央即応集団
  - 第一空挺団
  - 第一ヘリコプター団
  - 中央即応連隊
  - 特殊作戦群
  - その他

- 水陸機動団
  - 第一連隊
  - 第二連隊
  - 第三連隊
    - 本部管理小隊
    - 第一中隊
      - 第一小隊
      - 第二小隊
      - 第三小隊
      - 対戦車小隊
      - 迫撃砲小隊
      - 重迫撃砲小隊
    - 第二中隊
      - 第一小隊
      - 第二小隊
      - 第三小隊
      - 対戦車小隊
      - 迫撃砲小隊
      - 重迫撃砲小隊
    - 第三中隊
      - 第一小隊
      - 第二小隊
      - 第三小隊
      - 対戦車小隊
      - 迫撃砲小隊
      - 重迫撃砲小隊

屯地に侵入した敵特殊部隊に、警備隊生存者は殲滅されたものでしょう。平時ですから、戦闘ともいえない大量殺人行為であります」

西方幕僚副長御船将補が質問した。

「未明の攻撃なら、外出中の隊員もいたのではないか。警備隊長以下、幹部や隊員の生存者は掌握できていないのか」

誰もがそれを気にしていた。知人の安否とともに、対馬での作戦の条件が左右されるからである。その辺は、四師団でも関心を持って情報収集していた。飯塚1佐が答えた。

「警備隊長は官舎で殺害されました。営内居住者や当直幹部以外は多くが無事を確認されています。営内居住者は絶望的ですが、外出中の者は難を逃れ、現在掌握されているのは、幹部八名、准曹士六六名、計七四名で、四師団とは携帯電話や民間の固定回線で連絡が維持されております。休暇で遠出している隊員や、連絡がまだ取れない隊員もあるので、今後もかなりの増加が期待できます。ただ、武器は皆無で負傷者もあり、戦闘能力はありません」

最悪のケースだと、警備隊の七割が失われたことになるが、最良の場合なら半数の無事が期待できる。いずれ、現地からの連絡で判明するだろう。丸腰の対馬警備隊残存兵力に作戦をやらせるには、武器の補給が必要だ。御船将補がそれをただした。

「四師団には、対馬へ補給と増援の計画はあるのか」

飯塚1佐は、検討中としながらも、計画の基本的考えを示した。

「警備隊の指揮機能が活きていることが確認できれば、別府の第四一普通科連隊の増援を実施します。ただ、対馬侵攻の韓国軍は、特殊部隊の奇襲の後、海兵隊を上陸させた模様ですから、わが方の増援部隊の輸送と着上陸には格別の配慮をせねば、強い妨害を受ける恐れが十分あります。武器装備の搬入は、慎重にやれば敵に気づかれずに実施できるでしょう。対馬での地上戦闘に重装備は必要ありませんから、その点は有利といえます。これには、海空自衛隊の協力と、民間船の徴用が必要になると思われます」

海空自衛隊といえば、彼らも被害を受けたはずだ。対馬の海上、航空自衛隊も攻撃を受けたことは西方情報部長五木1佐から紹介された。

「対馬には、海上自衛隊対馬防備隊と航空自衛隊第一九警戒隊がありますが、いずれも攻撃を受けております。海の防備隊は戦闘部隊を持ちませんから、本部隣接地に事前潜入していた特殊部隊の奇襲で壊滅したようです。ただ、防備隊本部は壊滅しても、上対馬や下対馬、壱岐にある警備所はまだ、攻撃を受けていないようです。それも時間の問題かもしれませんが。離島の海栗島にある一九警戒隊はレーダーサイトです。ここは、韓国海軍の軍艦が艦砲射撃を加えて、施設を破壊しました。人員の被害は比較的軽微のようですが、肝心のレーダーを破壊されたため、朝鮮半島方面の空域監視に穴が開いたものと思われます」

方面総監八代陸将が質問した。隷下部隊の他自衛隊との協同や支援については、上級指揮官として責任がある。

「海上や航空自衛隊との協力支援体制について、調整はすすんでいるのか」

これは、四師団では答えられない。陪席していた統幕の連絡幹部練馬1佐が発言した。

「陸海空自衛隊の協同については、現在統幕で調整中ですが、防衛出動が出た上で大臣の命令が必要ですし、細部もまだ詰まっていないので、当面現地の部隊間の調整で緊急処置をお願いするしかありません。西方は海の佐世保地方隊、空の西部航空方面隊と直接調整をお願いします。その結果は、陸上総隊や統幕へ報告、通報いただくのは当然ですが。海上自衛隊の作戦部隊は横須賀の自衛艦隊が統括しているので、陸上総隊が調整中であります」

自衛隊、いや日本としての対処が決まらない段階では、現地の部隊がやれることをやるしかない、ということか。

それにしても、肝心の防衛出動はいつ出るのだ。それまでは、現実の侵略に直面した自衛隊が、何もできない平時の状態が続くのだ。部隊の移動やある程度の弾薬の準備は現行法の範囲で何とかやれるが、次の侵略を防ぐための陣地構築や本格的な部隊の作戦配備は法的にできない。

仕方あるまい。少々の法律違反は覚悟の上で、必要な軍事的処置を講じることにする。西方総監八代陸将は腹をくくった。超法規的処置をとるまでだ。優等生の彼だから、陸幕長就任は堅いといわれてきた。しかしこの期に及んでは、そんなものはあきらめるしかない。部下と国を守ることにする。彼は決断し、指揮官としての決心を示した。

「西方は、全力を挙げて対馬の奪還作戦を遂行する。当面、対馬警備隊残存兵力を核として、四一普通科連隊を増援する。四二連隊と方面直轄部隊も状況により、増援の可能性があるから準備をすること。部隊の輸送計画は方面の防衛部でたてる。各部隊指揮官は、弾薬始め作戦資材を速やかに集積準備すること。補給の優先順位は、四一連隊、四二連隊の順。方面航空隊は中央即応集団や他方面の航空部隊と支援について調整せよ」

もともと対馬防衛は、対馬警備隊固有の普通科一個中隊程度で全うできるものではない。だから有事には、別府の四一普通科連隊が増援されることになっていた。それら増援部隊を指揮するために、連隊本部並みの内容を持つ対馬警備隊が現地にあるのである。よく似た例は、在日米陸軍第一軍団だろう。座間にある第一軍団前方司令部は、日本国内隷下に戦闘部隊をほとんど持たない。しかし日米安保が発動されたら、ハワイや米西岸から派遣される師団級戦闘部隊の司令部になる。規模は違うが、戦闘予定地域に戦闘部隊を事前配置せず、司令部だけを置いている事情は同じだ。

陸上総隊の品川1佐が、
「水陸機動団の派遣については、総隊の方で準備させますが、状況によっては西方の指揮下に入れる可能性もあるので、現地での調整は進めてください」
と補足して、みなうなずいた。当然、そうあらねばなるまい。水陸機動団は九州にあるのだ。

ところで、九州からの増援部隊は海を越えねばならない。陸自独自での航空輸送がまず実施されるだろうが、方面の航空隊や各師団の飛行隊ではとても足りない。中央即応集団のヘリコプター団や、他方面隊の航空兵力の応援を受けなければならない。さらに、航空自衛隊の輸送機や輸送ヘリも必要だ。空輸できない装備や部隊は、海上自衛隊に運んでもらわねばならない。かなりの規模の船舶輸送や空輸が必要だ。輸送には時間がかかるから、その間の海と空の安全も確保せねばならない。陸上自衛隊は現地に集結してからが仕事だが、それまでは海上や航空自衛隊に期待しなければならない。

その日のうちに、連絡幹部が福岡県春日の航空自衛隊西部航空方面隊と長崎県佐世保の海上自衛隊佐世保地方総監部に向かって、具体的な調整に入った。

十一月四日　春日　航空自衛隊西部航空方面隊（西空）司令部

第一九警戒隊の壊滅事態を受け、対応が協議されていたところへ、陸の西方から幕僚が数名到着した。先着していた海自の連絡幹部も交え、西空司令官大野空将は、陸自の状況判断を受けて会議を再開した。西空防衛部長那珂川1佐が、情勢を整理して、会議の交通整理をするところから始まった。

「陸上自衛隊の状況は、ただいま説明されたとおりです。以下、第一九警戒隊の状況について報告します。三日〇七：一〇頃、一九警からの第一報があり、レーダードームの爆発があったとのことです。それも、連続して発生しました。北西方向の海上から砲声らしき音が連続していたため、当直員が双眼鏡で確認したところ、複数の軍艦が砲撃を加えていることが判明しました。艦種や国籍は、未明だったことと専門外だったために確認できませんでしたが、数十発の砲撃でレーダーや通信施設に甚大な損害を受け、機能は喪失しました。人員の被害は死者五名重軽傷一二名であります」

西空副司令官宇美将補が質問した。彼は司令官の補佐をする副司令官だから、常時詳細は報告を受けて状況は把握している。この質問は、他の参加者に要点を伝えるための、いわば八百長の質問である。

「西空として、現在までにとった処置は？」

一九警戒隊の上級部隊、西部航空警戒管制団副司令久山1佐が、まず報告した。

「春日の第三移動警戒隊、美保の第七移動警戒隊が派遣準備をしております。（航空）総隊から早期警戒管制機の出動の連絡を受けたところです。間もなく九州の北方の空域監視は従前以上の態勢になるはずです。それまでは背振山の四三警戒群、見島の一七警戒隊、福江の一五警戒隊の覆域でできるだけの監視を実施します」

戦闘機乗りだった宇美将補は、戦闘機部隊の状況についても報告を求めた。レーダーサイトが攻撃された以上、航空攻撃も予測され、それには要撃戦闘機が主役になる。

築城の第八航空団副司令、豊津1佐が答えた。八空団には、F－2を装備する第六飛行隊とF－15の三〇四飛行隊の二個飛行隊がある。九州、いや西部航空方面隊では最強の戦闘部隊である。

「八空団としては、最優先課題として稼働機を増やすべく努力した結果、各飛行隊とも十数機が出動可能でありますが、弾薬、特に中距離SAMが不足しております」

西空には、新田原にもう一つの航空団第五航空団があるが、飛行隊は三〇一飛行隊のみである。機種は旧式のF－4EJを改修したF－4EJ改。レーダーやFCS（火器管制装置）はF－15並みに向上し、空戦だけでなくF－2同様対地対艦攻撃能力もある。

五空団も、稼働機約二〇と報告したが、やはりミサイルはじめ、弾薬の不足が見込まれる。五空団は、要撃戦闘に加えて、対地対艦攻撃も考慮せねばならぬから、爆弾や対地対艦ミサイルも必要である。

戦闘機部隊の航空団に続き、地対空ミサイル、パトリオットについて春日に本部がある第二高射群が隷下四個の高射隊の状況を報告した。

要撃戦闘機を逃れて本土に達した敵機に対して、第二陣として控えるのが、パトリオットを装備した地対空ミサイル部隊である。その中で、もっとも北にあるのは芦屋基地の第五、第六高射隊である。そのほか、東は築城基地内に第七高射隊、南は久留米に第八高射隊がある。これら長距離地対空ミサイルはすべて福岡県内で、最北端の芦屋に二個高射隊が重点配備されていることからも、西空が長年、朝鮮半島からの攻撃に備えてきたことが分かる。西空管内の他県には対空ミサイル部隊はないのだ。沖縄が返還されたから、那覇に新しくできた南西航空混成団にパトリオットの高射部隊が新編されたのは別の事情からだ。朝鮮半島ではなく、中国大陸からの脅威に備えてのことである。

以上の態勢は、第二次朝鮮戦争が波及して、北朝鮮やこれに加担する旧ソ連や中国軍が九州方面を襲うことに備えて、のことであった。韓国や在韓米軍が健在なら、日本が攻撃を受けることにはならない、はずだった。しかし、同盟国のはずの韓国が侵略してきた。旧ソ連以来、北の脅威に備えてきた北部航空方面隊（北空）に比べれば、重視されてきたとはいえない西空が、突然、主役になったのである。

ソ連崩壊後、増大する中国の脅威に備え、西方重視が言われて久しい。航空自衛隊の場合は九州ではなく、沖縄はじめ琉球列島が対象で、西方重視でも西空が増強されたわけではない。琉球列島を守る南西航空混成団が、西方重視の対象だった。最も近い隣国は韓国なのだが、冷戦構造下では同じ西側自由圏の味方と見て来た。その味方が近年、中国と争うように反日政策をとって来たが、ついに敵となってしまった。

防衛出動が出るまでは、西空としては穴の開いた防空体制を修復しつつ、戦闘機の稼働率を上げ、燃料弾薬の準備を急ぐしかない。平時任務の領空侵犯に対する措置は、韓国のみな

航空自衛隊

- 航空総隊（府中）
  - 北部航空方面隊（三沢）
  - 中部航空方面隊（入間）
  - 西部航空方面隊（春日）
    - 第五航空団（新田原）
      - 第三〇一飛行隊　F-4EJ／改
      - その他
    - 第八航空団（築城）
      - 第三〇四飛行隊　F-15J／DJ
      - 第六飛行隊　F-2
      - その他
    - 西部航空警戒管制団（春日）
      - 西部防空管制群（春日）
      - 第七警戒隊
      - 第九警戒隊
      - 第一五警戒隊（福江島）
      - 第一七警戒隊
      - 第一九警戒隊（海栗島）
      - 第一三警戒群
      - 第四三警戒群
      - 第三移動警戒隊（春日）
      - 第七移動警戒隊（美保）
      - その他
    - 第二高射群（春日）
      - 第五高射隊（芦屋）
      - 第六高射隊（芦屋）
      - 第七高射隊（築城）
      - 第八高射隊（久留米）
      - その他
    - その他
  - 南西航空混成団（那覇）
  - その他

らず周辺各国に対して、引き続き怠るわけにはいかないのである。

現に、中国軍機やロシア軍機、さらには台湾までもが、防空識別圏に侵入する機数を増やしている。あの未曾有の東日本大震災の時、東北地方が甚大な被害を受けた事態に、ロシア軍機が領空への接近を増やした例がある。憲法の前文と違って、世界は善意に満ちてはいない。隣国の弱みに付け込むのが冷徹な現実だ。

そんなことを卑劣と考えるのは日本人位のものだが、日本人は自分がそうだから、他人もそうだと思い込む。「平和を愛する諸国民の公正と信義に信頼して、われらの安全と生存を保持しようと決意した」のは、その典型だ。反日的な非道を繰り返す隣国に、公正や信義が期待できないのに、何もせずに来た怠慢の結果が、今この事態を招来したのである。

それは、自衛隊の責任ではないが、ツケを払うのは政治家やリベラル指向の国民ではなく、自衛隊である。彼らのせいで自衛権行使もできず、一方的に攻撃されて犠牲者を出した自衛隊は、手足を縛られたまま、国を守るために動き出した。

十一月五日　市ヶ谷　防衛省

防衛省でも対策に追われていた。九州など現場の部隊は、軍事行動だけを考慮すればいいが、東京はそうはいかない。政治がある。だから、本格的な対策会議は五日になってしまった。

問題は、防衛省内外にあるのだ。総理官邸や外務省などより、むしろ省内の内局が障害になっている。現場部隊からの情報は、陸海空幕僚監部から統合幕僚監部に集まる。それを防衛大臣に報告し、総理大臣に上げればいいようなものだが、内局が介在する。背広組と呼ばれる彼らは、恐るべき軍事音痴なので、いちいち彼らに説明しなければならず、納得しなければ、さらに部隊に追加情報を求める手間が増える。誤れるシビリアンコントロールの亡者たちは、軍事専門家の自衛官が真のシビリアンコントロールの責任者たる政治家に直接接触することを許さない。軍事的緊急事態なのに、軍事専門家から大臣に迅速な報告を上げないような仕組みを作っているのだ。真意がどこにあるかは別として、敵国にとっては有能な工作員と変わらない。

やっと、内局の次官や局長たちが納得したところで、大臣へ報告が許された。報告は、まず、陸海空幕僚監部の防衛部長から、各自衛隊の状況が報告され、まとめて統合幕僚監部が、事態を総括することになった。

陸幕防衛部長が、深刻な面持ちで口火を切った。

「一昨日〇五：〇〇頃、対馬警備隊が襲撃を受けました。敵は特殊部隊と見られ、兵力は不明ながら一〇〇を超えない中隊規模と思われます。敵はまず、携帯式の対戦車ロケット数発で警備隊正門の警衛所を破壊、これで警衛の隊員は全滅した模様です。続いて、小型迫撃砲、おそらく六〇ミリ迫撃砲で庁舎を攻撃、在隊の当直員や営内居住の隊員が、施設とともに殺傷されました。襲撃は休日の早朝だったため、当直員と営内外居住の隊員のほか、過半の隊員が無事だったのは不幸中の幸いでした。現在まで、生存が確認されたのは約八〇名。徐々に増えています。市街某所に潜伏して、韓国軍の掃討を避けていますが、発見も時間の問題ですから、早期に救援が必要でしょう」

防備隊本部だけが攻撃され、まだ三ヵ所の警備所が無事な海上自衛隊の報告は、多少状況が詳細だった。

「陸の警備隊とほぼ同時刻、対馬防備隊本部も襲撃されました。海は配員上武装した警備はしておりませんから、敵は楽々と襲撃できたことでしょう。防備隊本部の隣接地は、韓国人に所有されて久しいため、警戒はしておりましたが、具体的にとれる手段はなく、ここに襲撃者が潜んでいた模様です。襲撃部隊は、陸自同様数十名規模、おそらく特殊戦部隊一個中隊と見られます。防備隊本部は一報を発した後、連絡が取れません。当直員は全滅したものと思われます。防備隊司令も安否不明なままです」

「対馬防備隊隷下の警備所の状況は？」と、海幕長が促した。

「上対馬警備所、下対馬警備所それに壱岐警備所はいずれも、現在までのところ異常はありません。しかし、下対馬警備所は厳原に近いので、攻撃されるのは時間の問題でしょうし、上対馬警備所も、安心はできません。壱岐警備所は陸上自衛隊が進出すれば、安全です。なお、上対馬警備所と空自一九警戒隊とは、現地で連絡が取れており、可能な範囲で相互連携をしております」

航空自衛隊は、地上部隊の侵攻をうけなかったため、もっとも人的被害が少なく、報告も最も詳細だった。

「〇七：〇〇頃、海栗島の第一九警戒隊が海上の軍艦から砲撃を受けました。海上自衛隊の見積もりでは、韓国駆逐艦二隻とのことです。このため、レーダードームをはじめ地上に露出していた通信アンテナ他、主要な設備は破壊されました。その後、海自上対馬警備所との電話連絡に成功し、相互支援の態勢を採っておりますが、地上戦闘部隊はないので、敵海兵隊の進出があれば、対処の手段はありません。早急に救援が必要でしょう」

統合幕僚監部は、情勢を総合し、自衛隊としての対策を進言した。

「これらの状況を総合して、韓国軍特殊部隊二乃至三個中隊による襲撃により、陸上海上自衛隊の施設が破壊され、軍艦の砲撃により空自レーダーサイトも無力化されました。その直後、侵攻した韓国海兵隊により、対馬の主要地域と施設が占領されてしまいました。海兵隊の兵力は、歩兵一個連隊を基幹とした戦闘団規模と見られ、一個大隊を北部に送ったようで、残りは南部の厳原市街と空港、港湾を制圧しております」

事態の深刻さは、大臣以下に十分理解されたが、どう対処するかだ。報告は続いた。

「目下、防衛出動さえ出ていない状況では、自衛隊の各部隊は軍事行動はとれません。とりあえず、九州の部隊は九州への攻撃に備えつつ、対馬への救援計画を策定中です。他の方面の部隊は訓練を中止し、可能な限り出動準備を整えつつあります」

「喫緊の課題としては、空自の警戒隊、海自の警備所それに陸自の生存者の救援です。彼らを収容するか、反攻のために現地に残すか。残す場合は、一定の防御態勢が必要ですから、北部の空自警戒隊または海自警備所を拠点とした地上戦闘に耐えられる兵力を送る必要があります」

安全保障に関しては、内局部員など足元にも及ばぬ見識を誇る政務次官が発言した。彼は、防衛大を出て1尉まで海上自衛隊に勤務していたが、義父の後をついで政治家に転向した人物で、政務次官になったとたん、内局の反発とサボタージュに悩まされて来た。しかし、現実の危機に際しては、彼のような見識と決断力のある政治家の出番だ。

「防衛出動が出るまでは、法律ギリギリの処置として、大臣や私ができることがあれば、聞こう。政治的決断で自衛官の超法規的処置をとらずにすむなら、われわれ政治家が責任を負う。統合幕僚監部を中心に、対策を検討して、大臣に直接報告するよう。その席には私も当然同席する」

彼を信頼している防衛大臣が、大きくうなずいて政治決断の覚悟を示した。この時点で、内局の出番はなくなった。大臣↓統合幕僚長↓陸海空幕長という、指揮系統の一本化がはっきりした。「直接報告」とは、内局を経由する必要はない、との意図で、それはすべての参会者に理解された。当然、事務次官が抵抗した。

「それでは、内局に情報が上がらず、大臣補佐の仕事ができません」

政務次官は、叱りつけるように答えた。

「軍事的な分野で、内局に補佐の余地はないだろう。自衛隊の足を引っ張らないことが最大の補佐だ。情報が欲しければ、大臣報告の席に同席すればよい。自分たちの都合で、多忙な各幕の自衛官を呼びつけて説明させるようなサボタージュは許さないから、そのつもりでいるように」

保身に終始し、そのための浅知恵しかない官僚は、沈黙せざるを得ない。反対に、自衛官の士気は上がった。深刻な事態で、多くの自衛官の命が失われた暗い雰囲気も、対策を急がねばならない使命感と政治家の支援のおかげで、霧が晴れるように解消していった。

政務次官が会議の主導権をとった格好だ。シビリアンコントロールが建前のわが国としては、悪い状況ではない。これまで、コントロール能力のある政治家がおらず、官僚がシビリアンで干渉をコントロールと勘違いした連中が、悪しき習慣を蔓延させていただけのことである。

「防衛出動後の処置についても、至急検討してもらいたい。統合部隊を編成せねばならないだろうから、統幕を中心に、陸海空幕、陸上総隊、自衛艦隊、航空総隊が協力して、ベストのものを考えてくれ。私が大臣を補佐して、総理にそれを伝える。本格的な行動前に、対馬で無事な部隊の安全を図るため、上対馬と壱岐に部隊を送ることも考慮してほしい」

非公式にではあるが、政務次官か政務官が統合幕僚監部の会議室に常駐して、特別な報告の手間を省くことになった。自衛隊サイドにはありがたい配慮だ。見方によっては邪魔な政治家だが、仕事の邪魔をしないでそばで見ている、というルーズコントロールは能率を上げる。大事なことは報告するが、その背景や思考過程はそばで見ている政治家に改めて報告しないですむ。国防族として有名な政務次官も政務官も軍事知識は十分だから、内局部員みたいな基礎的で非建設的な質問はしてこない。

この非常時に、防衛省にまともな政治家がいてくれたことは、大きい。総理も、自衛隊には理解が深い。阪神でも東日本大震災でも、政権トップにいた無能な政治家が被害を大きくしたが、今度は、被害を局限できるだろう。

陸上自衛隊は、担当の西部方面隊の他、水陸機動団、中央即応集団、富士教導団、第一二旅団などが出動準備に入り、弾薬はじめ作戦資材も優先的に補給された。

海上自衛隊は、自衛艦隊に作戦部隊が集中しているから、この点即応性は高い。また弾薬の準備も限定的ながら整っている。砲弾はもちろん、ミサイルや魚雷も定数には足りないが、常に一定の実弾は艦に搭載してある。出動部隊を絞って他所から回せば、作戦行動はいつでもできる。護衛艦は、舞鶴、呉それに佐世保に相当数が配備してあるし、呉の潜水艦も一日もあれば、対馬方面に展開できる。

航空自衛隊は、動かないレーダーサイトのほか、早期警戒管制機や移動警戒隊の準備が進んだ。中部や北部航空方面隊から、戦闘機の増援準備も進められた。

それら大規模で本格的な準備と並行して、残存の自衛官を救援するため、兵力の派遣も急遽実施された。韓国軍の占領が進む前に、海栗島の第一九警戒隊と大浦地区の上対馬警備所を防衛するため、地上戦闘部隊を送り込むことが急がれた。レーダーサイトが一つ破壊されても、対馬周辺の航空優勢はわが手にある。海上も、自衛艦が出動すれば管制できるだろう。

数百の軽装備の戦闘部隊を送り込むことは、決して難しくはない。

航空自衛隊は、第一九警戒隊を地上戦で守るため、百里から基地警備教導隊四〇名を芦屋に送った。陸上自衛隊が兵力提供を申し出たが、自分の隊は自分で守りたい空自は、身内の部隊を送ることにした。そこは人情であろう。

陸上自衛隊は、水陸機動団から、一個連隊を福岡駐屯地に移動させ、対馬警備隊残存隊員を武装するための武器弾薬を博多港に集積した。この部隊と資材が対馬の残存部隊を救うことになるだろう。いわば、救援の主力部隊である。

海上自衛隊の場合は、江田島にある特別警備隊が野戦に使えないため、対馬の海自施設の防衛は陸上自衛隊に依存することにして、その輸送に全力を挙げることにした。

十日、対馬救援のため統合部隊が編成されたが、防衛出動はまだ出ない。事態対処専門委員会、安全保障会議で二日を浪費した。閣議は短時間で終わったが、臨時国会で引っ掛っているのだ。

この緊急事態に、複数の野党が戦争反対と硬直した論理で反対しているらしい。国会の勢力図からは強行採決も可能だが、ことの重大性にかんがみ、総理が強行採決を避けているとのことだ。その代わり、防衛出動待機命令を出して統合部隊の編成や、出動準備などをやりやすくしてくれた。現地での戦闘は防衛出動と武力行使命令を待たねばならないが、時間を要する準備は事前に実施できる。海上における警備行動も、防衛出動までのつなぎで発令されているが、海上保安庁の統制は暗礁に乗り上げている。

自衛隊法八〇条の規定では、防衛出動時に海上保安庁を防衛大臣の統制下に入れることができる。しかし、海上保安庁法第二五条はこれと真っ向から矛盾する規定がある。「この法律のいかなる規定も海上保安庁又はその職員が軍隊として組織され、訓練され、又は軍隊の機能を営むことを認めるものとこれを解釈してはならない」のである。この一事をもってしても、政治が有事に備えてこなかったことが分かるであろう。

現在、統合部隊は対馬救援に絞った小規模な部隊で編成されている。防衛出動が出ていないから、当面は輸送と揚陸が目的だ。輸送と揚陸は海上作戦である。そのため、指揮は海上自衛隊が執ることになった。

佐世保の第二護衛隊群は、本格的な作戦まで温存する方針だから、舞鶴の第三護衛隊群から充当することになった。三護群の三護隊は四隻編成だが、「しらね」は修理中だから、三隻で作戦する。

指揮官

海上自衛隊第三護衛隊司令

任務

救援部隊および装備を上対馬に揚陸する

兵力

陸上自衛隊　水陸機動団第一連隊
　　輸送ヘリ（CH‐47J）二機　多用途ヘリ（UH‐60）二機　攻撃ヘリ
　　（AH‐64）三機
　　水陸両用強襲車（AAV‐7）八両
海上自衛隊　護衛艦「あたご」「まきなみ」「すずなみ」
　　輸送艦「おおすみ」
　　哨戒ヘリ（SH‐60K）三機
航空自衛隊　基地警備教導隊

十一月十一日　対馬

第三護衛隊司令に率いられた救援部隊が、博多港から出発した。

対馬に韓国軍海兵隊の侵略を許したとはいえ、対馬海峡の海上・航空優勢は自衛隊の手にあり、妨害を受けることなく上対馬の東に達した。韓国軍機が基地を離陸すれば、九州のレーダーサイトが探知して、築城から要撃機が出動するし、「あたご」のイージスシステムも、敵機の接近を許さない。防衛出動は出てなくとも、正当防衛や武器等防護の名目で防御戦闘をする。法的に無理があるが、政治が決断してくれた。

救援部隊は上対馬の北に達し、「おおすみ」に搭載されていった陸自輸送ヘリで、兵員と装備の揚陸が開始された。対馬の北部には、ホバークラフトが活躍できる砂浜がないので、代わりに水陸両用強襲車が運ばれた。兵員とともに上陸後は、装甲戦闘車として使用される。

まず、空自の基地警備教導隊をCH－47Jが海栗島へ降ろし、第一九警戒隊の死傷者を収容した。対馬本島から離れた小島の海栗島は、本島から自衛隊が駆逐された場合の拠点になるだろう。狭い島だが、ヘリパッドとして十分な広さのグラウンドなど、条件は整っている。

次に、攻撃ヘリの制圧下、上対馬高校の校庭に輸送ヘリが着陸した。東岸の比田勝地区とはトンネルで隔てられているから、ここで東からの敵の進出を阻止する。比田勝を北端とする国道三八二号線は、この先を西海岸沿いに南下するが、数キロ先にもトンネルがあってそこでも防御できるから、この地域は確保できるはずだ。

比田勝港から国道に連結して県道一八二号線が北側を周回している。比田勝港周辺には、韓国海兵隊一個大隊が港を守っている。時機を見て上対馬警備所や一九警戒隊の掃討に来るつもりだったようだが、先手が打てた。港の北にある権現山の裏側に三宇田海水浴場がある。海自警備所、空自警戒隊の安全が確保された後、ここに水陸両用強襲車が上がってきた。攻撃ヘリの援護下で敵もいなかったから、八両が第三中隊と装備を一回で無事揚陸した。三中隊は、西約一キロの県道一八二号線合流点とその南にあるトンネルを押さえた。他に比田勝港から海岸沿いに北に通じる地方道は揚陸地点の海水浴場で遮断されるから、韓国軍は現在地から北上することはできないだろう。

この結果、上対馬北端の東西南北数キロ四方の地域が、確保された。比田勝港から上対馬高校へ国道三八二号線が北西に伸びている。この北の地域のほとんどを自衛隊が確保することができた。比田勝港は韓国軍の支配下にあるが、もはや安全な補給拠点にはならないだろう。

救援部隊の増援は成功した。上対馬北部の自衛隊施設も活用できる。施設の一部が砲撃で破壊されたものの、海栗島の第一九警戒隊の安全は確保された。上対馬北部の一部に反攻の拠点も確保された。海上自衛隊上対馬警備所の施設を活用して、指揮通信手段も得られる。島内に潜伏していた残存隊員は、山中あるいは海上を移動して十三日には北部地区に集結した。

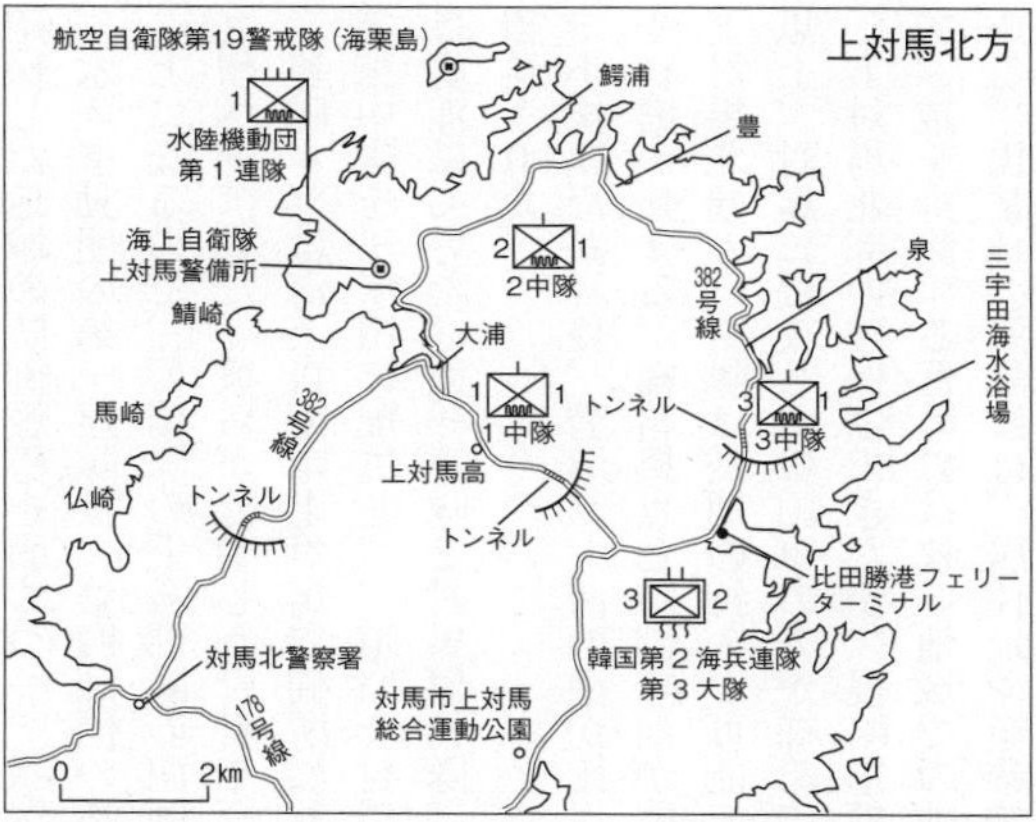

対馬警備隊の隊員にはレンジャー特技を持った者が多く、この程度の移動は困難ではない。幸か不幸か、自宅や下宿で事態を知ったため、武器なしの身軽な状態である。レンジャー訓練を受けていない隊員や負傷者などは、釣り船や漁船で移動した。道路は韓国軍が封鎖しているため、使えないからである。

十四日、現地部隊の統合指揮を執る第一連隊長唐津1佐は、掌握した陸海空部隊を再編成した。

確保した地域の防御態勢を固めつつ、状況を第四師団に報告した。

水陸機動団の第一連隊は、第四師団の指揮下にはないが、対馬警備隊の任務を引き継いだことになるので、警備隊の上級部隊の四師団に報告することになっている。負傷者はヘリで九州へ運ばれた。彼らが持参した資料や証言から、さらに詳細な状況が本土に伝えられた。

連隊本部は海上自衛隊上対馬警備所におき、第一中隊を上対馬高校付近、第二中隊を豊、第三中隊を三宇田に配置して、道路を封鎖した。対馬警備隊の残存隊員を再編成した予備隊は鰐浦においた。第一連隊と対馬警備隊には、レンジャーが多いから、遊撃行動も積極的に計画された。

小規模だが、豊、鰐浦、大浦の港が確保された。ヘリパッドとしては数ヵ所のグラウンドや校庭が使える。補給拠点と防御陣地が確保されたから、よほど強力な攻撃を受けない限り、上対馬北端の自衛隊は長期の持久が可能であろう。いや、付近の海と空がわが管制下にある以上、対馬に侵攻した韓国軍の方が補給に苦労するはずだ。

上対馬北部の確保はできたが、侵略軍の排除は困難である。まず、兵力不足がある。そして、敵を排除するためには狭い地域での戦闘が必要で、予想戦場には民間人が多く居住している。山岳地の対馬には、居住地や産業施設の場所は限られる。そこに韓国軍が布陣している以上、非戦闘員への戦闘被害は小さなものではすむまい。おまけに、敵には砲兵がいるがわが方にはない。そもそも、野砲により敵を制圧するという乱暴な火力戦闘は、非戦闘員の存在を考えれば無理だから、持ってこなかったのだ。

当面は、対馬の一角にわが方の強固な拠点を確保し、遊撃戦を実施することで韓国軍の戦力の漸減を図ることと、敵の補給線遮断により敵戦力と士気の低下を狙う消極的な行動をとるしかない。

十一月十五日　市ヶ谷　統合幕僚監部

当面の緊急課題だった対馬救援がひと段落したので、統幕で本格的な対馬奪還作戦が詰められた。作戦計画の骨子はこうだ。

一、作戦目的
　対馬の奪還
二、指揮官
　陸上自衛隊西部方面総監
三、兵力
　陸上自衛隊　西部方面隊、水陸機動団、中央即応集団の一部
　海上自衛隊　第二護衛隊群、第一航空群、第一輸送隊、潜水艦数隻
　航空自衛隊　西部航空方面隊、航空総隊直轄部隊の一部
四、作戦要領
（一）海上及び航空優勢下で、一個普通科連隊程度を逆着上陸させる。

(二) 増援部隊(四一普連)は、上対馬の水力機動団第一連隊と協同して、主として山岳戦で敵兵力を減殺する。
(三) 半島からの韓国軍後方補給を遮断し、占領軍の戦力と士気の低下を図る。これには、主として潜水艦があたるほか、航空攻撃を実施する。対艦攻撃機としては、主として空自の戦闘機(F-2、F-4)を使用するが、脅威の低い目標に対しては、海自の哨戒機や陸自の攻撃ヘリも使用する。

概要は右のとおりだが、細部の作戦計画の発動は防衛出動が出てからのことだ。しかし、それでは遅すぎるから、前倒しでできることは実施されることになった。

例えば、対馬への逆襲は博多港と空自芦屋基地、海自大村基地が出撃拠点に選ばれ、部隊移動や、物資の集積などの準備が始まった。さらに、陸上自衛隊の地上部隊と航空部隊の一部は、壱岐に推進することになった。これらは、防衛出動がなくても可能な部隊移動にすぎない。しかし、これだけの部隊移動には、燃料や整備態勢などの後方支援組織の移動もあって、大仕事になった。

二日間で、別府の第四一普通科連隊が壱岐に進出した。壱岐への民間定期船のほか、海自の輸送艦が協力した。第三対戦車ヘリコプター隊と第四飛行隊も壱岐空港に進出した。壱岐空港と航空機を守るため、第四高射特科大隊も空港周辺に展開した。航空部隊の母基地目達原には、このほか西部方面ヘリコプター隊が残っており、他の方面隊や第一ヘリコプター団からの応援が到着しつつある。

第三対戦車ヘリコプター隊は、本部と観測ヘリを装備する本部付隊のほか、主力の対戦車ヘリコプター八機を持つ飛行隊二個からなる。戦車が行動しにくい対馬の戦闘では、対戦車ヘリが戦車はじめ、敵の地上部隊におおいに威力を発揮するはずだ。

壱岐は九州本土から六〇キロ程度だから、輸送効率はいい。壱岐への海上、航空輸送は順調に進んだ。韓国海軍は対馬の南では確認されず、空軍機も飛んでいない。問題は潜水艦だが、この狭い海域を制圧するのは海上自衛隊には朝飯前である。壱岐水道の西側を哨戒ヘリが警戒し、博多から壱岐までの航路約三〇マイル（海里・約六〇キロ）の北東は、第三護衛隊が警戒した。無論、沿岸だから航空自衛隊の要撃管制組織も機能する。

第八護衛隊（「きりしま」「きりさめ」「いなづま」「すずつき」）が呉から博多に回航された。イージス艦「きりしま」と汎用護衛艦三隻の編成だから、九州と壱岐の間の狭い海上と航空の制圧は十分だ。対馬のレーダーサイトが破壊されていても、「きりしま」のSPY－1レーダーと対空ミサイルがあれば、韓国空軍の行動は許さない。ヘリは艦載機が三機ある他、大村には哨戒ヘリの基地があるから、ヘリ搭載護衛艦（DDH）を出すまでのことはない。まだ自衛権は行使できないが、現場は正当防衛を名目に戦闘の覚悟を決めている。処罰されるかもしれないが、対馬の自衛隊のように、一方的に殺されるよりはましだ。

十五日までに、壱岐を前進基地、博多港や北九州の航空基地を出撃基地とした反撃準備は、概略整った。後は、防衛出動を待つのみである。防衛出動が出なければ、実力行使のための部隊編成も自衛権の行使もできない。部隊と送られた弾薬類すらも平時では複数の法律の規制を受けているが、やむを得ずそれらの法を破って集積しているのだ。

空輸には大型輸送ヘリで兵員と軽装備を送り、輸送艦（LST）で重装備を送る。近距離だから、小型の輸送艦（LSU）や輸送艇（LCU）も使用できるし、対馬の小さな港湾や狭い砂浜を考えると、小型の方がむしろ効率的だろう。輸送ヘリCH－47は、武装兵五五名が搭乗できるから、四機で一個中隊強が運べる。

仮に韓国の海空軍が妨害しても、海上自衛隊と航空自衛隊の実力で十分排除できるだろう。輸送艦や輸送ヘリに護衛を付ける必要はなく、対馬周辺の海上、航空優勢を維持することで、間接護衛が可能だ。空間を支配しているのだから、そこを行動するヘリや輸送艦を個々に護衛する必要はない。輸送ヘリの着陸に際しては、攻撃ヘリが地上を警戒し、必要なら制圧する。

問題は、その後の地上戦闘である。拠点を確保している敵海兵隊一個連隊を相手に、非戦闘員が存在する狭い島内でいかに戦うか。山岳戦、遊撃戦を実施して、市街での戦闘や火力戦闘で生じる非戦闘員への被害を局限すべきであろう。その方法は、西方や現場部隊が知恵を絞らねばならない。

北部に拠点を確保した対馬の陸上部隊は、遊撃戦や偵察活動を活発化させた。対馬の山岳地は、地元の対馬警備隊にとっては庭に等しく、潜伏、移動も敵に察知されずに実施できる。レンジャー資格を持った隊員も多く、山中の移動にも熟練している。時折、韓国海兵隊のパトロールと遭遇することもあるが、殲滅できる条件でのみ交戦し、常に有利な状況でしか行動しない主体性が維持できる。作戦上の主体性は軍事用語では主動と言い、作戦上の留意事項とされている。

苛立った韓国軍が、二、三度大規模な掃討作戦を試みたが、山林内に潜む自衛隊を捕捉するのは難しい。加えて自衛隊の危機に際しては、九州から飛来する空自の戦闘機や、壱岐に進出している陸自対戦車ヘリが近接航空支援をするから、成果は上がらず被害のみを増やす結果に終わった。

韓国軍は、日本人民間人の居住区域に部隊を混在させられる市街地から、人気のない山中に移動することの不利を悟って、安全な駐屯地からの出撃を控えるようになった。小規模のパトロールは対空脅威が少ない代わり、地上の自衛隊には劣勢となる。韓国軍は、重要拠点の防御を固めることに徹し、行動は消極的となった。

この情勢なら、奪還作戦も成功するだろう、と楽観的な見方が出てきた。

しかし、そんな時、新たな事態が起きるのである。

十一月十七日　五島列島沖　強襲揚陸艦「独島」　韓国軍第一海兵師団

「発進」

師団長安少将が命令を下した。〇六：〇〇のことである。

師団の尖峰部隊を指揮する辺中領（中佐）は、師団長に敬礼した後、部下とともに駆け足で飛行甲板でローターを回しているヘリに向かった。彼は海兵隊でも精鋭をうたわれた第一偵察大隊長である。彼と第一中隊を載せて「独島」から発進したヘリは、UH‐60八機で、同時にLCAC（エアクッション揚陸艇・ホバークラフト）が二隻、後部のウェルデッキから発進し、陸岸に向かった。こっちには車両や重量のある装備を載せている。このため、周辺の海上は轟々たる騒音に包まれ、上甲板では会話すらできないほどだ。その中で、師団長以下が偵察大隊の出撃を見守った。

数分後、大隊本部と第一中隊の計約二〇〇名の将兵は、五島列島福江島に到着した。秒単位で散開、付近を警戒制圧する手際は、さすがに精鋭部隊らしい動きである。敵弾が飛んでこなければ、訓練の成果は発揮される。辺中領は、部下の機敏な戦闘行動に満足しつつ、片膝をついて周辺を観察した。周囲には、幕僚や本部要員の下士官兵も小銃や軽機関銃を構えて、警戒している。

辺中領の乗ったヘリが着陸したのは、福江島北部の三井楽町、浜窄小学校校庭である。次々着陸したヘリには大隊本部と一個小隊が搭乗しており、小隊が着陸場を確保した後、本部要員は大隊本部を校舎内に設定した。早朝のことでもあり、付近に日本人住民の姿はない。自衛隊や警察が気づいて行動を起こす前に、やるべきことは片付くだろう。同じ頃、具大尉の指揮する第一中隊主力は、自衛隊福江島着陸場を抑えて、ここもヘリパッドとして確保した。

さらに由良ガ浜海水浴場海岸を舟艇の達着地点として確保し、ここにLCACがガスター

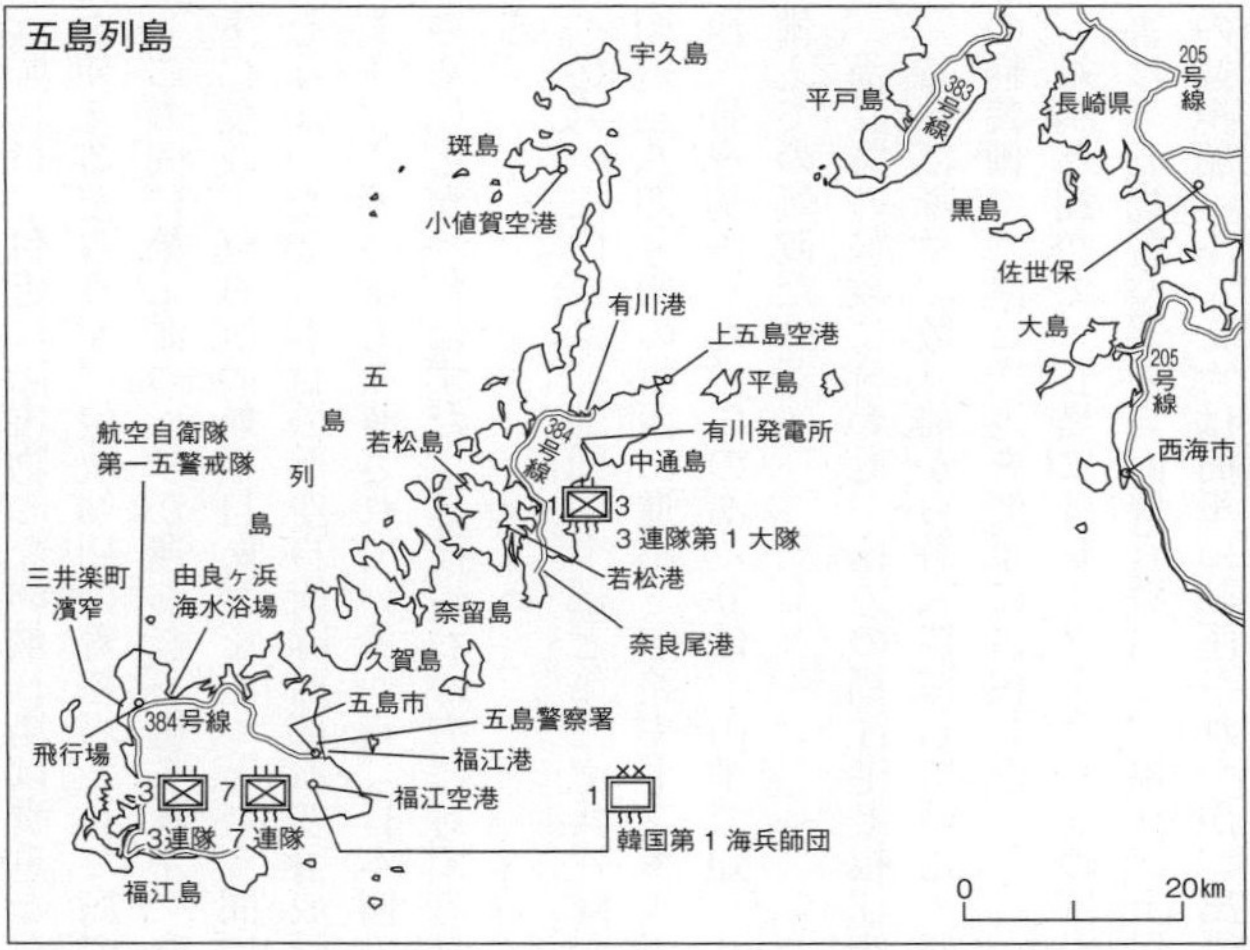

ビンの甲高い騒音とともに、スカートからしぶきを巻き上げながら上陸してきた。砂浜に上がってエアクッションの空気を抜き、下がった艇の甲板から装甲車三両とジープ六両が下ろされ、艇は母艦に戻っていった。まだ運ぶ装備は山ほど残っている。しかし、日本側の妨害はなさそうだから、揚陸は計画通りに進むだろう。砂浜には、海兵隊一個小隊が海軍の誘導員の護衛と、付近の制圧のために散開した。平和な日本の雰囲気に、海兵は顔のカモフラージュメイクの違和感に苦笑しつつ、楽勝な侵攻にほっとしている。

大隊の降りた小学校の校庭は、長辺が一〇〇メートルに満たない狭い運動場だし、第一中隊が抑えた着陸場も九〇〇メートルほどの滑走路だけだが、狭い島内ではぜいたくはいえない。それにヘリを主用する海兵隊には、付近に障害物のない飛行場は貴重な存在である。島内を占領すれば、いずれ空港を使えるだろうが、侵攻初期の着陸場として島の北側に適地は多くない。

この間に第二派のヘリが運んだ一個小隊が、直接航空自衛隊第一五警戒隊のレーダーサイトに侵攻、無抵抗の航空自衛官をあっという間に制圧して、施設を占拠した。施設の破壊はしなかったが、春日の航空自衛隊西部航空警戒管制団への情報は遮断された。すでに対馬のレーダーサイトも攻撃されているから、日本側の朝鮮半島方面への空域監視の穴は、これでさらに広がったはずだ。以後のわが方に対する日本の航空作戦に支障が出ることを期待できる。

〇六：三〇には、師団司令部と第三海兵連隊が揚陸を始めた。先着の偵察大隊は、車両で国道三八四号線の東西に進出、隘路やトンネルで道路を封鎖して、国道から北側の福江島北西一帯を制圧した。このあたりは、円畑で知られる。南の福江市街の占領が失敗した場合に備えての処置だ。

海兵隊の侵攻に合わせ、南方の福江港と福江空港でも陸軍特殊部隊が活動を開始した。特殊部隊は、数日前から潜入待機していた一個特戦中隊約五〇名で、小火器と手榴弾だけの軽装備で、港と空港を簡単に占拠した。

対馬と違って、五島にはレーダーサイトのほか、自衛隊の戦闘部隊はいない。わずかな障害は、五島警察署の当直警官数名と、福江海上保安署の当直員くらいのものである。停泊中の巡視船「ふくえ」は簡単に制圧されたが、出港中の巡視艇「みねかぜ」は難を逃れた。島内数ヵ所の駐在所も初期攻撃の対象からは外れた。しかし、個々の警官ができることには限りがあり、何しろ武器は威力のないリボルバー一梃である。そもそも日本の警察官は、外国軍隊に対して法を執行する権限も能力もないのである。海上保安官も同様だ。猟銃を持った少数の民間人も、彼ら同様脅威にはならず、いずれ拘束されるだろう。

韓国軍は、港と空港を制圧した後、市役所など公的機関も管制下に置いた。NTTも抑えられた。

先に島の北東部に上がった海兵隊も、福江市街の制圧を確認して、南部へ占領地域を拡大し、日本側の抵抗を受けることなく、夕方には全島が韓国軍の支配下にはいった。夕方までに第一海兵師団は、装備と兵員を島に揚げた。この結果、島民四万が人質となった。

福江島を無血占領した韓国軍は、破壊せずに入手した島内インフラを活用し、増援部隊と作戦資材の輸送を続け、第一海兵師団は、所要兵力を揃えた。師団司令部のほか、第三、第七海兵連隊と支援の各大隊などである。第一海兵砲兵連隊からも二個大隊があがった。二個戦車中隊の他、水陸両用強襲大隊のＡＡＶ‐７も装甲戦闘車として活躍を期待されている。

対馬の第二連隊以下を併せて、師団長は侵攻部隊を改めて部署した。後は、日本の逆襲に備える準備である。

逆襲は、九州からヘリボンや海上挺進によって行なわれるであろう。大兵力が一気に向かってくることはないし、重装備の輸送もままならないはずだ。韓国海軍が海上を、空軍が空中を守ってくれることになっている。韓国軍きっての精鋭海兵隊が、苦戦することにはならないはずだ。

韓国軍が五島列島に侵攻するという予想外の事態に、日本政府は困惑した。いや、ほとんどパニックに近い。もともと混乱の中で進めていた今回の韓国の侵略対処だが、さらに大きな混乱が生じてしまった。

韓国軍の五島侵攻に、防衛出動に抵抗していた勢力はやっとおとなしくなった。防衛出動は戦争につながり、事態を悪化させる、という理屈が、韓国軍の侵攻拡大の前に消し飛んだ。

国会は防衛出動を承認し、総理大臣が発令した。

十一月十七日　市ヶ谷　統合幕僚監部（統幕）

五島列島福江島への韓国軍侵攻という新事態に、自衛隊は対馬奪還作戦の再検討を迫られた。防衛出動は出たが、福江を放置して対馬奪還作戦を継続はできない。

統合幕僚長の主催で陸上幕僚監部（陸幕）、海上幕僚監部（海幕）、航空幕僚監部（空幕）、陸上総隊、自衛艦隊、航空総隊の主要幹部が一堂に会した。情勢が激変したので、基本的な方針から再検討をせねばならない。

従来なら内局の防衛局長あたりが脇から干渉するところだろうが、総理官邸から陪席している秘書官の手前、内局部員たちはおとなしい。先日、総理官邸で防衛大臣が事務次官に「自衛隊をコントロールすべきシビリアンは、我々政治家であって、君たち役人ではない。

余計な口をはさむな」と一喝したらしい。統幕長の総理への報告の際、防衛官僚が蛇足を加えて自衛官より優位な立場を強調しようとした。そのため総理の不快感を誘い、それを感じ取った防衛大臣が叱りつけた、との真相が、会議の直前に漏れ伝わってきた。

こんなことがあったため、緊張の中にも自衛官の士気は上がって、高揚感に包まれた会議となった。統幕副長の趣旨説明とあいさつの後、会議が始まった。

まず、情勢の分析が先決だ。ところで、統幕には情報部門（かつてのＪ２）がない。平成九年（一九九七年）に情報本部（ＤＩＨ）が出来たときに吸収されたためだ。陸海空幕の調査部も体よく要員を引き抜かれた。情報本部で戦略情報、各幕調査部は作戦情報という名目だったが、実態は内局が手足になる組織が欲しかっただけだ。その欠陥は長く各自衛隊の情報機能を低下させてきたが、ここ数年の軍事的脅威の増加のため、多少は改善されてきた。

そして今回の侵略事態である。情報本部には、公開情報を始め、外務省など他省庁からの情報のほか、衛星画像や電波情報などが集められている。統合情報部長が報告を始めた。

「韓国軍の侵攻意図は、対日懲罰でしょう。韓国政府の発表だけでなく、韓国内の世論などを総合して、そう判断されます。出雲大社での衝突事件と領事館へのテロの責任をわが国のものとし、懲罰を加える、としています。従来の反日政策が制御できなくなったところへ、刺激的な事件が起きて国内世論が収拾不能となったため、無理な軍事行動を起こしたものでしょう。青瓦台（韓国大統領官邸）も軍事的冒険を望んでいるとは思えませんが、政治経済などの対日カードは、これまで切り過ぎてもう選択肢がなくなっています。残るは、軍事的直接行動だけ、という自縄自縛の結果の侵略と見られます」

陸上幕僚長が質問した。

「軍事的合理性、つまり対日戦の勝算は二の次、無理な侵略ということかな？　無理を承知でやった理由は何か？」

「そうです。ただ、軍事的には合理性がなくても、自衛隊が全能発揮できない日本独特の政治情勢があります。防衛出動までの間に、作戦が終了すれば、自衛隊の反撃はないとの見積もりで、現にその通りになってしまいました。だから、軍事的には冒険でも、政治的な成算はあったということでしょう。占領体制はほぼ完了していますから、わが方の反撃はかなり難しいものとならざるを得ません」

政略論は意味がないので、情勢分析は、具体的な作戦レベルに移った。

「対馬を占領している韓国海兵隊は一個歩兵連隊基幹。これに大隊規模の砲兵、中隊規模の戦車などが配属されている模様です。重視しているのは、対馬空港それに厳原港のようで、兵站上当然と思われます。北の比田勝港と、西海岸の小茂田も予備的に見ているようです」

衛星写真が、大スクリーンに投影され、韓国軍の配備状況が縮尺を変えた数枚の写真で説明された。日本の偵察衛星のものと米軍から提供されたもの、購入された商業衛星の写真を総合して作成されたもので、情報源は参会者には分からないように配慮されている。

「上対馬の比田勝港周辺に約一個大隊が確認されます。比田勝港は漁船のほか、釜山と博多からの定期航路が利用していました。いずれも現在は運行されていませんが、港は水深も深く釜山から約八〇キロですから、韓国軍への海上補給には、厳原より条件がいいでしょう。下対馬の主力部隊へは厳原、上対馬の部隊には比田勝を使用していると見ています」

比田勝港に入港中の韓国フェリーから、荷を満載したトラックが下ろされる写真が数枚スクリーンに投影された。

その後、対馬空港の衛星写真が写された。駐機場にはヘリが数機確認できる。空港内と周辺には戦車数両のほか、装甲車やトラック、ジープなど多数が並んでいる様子が確認できる。

「対馬空港は航空輸送の拠点及びヘリコプター基地として使用されています。また、側を走る国道三八二号線が空港付近の二つの橋で遮断できます。特に万関水道にかかる万関橋は対馬の中で最も重要な橋梁といえます。破壊の準備も予想されますが、彼らも使用する必要があるため、確保のため戦車を空港に配置しているものでしょう。韓国軍の戦車は万関橋を渡れないので、戦車はすべて下対馬に配備されています。空港とその周辺には歩兵が一個大隊確認されます。空港守備だけには過大な兵力ですから、連隊の予備兵力でしょう」

元寇の役の悪夢の再来、である。現代の侵略軍は、近代装備と後方の兵站線も確保して、占領体制を確固たるものにしているようだ。

「厳原の市街地と港湾地区には、敵の連隊本部と残りの一個大隊、戦車数両が所在しております。野砲は小茂田地区にある模様で、厳原地区、空港いずれも十分射程内であります」

「味方の状況は？」

統幕副長の質問に、陸上総隊副司令官が答えた。

「上対馬の北部、おおむね三宇田海水浴場と上対馬高校を結ぶ線の北側を確保しております。比田勝にいる敵の海兵大隊と対峙していますが、トンネルと隘路を利用して道路を封鎖、敵の進出を阻止しています。わが方の兵力は、水陸機動団第一連隊を基幹として、対馬警備隊の生存者を加えた約八〇〇名。そのほか、海自の上対馬警備所と空自の第一九警戒隊の生存者がおります。海栗島は小島ですから、空自の基地警備教導隊で維持は可能でしょうし、既存施設の通信機能は活用できます」

続いて、五島の状況が報告された。

「五島列島は、福江島に二個連隊基幹の海兵隊がおります。師団司令部以下、師団直轄部隊や砲兵、戦車、工兵なども上陸しており、対馬と合わせれば、ほぼ一個師団の兵力と見られます。福江空港、福江港などを無傷で占領し補給拠点としている点は、対馬同様であります。福江島北部の空自第一五警戒隊は、海兵隊に占領され、付近の自衛隊飛行場も敵の航空基地として使用されております」

航空総隊司令官が、発言した。

「一五警戒隊は、破壊をまぬかれたようだが、占領された以上使えないことに違いはない。ところで対馬だけでなく、五島に来た理由は何だろうか？」

これは、みな疑問に思っている。韓国は竹島だけでなく、最近は対馬も韓国領と言い始めた。日本への懲罰として対馬を占領するのはわかる。それに、休戦交渉次第で対馬が手に入れば、韓国世論も収まるだろう。しかし、五島はなんのための侵攻だかわからない。水陸機動団司令官が発言した。

「五島への侵攻は、牽制目的でしょう。対馬だけにわが方の反撃計画が集中するより、五島にも拡散させる方が有利、との判断でしょう。福江島は済州島から一八〇キロ程度ですから、兵站線も確保できると考えているものと思われます」

福江島の衛星写真が投影された。なるほど、対馬と比べると平地が結構ある。対馬はほぼ山岳戦になるだろうが、福江島では農地を含めて平地が多く、軍事的重要目標も平地にある。小規模なら野戦も生起しうる。韓国軍の戦車や装甲車、野砲も活躍する余地がある。

「占領部隊は、福江港、福江空港その他インフラのある東部地区に師団司令部と歩兵一個連隊、朝鮮半島に面した北部三井楽地区に歩兵一個大隊が確認できます。九州に面した東部の空港、港湾がわが方の攻撃や妨害を受けた際の、予備兵力を予備の補給拠点とともに確保しているものと見積もられます。福江島以外にも兵力を送って、占領地域を広げる兆候も見られます。ただ、島の数が多いので、主要な少数の島だけに兵力を配置すると思われます」

敵情はわかった。問題は反撃計画である。統幕運用部長が方針を示した。提案の形をとっているが、むろん、事前に各幕や部隊との根回しは終わっている。公式に確認することと、同席している政務次官や総理秘書官を通じて、総理や防衛大臣への間接的説明を目的とした会議だ。運用部長が要点を述べた。

「作戦実施上考慮すべきは、実現の可能性、味方と民間人の被害の許容性、作戦目的の有効性であります。結論から申せば、対馬、福江への逆襲は成功するでしょうが、国民の生命財

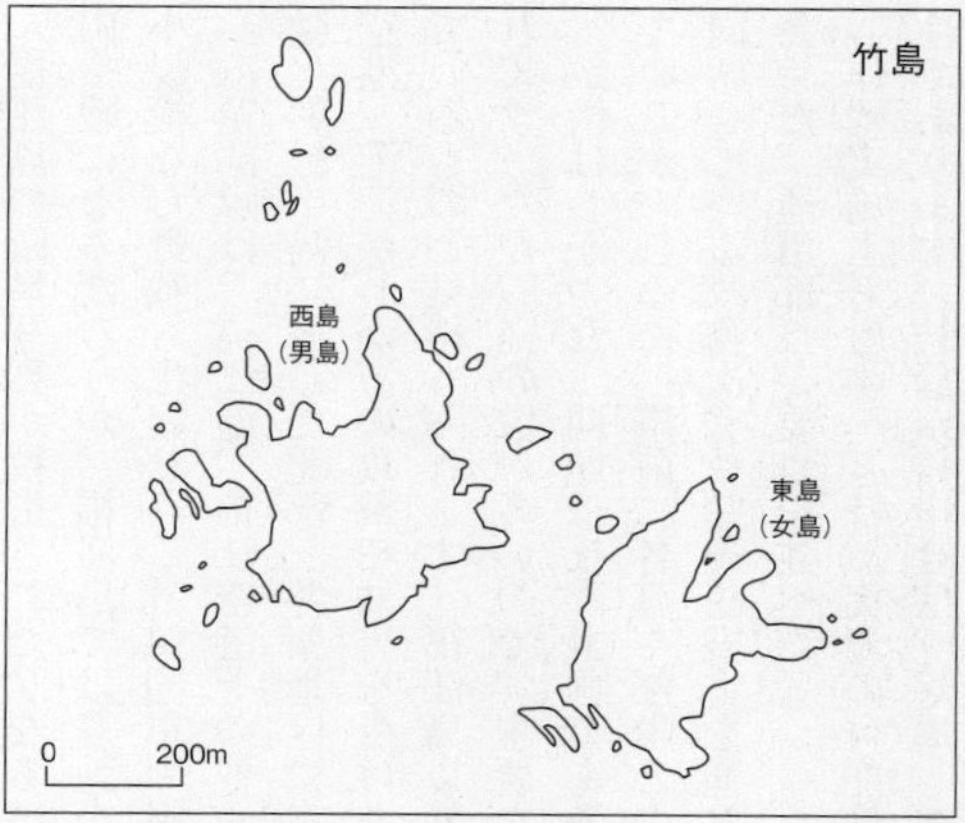

産への被害は覚悟せねばなりません。そのため、日本人がいない場所で、攻略が比較的容易、敵にとって痛い場所、を目標とします。それは、竹島です」

一同、大きくうなずいた。初めて聞く官僚の一部に驚きの表情が見られたのは、やはり意外な場所だからだろう。

竹島は二つの小島、東島（女島）と西島（男島）と数十の岩礁群からなる。不法占拠をしている韓国側の態勢は、海洋水産部の管理下で、軍に準ずる装備を持つ国家警察の独島警備隊の武装警察官四〇名と、灯台管理の職員三名を常駐させている。周辺海域は海軍や海洋警察庁が監視、警戒している。

主な施設としては、東島に警備隊宿舎、灯台、ヘリポート、気象観測台、岸壁、送受信塔、レーダーがあり、西島には漁民宿舎があって、漁民数名が居住している。

衛星写真のほか、韓国側の広報資料も含めて、詳細な情報が得られる。なにしろ、竹島は韓国の観光地でもあるのだから、秘匿された要塞ではない。

運用部長が、続けた。

昭和43年、毎日新聞社機が撮影した島根県隠岐の島町竹島

「竹島を攻略するとして、作戦には大きく二つが考えられます。一つは短期強襲、もう一つは海域を封鎖しての長期作戦、つまり兵糧攻めです」

自衛艦隊司令官が、サクラ質問をして参会者の理解を深めるよう、促した。

「海域封鎖は、海上自衛隊の実力をもってすれば容易だが、島の施設も破壊した方がいいのではないか？」

「そのとおりです。ヘリポートと岸壁を破壊すれば、韓国側は船舶輸送もヘリ輸送も不可能になります。空自のＦ－２がレーザー誘導爆弾ＪＤＡＭで精密攻撃できるでしょう」

「結構だ。ヘリポートと岸壁の修復には、それ相応の資材が必要だし、敵側はそれだけ輸送所要が増える。半島と竹島間の海上封鎖は、潜水艦だけでも実施できるが、水上艦や哨戒機の作戦も考慮する。ともかく、封鎖については、請け合う」

陸上総隊司令官が、発言した。

「わが方の作戦が、竹島だけに指向することを敵に教えるのも、詰まらん。対馬と福江に対する反攻作戦も、陽動効果を考えて実施すべきだろう」

航空総隊司令官も、同意した。

「対馬あるいは福江に対して、わが方が奪還作戦を試みる、と敵も見ているだろう。状況によっては実施できるかもしれないし、竹島攻撃と並行して実施できるだけの兵力は、空自にもある」

統幕副長が、受け取って結論を述べた。

「いずれのご意見も、もっともです。竹島攻略を主作戦とし、対馬、福江の奪還作戦も実施の前提で準備をし、陽動効果を期待します。実施可能な条件が整えば実行する、それくらいの迫力と現実性があれば、敵の目をごまかせるでしょう。では、竹島作戦は自衛艦隊司令官、対馬及び福江奪還作戦は陸上総隊司令官がそれぞれ指揮官となり、統合部隊を編成します。細部は関係部隊で詰めて、作戦計画が出来上がれば、大臣、総理の承認を頂きます。では、解散」

会議の結果を受け、一週間ほどで作戦の基本計画が完成した。

作戦名は、全般作戦を松竹梅とされ、主作戦の竹島奪還計画は竹、陽動の対馬は松、福江島は梅作戦とされた。無論、作戦は秘匿されて公表されることはないから、わが方が対馬や五島だけでなく、竹島奪還を狙っていることは隠されている。万が一、漏洩したとしても、主作戦が二番目に来るのも欺瞞効果があるだろう。統幕長が陸上総隊司令官、自衛艦隊司令官それに航空総隊司令官をともなって、防衛大臣に報告した作戦基本計画は、次である。

松竹梅作戦基本計画

松作戦

一、作戦目的

竹作戦の陽動。状況が許せば、対馬奪還

二、指揮官

陸上自衛隊陸上総隊司令官

三、兵力

陸上自衛隊　中央即応集団、水陸機動団第一連隊、西部方面隊の一部

海上自衛隊　一個護衛隊群、一個航空群、第一輸送隊、潜水艦一隻

航空自衛隊　西部航空方面隊の一部

四、作戦要領

（一）壱岐に推進した陸上兵力を増強するほか、北部九州の基地を活用、特に航空輸送能力を強化し、対馬への着上陸に備える。

(二) 上対馬の確保を優先し、情報活動や破壊活動は無理のない範囲で実施する。
(三) 民間人の安全にも留意する。
(四) 海上・航空優勢を維持して、対馬~半島間の補給路を遮断する。これと現地部隊の遊撃行動により、侵攻韓国軍の戦力と士気の低下を図り、奪還実現の状況を作るよう努める。

竹作戦

一、作戦目的
竹島奪還

二、指揮官
海上自衛隊自衛艦隊司令官

三、兵力
陸上自衛隊　水陸機動団第二連隊の一部（一個中隊程度）
海上自衛隊　二個護衛隊群、二個航空群、潜水艦数隻
航空自衛隊　一個航空団

四、作戦要領
(一) F-2戦闘機により、竹島（東島）のヘリポート及び岸壁を破壊する。
(二) 海上自衛隊により、周辺海域の海上優勢を確保。韓国の竹島への補給線を遮断する。

海上優勢確保が困難な場合、潜水艦による交通破壊戦を実施する。

(三) 航空自衛隊により周辺海域の航空優勢を確保、海上作戦を支援するとともに、敵の航空輸送を阻止する。

(四) 機が熟せば、竹島の韓国警備隊に投降を促し、拒否すれば攻撃する。

梅作戦

一、作戦目的

竹作戦の陽動。状況が許せば、五島列島奪還

二、指揮官

陸上自衛隊陸上総隊司令官

三、兵力

陸上自衛隊　中央即応集団、水陸機動団第二連隊の一部、第三連隊、西部方面隊の一部

海上自衛隊　一個護衛隊群、一個航空群、第一輸送隊、潜水艦一隻

航空自衛隊　西部航空方面隊、航空総隊直轄部隊の一部

四、作戦要領

(一) 敵の侵略拡大を阻止するとともに、反攻の拠点とするため、宇久島および小値賀島に陸上部隊を揚陸する。

(二) 民間人への被害を局限する。
(三) 海上・航空優勢を維持して、五島〜半島間の補給路を遮断して、侵攻韓国軍の戦力と士気の低下を図り、状況が許せば、逆襲して奪還する。

陽動の支作戦、松作戦と梅作戦もなおざりにはされず、実現性のあるものになった。放置すれば、対馬や五島列島が占領され続ける。現地の日本人に被害が及ばないように、侵攻した韓国軍の戦力を殺ぐのだ。対馬や五島への軍事的圧力が強まれば、韓国軍の注意は竹島から逸れるだろう。陽動の松、梅作戦の進捗は、一石二鳥の軍事的成果を生むのである。

それぞれの作戦については、基本計画を受けて各指揮官がさらに詳細な作戦計画を作成した。どの作戦にも海上自衛隊の第一輸送隊が使用されるが、作戦時期を調整して解決されるはずだ。

第三章

反撃

十一月二十日　横須賀　海上自衛隊自衛艦隊司令部

竹島奪還作戦の指揮を執る自衛艦隊司令官田浦海将は、陸上、航空自衛隊の派遣幕僚を含めた幕僚や指揮官たちと、作戦の細部を詰めるべく、作戦会議を開いた。

航空総隊からの派遣幕僚はF－2のパイロットで、要になる岸壁やヘリポートへの爆撃について、見込みを説明した。

「誘導爆弾JDAMは、Mk82五〇〇ポンド爆弾に誘導装置を付加したものです。自由落下する爆弾ですから、ミサイルと違って推力はなく、落下時の空気抵抗を利用して翼を管制するだけですから、射程は限られますが、真上で落とす必要はありません。誘導装置は慣性誘導装置INSとGPSの組み合わせですから、動かない地上目標には百発百中です。レーザーや赤外線誘導のものもありますが、今回は必要ないでしょう。ヘリポートと岸壁に一発ずつ落とすことにし、予備二発を準備します」

幕僚長が質問した。

「所要機数と、海自の協力すべき事項は？」

「爆撃に関しては、海自の出番はありません。F－15を掩護に付けますから、韓国戦闘機の妨害には対抗できるでしょう。竹島西の沖合に、イージス艦を出していただければ、韓国戦闘機が竹島に向かうことを完全に阻止できますから、それをお願いします」

「F－2一機に五〇〇ポンド爆弾が最大一二発搭載できますが、飛行性能と攻撃の柔軟性を考慮して、一機に二発までにします。そうすればミサイルが積めますから、いざという時には空中戦闘にも対処できます。ヘリポート攻撃と岸壁攻撃に一機、さらに予備機を一機の計二機なら、十分でしょう。これに、掩護のF－15を四機の計六機編隊で攻撃します」

護衛艦隊の作戦幕僚が、

「イージス艦一隻と汎用護衛艦三隻の護衛隊一個を、竹島南西海域に行動させ、韓国軍機に備えましょう。韓国海軍の水上部隊、それもイージス艦が出て来ても、十分対処できるはずです。空自の行動を妨害する韓国軍機もミサイル艦も、抑えられるでしょう」

と進言し、潜水艦隊も続けた。

「念のため、潜水艦も一隻、その先で哨戒させましょう」

潜水艦、対空ミサイル護衛艦それに護衛の戦闘機で三重の守りを固めれば、F－2の爆撃は成功するだろう。

田浦司令官が、質問した。

「竹島の対空武器は障害にならないか」

この点は、当の空自では十分検討済みである。

「作戦秘匿のため、偵察機は使えませんが、衛星写真では対空ミサイルは確認されていません。地形上、固定式あるいは車載型の近距離ＳＡＭの配備はできないでしょう。個人携帯式対空ミサイルが配備される可能性もなしとしませんが射程が短いのが欠点です。わが方の爆撃はレーザーや赤外線誘導爆弾と違って、高高度からの投下ですから、障害にならないでしょう」

陸上総隊の派遣幕僚は、２等陸佐で普通科のレンジャーである。海上や航空自衛隊の威勢のいい話を聞いて、安心したらしい。こう、切り出した。

「陸上自衛隊としては、竹島の韓国部隊が投降しない場合、実力で攻略するため、戦闘部隊を送り込む準備があります。深夜にゴムボートを使用するか、ヘリからファストロープで奇襲降下します。状況次第では、昼間でも攻撃ヘリの支援を受けての強襲も可能でしょう。いずれにせよ、海空自衛隊との緊密な協同が不可欠ですから、自衛艦隊司令官の指揮下に所要兵力を派出します。水陸機動団第二連隊を準備していますが、竹島の地積を考慮すれば、一個中隊で十分でしょう。連隊長以下、本部も同行します」

竹島攻撃に関して、陸海空自衛隊の調整はできた。次は、爆撃後の韓国補給線の遮断である。自衛艦隊司令部幕僚長が、攻撃計画を整理して確認し、各艦隊の腹案を尋ねた。

「攻撃案は、海上自衛隊の阻止哨戒下での精密爆撃、最終的には陸自地上部隊の投入、ということでいけそうですが、投降勧告前に韓国本土から竹島間の船舶輸送を妨害する作戦が、期間的には最も長くなるでしょう。まずは潜水艦の作戦について、潜水艦隊から見積もりをどうぞ」

潜水艦隊作戦幕僚が答えた。

「半島〜竹島間に潜水艦一隻、もう一隻を対馬海峡東に配備します。対馬海峡の西側、東シナ海にも配備しますが、これは松、梅作戦のためでもあります。鎮海あるいは済州島から竹島に向かう艦船も、網にかかるでしょう。竹作戦の潜水艦は、おおむね北緯三六度線を境界として、哨区を南北に分けますが、水上、航空部隊との水域管理については、別に調整が必要です。南側の海峡東の哨区は、水深が二〇〇以浅ですから、潜水艦作戦上、特別な配慮が必要でしょう」

護衛艦隊は、竹作戦に投入する護衛隊群は二個を見込んでいる。一ヵ月程度とみられる期間、全部隊を行動させるのは少々厳しい。定期修理のため造船所にドック入りしている艦もあるからだ。航空機も艦船も、車の車検以上の定期的な検査と修理が必要だ。事故や故障がなくても、稼働できない期間があるのである。この事情を踏まえて、護衛艦隊作戦幕僚が発言した。

「稼働率の関係で、各護衛隊群は定数の八隻が揃わないので、六隻編成の護衛隊群二個を、交代で哨戒させます。水上部隊にとって問題は、韓国の潜水艦と対艦攻撃機です」

韓国空軍には、対地対艦攻撃ができる戦闘爆撃機や攻撃機が多数ある。F‐15、F‐16、

F－4、F－5、それに国産のF／A－50である。戦闘機から対地攻撃能力を敢えて撤去する日本の方が例外だが、たいていの戦闘機には爆弾や対地対艦ミサイルを搭載できるものだ。イージス艦を行動させる護衛艦隊には、それほど深刻な脅威ではないし、韓国空軍機の洋上行動能力には疑問があるが、攻撃能力がある以上、警戒は必要だ。空自が協力してくれるならそれに越したことはない。それより潜水艦だ。

「潜水艦に対しては、わが潜水艦が対処します。作戦海域が狭いので、エリアを区分して複数の潜水艦で縦深配備をすれば、敵の潜水艦を取り逃がすこともないでしょう」

潜水艦隊作戦幕僚が、胸をたたいて護衛艦隊を安心させた。敵の水上艦も潜水艦の網にかかるだろう。

ついで、空の安全は航空総隊が、請け合った。

「洋上での海上作戦支援は、本来航空自衛隊は困難と考えておりますが、今回の作戦空域は沿岸部であり、要撃管制、戦闘機の航続距離その他から考えて、十分支援できます。作戦中の護衛艦のエアカバーはお任せ下さい。イージス艦の出番はないでしょう」

潜水艦は、潜水艦隊が対処してくれるし、対馬を抜ける時に阻止できる可能性もある。哨戒機とともに、竹島への海上輸送を遮断する作戦は、先行き明るいものを感じさせた。

主作戦の竹作戦の見込みが立ったところで、支作戦の松と梅作戦も発動された。対馬と五島への反攻が実行できるかどうかは状況次第だが、その態勢をとることで竹作戦の陽動になる。

十一月二十一日　対馬　水陸機動団第一連隊

海上自衛隊上対馬警備所に本部を置く水陸機動団第一連隊に、松作戦が通報された。第一連隊が対馬に上陸後、五島に韓国軍が侵攻して、新しい作戦「松竹梅作戦」ができたので、一連隊は状況を理解するまで時間がかかった。

反攻は状況次第との保留条件が付いているが、作戦に積極性は感じられる。現に、壱岐に四一普通科連隊が進出してきている。南の壱岐と北の一連隊とで、韓国軍を南北から脅威しうるであろう。

第一連隊としては、当面遂行すべき任務はないが、壱岐に進出した援軍が逆上陸の態勢にあることは士気を高めた。逆襲は南から来るから、敵の背後を脅かすことが連隊の使命と連隊長は理解した。本格的な反攻までは、兵力を温存しての活動が良策だろう。

指揮官幕僚を招集して状況が説明され、作戦発動までの連隊の行動方針が検討された。三科長が、前提となる条件を説明して会議が始まった。

「上陸後も追加補給を受けた結果、当連隊の戦力は資料のとおりです」

資料が参加者に配布された。兵力、装備が一覧表になっている。連隊の固有編成は、連隊本部及び本部中隊のほか、三個中隊。これに対馬警備隊の生存者一三〇名で編成される予備中隊である。軽歩兵というべき連隊だが、水陸両用強襲車ＡＡＶ－７八両が装甲車として使える。そのほか高機動車や大中小のトラック、つまりジープからトラックまでが運ばれている。狙撃銃を含む小火器のほか、八四ミリ無反動砲（カールグスタフ）、八一ミリ迫撃砲、一二〇ミリ重迫撃砲を装備する。カールグスタフは、対戦車榴弾のほか、榴弾や発煙弾、照明弾も使用できる便利な武器だが、対戦車火器としては旧式化が否めない。しかし、対馬の山岳戦では活躍するだろう。

「ＡＡＶ－７は、各中隊と本部に二両ずつ配属して、ハチヨン（カールグスタフ）とともに、防御の中核とします。戦闘は直接照準で射撃目標が敵戦闘員と確認できた場合のみ、許可されています。したがって、民間人に被害を及ぼす恐れのある迫撃砲射撃は、連隊長の許可なく実施しないように」

この制限は国内戦である以上、やむを得ないハンディであろう。ただ敵の接近経路は、国道や地方道であろうから、縦隊になるはずだ。直接照準でやれるだろう。敵の侵攻を待つより、積極的に活動することで主導権を得る方がいい。牽制することで、敵の行動を掣肘し、戦場の主導権を得ることだ。

「本部には、米軍から急遽導入されたＲＱ－11レイブンがあります。手投げ発進の小型無人偵察機ですから、必要に応じ、隠密裏に空中偵察が可能です。斥候では間に合わない場合、連隊本部に要請ください」

これはありがたい。うわさに聞く超小型の偵察機が使えるとなれば、危険な斥候任務がかなり軽減できるだろう。レイブンには、ＣＣＤカラービデオのほかに赤外線カメラも付いているから、夜間でも使えるし、昼間でも敵のカモフラージュが見破れるはずだ。レイブンは

海上自衛隊

- 自衛艦隊
  - 護衛艦隊
    - 第一護衛隊群
      - 第一護衛隊―ひゅうが　しまかぜ　むらさめ　いかづち
      - 第五護衛隊―こんごう　あけぼの　ありあけ　あきづき
    - 第二護衛隊群
      - 第二護衛隊―くらま　あしがら　はるさめ　あまぎり
      - 第六護衛隊―ちょうかい　てるづき　たかなみ　おおなみ
    - 第三護衛隊群
      - 第三護衛隊―しらね　あたご　まきなみ　すずなみ
      - 第七護衛隊―みょうこう　ゆうだち　ふゆづき　せとぎり
    - 第四護衛隊群
      - 第四護衛隊―いせ　はたかぜ　さみだれ　さざなみ
      - 第八護衛隊―きりしま　きりさめ　いなづま　すずつき
    - 第一一護衛隊―やまゆき　やまぎり　ゆうぎり
    - 第一二護衛隊―うみぎり　あぶくま　せんだい　とね
    - 第一三護衛隊―あさゆき　さわぎり　じんつう
    - 第一四護衛隊―まつゆき　あさぎり
    - 第一五護衛隊―はまぎり　おおよど　ちくま
  - 航空集団
    - 第一航空群―第一航空隊(鹿屋)　その他
    - 第二航空群―第二航空隊(八戸)　その他
    - 第四航空群―第三航空隊(厚木)　その他
    - 第五航空群―第五航空隊(那覇)　その他
    - 第二一航空群―第二一航空隊(館山)

- 第二三航空隊
- 第二五航空隊
- 第七三航空隊
- その他
- 第二二航空群
  - 第二二航空隊（大村）
  - 第二四航空隊
  - 第七二航空隊
  - その他
- 第三一航空群（岩国）
- その他
- 潜水艦隊（横須賀）
  - 第一潜水隊群（呉）
    - 第一潜水隊――みちしお　まきしお　いそしお
    - 第三潜水隊――けんりゅう　くろしお　もちしお
    - 第五潜水隊――そうりゅう　うんりゅう　はくりゅう
    - その他
  - 第二潜水隊群（横須賀）
    - 第二潜水隊――おやしお　うずしお　なるしお
    - 第四潜水隊――ずいりゅう　たかしお　やえしお　せとしお
    - その他
  - その他
- 横須賀地方隊
- 呉地方隊
- 佐世保地方隊――佐世保警備隊――第三ミサイル艇隊　おおたか　しらたか
- 舞鶴地方隊――舞鶴警備隊――第二ミサイル艇隊　はやぶさ　うみたか
- 大湊地方隊――大湊警備隊――第一ミサイル艇隊　わかたか　くまたか

一メートルほどの大きさで、モーターでプロペラを回す。だから、エンジンで飛ぶラジコン機よりはるかに静かで発見される危険性も低い。航続距離は約一〇キロ。スピードは可変で最高は時速約一〇〇キロ出る。ラジコンで遠隔操縦することはもちろん、GPSを装備しているから完全自律飛行も可能である。

北東部、泉から三宇田地区に展開する第三中隊長が、質問した。三中隊は連隊の中では一番遠い地区に孤立しているため、防御上の不安を感じているものと見える。当然であろう。

「中隊は、県道一八二号線をトンネルで封鎖しておりますが、狭いながら戸ノ崎方向の地方道からの接近も予想されます。支えきれない場合、両方の道路が合流する泉まで後退してもよろしいですか」

連隊長が直接答えた。

「それでよい。三宇田の砂浜はホバークラフトの上陸地に使えるから、それを失うのは痛いが、その北の泉港を確保できれば小型船での補給はできるだろう。連隊は、兵力の温存と非戦闘員への被害極限を主眼とすることを、この際再確認しておきたい」

国道三八二号線一本を、トンネルで封鎖している一中隊や二中隊には不安はない。連隊本部とは地理的に連結されているから、安心感もある。連隊長は、本部に配属された二両のAAV－7を三中隊に増強することにした。三中隊長の不安は隘路からの攻撃だから、装甲車四両と対戦車火器があれば解消されるだろう。

一連隊は、こうして防御態勢を固めた上で、レンジャー隊員による遊撃活動を開始した。

各中隊は、交代でレンジャーを占領地に送り込み、間断ない襲撃で韓国海兵隊を悩ませた。襲撃目標は、事前にレイブンで偵察しているから敵の裏をかくことができ、被害も出ずに戦果は上がった。

襲撃目標は、当初比田勝港を占領している海兵大隊だった。北と西から山中を機動して狙撃や破壊を実施した。人口は少ないとはいえ、日本人の住居やインフラを巻き添えにしないよう、精密攻撃を心掛けたため、敵に与える打撃も大きくはない。しかし、頻繁な精密攻撃は効果を上げたものと見られた。南の主力部隊への交通量が増えたし、通信傍受からも敵の動揺は感得された。

十一月末に至り、敵の動揺は、具体的な行動として現われた。空港を監視していた潜入班からの報告は、敵に痛打を与える好機と見られた。

軽装備のほぼ一個大隊が、空港から北上したとの報告である。装備は小銃、軽機関銃程度で重装備はないし、車両はジープや非装甲のトラックのみである。人家のない場所を選んで襲撃すれば、成功するだろう。そんな場所は、いくらでもある。

連隊長は、無反動砲と軽機関銃のみを装備した小部隊で待ち伏せすることにして、ヘリを要請した。歩いて山中を移動しては、とても間に合わないし、装備も重い。指揮官に選ばれた第一中隊第一小隊長深草3尉が、連隊本部で出撃部隊に命令を伝えた。

「約一個大隊の敵は、一時間前に厳原空港を出発、北上中である。比田勝地区の増援か交代の兵力と見られる。これを襲撃するため、この隊を臨時編成した」

第一中隊の各小隊から抽出された無反動砲手と弾薬手、機関銃手と弾薬手各三名と第一小隊の小隊陸曹、通信手それに狙撃手一名の計一五名が顔を紅潮させて整列している。

「本隊は、ヘリで襲撃地点付近に移動し、敵のコンボイを待ち伏せする。ハチヨン（無反動砲）は本官が直接指揮する。ミニミはハチヨンの攻撃後、射手所定で目標を選んで射撃を開始せよ」

沖合を迂回してきたヘリ二機が西の海上から低空で接近してきた。壱岐に進出している第四飛行隊のＵＨ－１Ｊである。襲撃隊は、連隊長以下の見送りを受けて、出撃した。

丸倉山南のゴルフ場に降りた深草襲撃隊は、県道五六号線を二キロほど西に進み、道路脇で待機した。敵は西方約五キロの分岐点で右折するはずだ。それ以上北上すれば、日本の勢力圏に近づきすぎるし、最後の東への県道一七八号線は、狭すぎる。だから、ここで東に方向変換するはずである。五六号線は曲がりくねって走る山道だ。

ヘアピンカーブを攻撃地点に選んだ小隊長は、八四ミリ無反動砲（カールグスタフ）三門と軽機関銃（ＭＩＮＩＭＩ）三梃を山林内に配置した。いずれも道路を見下ろす地点で、視界がきく。敵からは樹木で隠されている絶好の伏撃条件だ。小隊長はそばに通信手と狙撃手をおいて、敵を待った。

一時間後、車列が見えた。深草３尉は双眼鏡を覗きながら、八四ミリ無反動砲に命令を伝えた。

「一番、榴弾、前方敵先頭車、一発、指命」
「二番、榴弾、前方六両目のトラック、一発、指命」
「三番、榴弾、前方一〇両目のトラック、一発、指命」

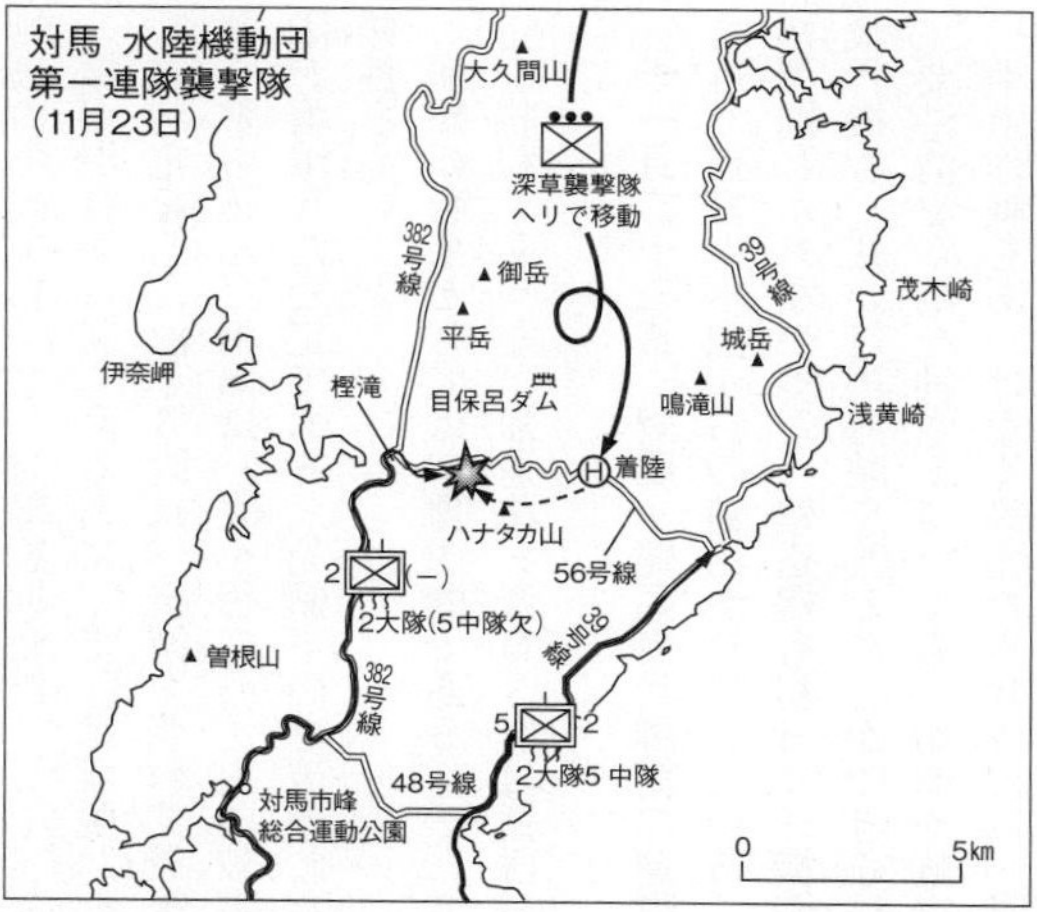

間隔を置いて敵の車両を撃破し、その間の車両を機関銃で狙うつもりだ。装填を終えた三門の無反動砲は、射撃準備完了を報告してきた。双眼鏡を覗きながら報告を受けた深草3尉は、命令を下した。

「撃て」

まず、先頭車が撃破され、ほぼ同時に他の二両のトラックが爆発した。軽い発射音とともに、停止した無事なトラックに軽機関銃が撃ち込まれた。敵は大混乱に陥った。狭い道路上でトラックに乗車したままで襲撃されたのである。指揮系統も乱れたはずだ。その中で、機敏に下車して路上や、山中に身を隠した海兵もいたが、多くは車上で銃弾を浴びた。次発装填をした無反動砲は、路上の機関銃や無傷の車両を狙って、射撃を加えた。

敵が混乱から立ち直る前に、小隊は離脱した。射撃開始から、わずか五分足らずである。戦果判定をした深草3尉は、後衛を兼ねて最後に撤退した。破壊した車両は一〇両、機関銃弾を撃ち込んだ車両は、大小約二〇。人的被害は三〇〇をくだらないだろう。中隊以上の部隊が壊滅した勘定である。先頭車両を破壊したから、大隊長かそれに準ずる将校を倒した可能性も高い。

襲撃の戦果としては、理想的である。そして、自衛隊の被害はなし。信じられないほどの完全勝利であった。帰還後、深草3尉は連隊長に報告し、連隊長は本土に報告した。

十一月二十三日　対馬　韓国海兵隊第二連隊

もう何日も本国からの補給が途絶している。釜山から毎日来るはずのフェリーは、占領後一週間しか来なかった。輸送機も初日に三機が来たが、それ以来なしのつぶてである。船も飛行機も、狭い対馬海峡を渡ることができないらしい。日本が封鎖しているためだ。島内の主要港湾や空港を押さえていても、船舶や航空機が途中で阻止されては意味がない。

地上作戦をあっけなく終えた海兵隊には、見えない空中や海上の主導権が、なぜ簡単に日本の手に帰したのか理解できない。ただ、友軍のふがいなさに憤るのみだ。

日本は防衛出動なるものが出て、自衛隊が軍隊として行動できるようになった、というが、意味が分からない。それより、対馬の北端に数百の軽歩兵が進出してきたことが問題だ。トンネルや峠の隘路で両軍の勢力圏が分けられている。こちらからも向こうからも、攻め込むことは難しい。山地を踏破すれば、敵の勢力圏内に潜入できるが、装備や兵力は限られるから、大規模な作戦はできない。

日本の軽歩兵は、兵力の割に遊撃行動が活発だ。正面切っての正規の野戦より、特殊作戦に習熟している上、こちらの兵力配備や行動をかなり把握しているようで不気味だ。綿密にカモフラージュしていても、所在がばれているようで、迷わず攻撃してくる。何か、特別な偵察手段を使っているとしか思えない。

比田勝の第三大隊は、その対応で疲労を増している。戦車を投入して一気に決着をつけることも考えたが、途中の橋の強度は戦車の通過を許すまい。楽な飛行場警備の第二大隊と交代させるか、増援を送るか。

部下の被害と疲労を見た第三大隊長は、交代を要請してきた。連隊長は、空港警備の第二大隊に出動を命じた。重装備は三大隊のものを引き継げばいいから、人員と小火器だけを持たせて出発させた

車両の大縦隊が北に向かった。ジープや大型トラックが数十両のコンボイである。

この車列は、国道三八二号線を北上し、県道三九号線との分岐点で二手に分かれて行進速力を上げた。国道は西側、県道は東側を南北に走っている。韓国軍が日本人の通行を規制しているから、両方の道路とも、片側一車線の道路を二列縦隊で進んだ。

上県町樫滝から右折、県道五六号線で東に向かった後、カーブのきつい山中の道路を走行

中、山林から無反動砲らしきもので攻撃された。車列先頭の大隊長車が吹き飛び、数両おきに計一〇両が砲撃で爆発した。

狭い山中の道路で、間隔をおいて砲弾を受けたため、全部隊が路上に立ち往生した。進むも退くもならず、ただ停車するしかない。おまけに、車両は非装甲のジープやトラックだから、機関銃を撃ち込まれただけで、車上の海兵は死傷する。

大隊長が戦死した上、奇襲で混乱した韓国軍は、車両ごとに行動するしかない。命令を待たずに車を飛び出した韓国兵は、路上や山林内に散開して応戦の態勢をとった。乗車兵が降りる前に、銃弾を浴びた車両も多数あった。

山林内からの射撃は短時間で終わった。結局、敵の位置を特定できず、山林内に銃弾をばらまいただけである。

後方にいて攻撃をまぬかれた第四中隊長が、指揮を執り始めた頃には、日本兵は姿を消していた。東方にヘリの爆音が聞こえたようだから、敵はヘリで逃げ去ったのであろう。東側の県道を北上した第五中隊は無傷だったが、攻撃を受けた大隊本部、第四、第六中隊の被害は、大隊長以下戦死八八名、負傷一九七名に上った。

この襲撃で受けた人的物的被害より、精神的な衝撃の方が大きかった。移動しただけで被害を受けたのだ。路上に所在を暴露して、無防備な態勢であったことが反省された。占領地域といえども、安全ではない事実を突き付けられた。政府やマスコミのプロパガンダにかかわらず、対馬は敵の領域だと思い知らされたのである。

おまけに、南の壱岐に自衛隊の有力な部隊が進出している。占領維持に不安を感じ始めた高連隊長は、五島にいる師団長に増援と補給促進を要請した。

しかし、五島も安泰ではない。

十一月二十五日　五島列島

五島列島に対する梅作戦も動き出した。対馬同様、指揮官は陸上総隊司令官。水陸機動団第三連隊が尖峰である。増援は西部方面隊と中央即応集団が控えているが、水陸機動団第二連隊の二個中隊を先に使わないと黙っていないだろう。

海上自衛隊も輸送と周辺海域の制圧に護衛隊群一個、航空群一個を振り向けている。佐世保に第一輸送隊の輸送艦三隻が待機しているが、近距離の梅作戦にはＬＣＡＣで直接輸送する方が早い。航空自衛隊も、空の支配をしている。海上作戦と航空作戦は、近距離にある対馬の松作戦と緊密に連携して、同じ戦域として扱われている。ともかく、海上優勢と航空優勢はわが手にある。

対馬より九州本土に近い五島列島だから、侵攻当初は日本側に危機感が大きかった。しかし、反攻の段階に入ると、至近距離の五島へは輸送や航空支援など、実に容易であることが判明した。

五島列島は、九州の最西端、長崎から西に一〇〇キロに位置し、北東側から南西側に八〇キロ（男女群島まで含めると一五〇キロ）にわたって大小あわせて一四〇あまりの島々が連なる。対馬同様、全島が長崎県に属し、人口は約七万人である。

これほど多くの島に部隊を配置することはできないから、主要な島だけに韓国軍は布陣している。最大の福江島と中通島に有力な部隊を配備し、宇久島に監視部隊を置いているだけである。だから自衛隊としては、韓国軍がいない場所に自在に部隊を進出させることができるのである。最も近い二〇キロ程度の海上距離は、舟艇あるいはヘリによる輸送が容易であり、拠点確保は簡単である。

梅作戦指揮官の陸上総隊司令官は、まず北端の宇久島に接する小値賀島に部隊を送った。

小値賀島は、大東亜戦争末期、松山の海軍戦闘三四三航空隊で勇名をはせた鴛淵孝大尉の出身地である。そんな五島は平成の世になっても、昔からの豪放磊落の気風を残す土地柄だ。韓国軍の侵攻に際して住民は怒り心頭に発しており、自衛隊の進出を歓迎した。その後、自衛隊の制止を聞かず、韓国軍占領地域に潜入して、危険な情報収集をする島民もいた。身内や知人のコネが濃密だから、福江を中心とする韓国軍の情報は微に入り細に渡って得ることができた。民間人の情報を軍事的なフィルターにかけて整理するために、自衛官も潜入して情報活動をしている。彼らの活動の結果知られた韓国軍の情報は次のとおりである。

韓国海兵隊は、師団司令部を福江空港に置き、福江港と空港周辺に第三連隊と第七連隊の二個大隊、戦車その他の直轄部隊を配置している。福江島の中部に、自走砲一八両と、警備の歩兵約一個中隊が展開している。中通島には第七連隊の一個大隊が進出し、橋で連結された若松島も制圧している。

宇久島の監視部隊は約一個小隊である。装備は小銃、軽機関銃の他ＡＡＶ－７が一両あるから、車載の一二・七ミリ機関銃を持っている。

小値賀島に上陸した水陸機動団第三連隊の一個中隊は、宇久島の韓国部隊を孤立させたまま、攻撃は控えた。小部隊だが、装甲車や重機関銃を持っているから、戦闘は避けたい。

周辺海域は自衛隊の管制下にある。九州からの部隊移動や補給は安全に実施できる。韓国軍も、現地の漁船を使用して、近距離の島の間の交通は維持していた。それが、宇久島と中通島の間で遮断された。宇久島の小隊は、いずれ立ち枯れするだろう。そのうち、密かに接近して無力化する。

自衛隊は、さらに中通島北部に一個中隊を上げ、南下して奈摩郷を押さえた。韓国軍は、国道三八四号線より北には進出せず、有川港や発電所、奈良尾港や若松港などの周辺に布陣して動かない。

無防備の五島に侵攻して楽勝ムードだった韓国海兵隊は、実際に自衛隊の反攻作戦の進捗に遭遇して、作戦の粗雑さに気付いた。

海兵隊は、補給を済州島や釜山からの海上輸送に頼っていたが、海上自衛隊と航空自衛隊が本気で作戦を始めてから、兵站線は遮断された。日韓の漁船にまぎれた偽装船が、例外的に細い線を維持している程度である。

対馬の第二海兵連隊からは、占領維持に不安を訴えてきているし、途絶しがちな補給の促進も要求して来ている。しかし、師団主力の状況も大差はない。ここにきて、韓国第一海兵師団は、占領維持に深刻な不安感を感じ始めた。自衛隊の本格的反攻を阻止する自信が薄れはじめ、一部の幕僚は今のうちに撤収することを進言しているありさまである。

この韓国軍の状況は、自衛隊には把握できていた。通信傍受や偵察衛星などのハイテク技術だけでなく、現地の日本人からの情報、HUMINTも得られていたのだ。

松と梅の両作戦が陽動効果を発揮したと見た統合幕僚長は、竹作戦を発動した。

すでに、潜水艦二隻が配備についており、第三護衛隊群も舞鶴から出撃した。浜松からは航空自衛隊の早期警戒管制機が日本海南西部上空にあって、地上レーダーサイトともに、竹島周辺空域の監視に入った。空中から監視すれば、低空を飛行する敵機も見逃すことはない。航空優勢が確保されたところで、竹島爆撃が実施される。

十二月二日　築城　航空自衛隊第八航空団

F－2二機、F－15四機が誘導路を滑走路に移動し始めた。管制塔には団司令と飛行群司令、滑走路わきには手空きの隊員が並んで出撃を見送っている。航空自衛隊始まって以来、敵攻撃のための発進である。任務を成功させて、無事帰還することを、基地の隊員全員が祈っている。大半の隊員は、離陸直前に攻撃を知った。仕事を放りだして多くの隊員が飛行場にあふれ出したのは、そのためである。

管制塔では、横に立っている団司令に目顔で合図した飛行群司令が、発進を命じた。

まずF－2の二機編隊が離陸した。一番機は第六飛行隊長別府2佐が搭乗するB型、後席に乗った彼が攻撃隊の指揮官である。列機は攻撃任務のA型で、別府2佐が最も信頼する耶馬3佐が操縦している。

期せずして、見送り隊員から歓声が上がり、帽子をとって大きく振り始めるものが続出した。その中をF－15の二機編隊が続いて、次々と東の海上へ消えて行った。

別府2佐のB型は、爆撃予備機である。爆撃は耶馬3佐機二発のJDAMで攻撃する計画である。爆撃効果を確認し、予備機を使用するかどうかは、現場指揮官が現場で判断する。そのため、指揮官は複座機の後席に乗って出撃する。

大東亜戦争の真珠湾やミッドウェーでも、指揮官は単座の戦闘機乗りではなく、艦上攻撃機か艦上爆撃機の偵察員であった。指揮通信システムが皆無に近かった当時は、大編隊の指揮は操縦から解放された偵察員でなければならなかったからだ。現代の航空機は、データリンクをはじめとした指揮通信情報システムのおかげで、状況把握はずっと楽だが、それでも今回の飛行は初の実戦、それも対地攻撃任務である。戦果確認は地上の要撃管制組織には頼れない。単座機のパイロットは操縦だけでも大変だから、編隊の指揮や状況確認に専念できるよう、配慮された結果である。

援護戦闘機F－15とF－2の計六機は、いったん東に向かった。竹島までの直線距離は四〇〇キロほどだが、瀬戸内海上空の民間航空路を東へ迂回針路を取り、能登沖で空中給油の後、東から竹島を襲う。

韓国側は、竹島の南を警戒しているだろうから、手薄な東からの奇襲をかけるのである。韓国軍の防空体制は、航空自衛隊の襲撃を阻止するだけの能力はないだろうが、わざわざ敵の予想どおりの攻撃をすることはない。

竹島周辺は、西部航空警戒管制団の要撃管制組織が完全に空域監視をしている。さらに念を入れて、早期警戒管制機が日本海上空を飛んでいる。韓国空軍が離陸したら、その瞬間から探知できる。現在、日本海に韓国軍機はいない。東から接近する攻撃隊を韓国が探知すれば、西の半島から戦闘機が出るだろう。

朝鮮戦争以来、北に備えて来た韓国空軍は、北と西側を重視して配置されている。八ヵ所の空軍基地の内、六ヵ所は半島の西側にあり、そのうち三ヵ所はソウル周辺の北西部に集中している。残り一ヵ所が南部の泗川、もう一ヵ所が内陸部の大邱で、韓国空軍南部戦闘司令部と第一一戦闘航空団などがある。最も東に位置し、竹島まで約三三〇キロ、来るならここからだろう。これに備えて竹島南西約一〇〇浬（約一九〇キロ）の対馬と隠岐の中間地点には、第三護衛隊群の六隻が哨戒しており、うち二隻はイージス艦である。韓国軍機が竹島に向かうようなら、それを南から横撃して、高性能のSM（Standard Missile）－2で撃墜する態勢だ。

ターターやSM－1など旧式の対空ミサイルは、セミアクティブレーダーホーミングで、誘導用の電波を目標に照射し続けなければならず、イルミネーターという誘導アンテナの数しか発射できなかった。ＳＭ－２は、慣性誘導とデータリンクにより目標に最短距離で向かうため、レーダー照射は命中直前の数秒で済み、同時に十数発を誘導できる上、射程も伸びて七〇キロほどある。空自の地上配備の地対空ミサイル、パトリオットの倍近い射程である。

海上自衛隊のイージス艦は、Ｍｋ41ＶＬＳ（Vertical Launching System：垂直発射装置）に九〇発のミサイルを搭載できる。発射機（セル）の一部は対潜水艦用のアスロックに割り当てられているが、数十発のＳＭ－２を積んでいる勘定だ。

空自のペトリオット部隊、一個高射隊には発射機が五基だから、四発搭載のＭ901の場合、一個高射隊で二〇発、イージス艦の数分の一の数でしかない。射程からもミサイルの数からも、イージス艦は、レーダーサイトと数個の高射隊をセットにしたよりずっと強力な武器体系であり、敵の航空機にとっては重大な脅威になる。それが洋上にあるのだ。空母が浮かぶ飛行場としての価値があるように、イージス艦は浮かぶ対空ミサイル基地としての価値がある。任意の時と場所に出現して、敵の航空作戦を妨害できるのである。

海自のイージス艦が竹島西方空域の航空優勢を確保した上、攻撃するＦ－２には直掩のＦ－15が付いている。貧弱な対空火器以外に、竹島爆撃の障害はないだろう。

韓国もイージス艦を持っているが、その性能は日米のものよりは低いと見られるし、わが潜水艦がその行動を制約するだろう。イージス艦はあくまでも防空艦であり、対潜能力は他の水上戦闘艦と大差はない。

竹島の東方約一〇〇キロに達した攻撃隊六機は、編隊を解いて攻撃隊形をとった。別府2佐は、八空団司令に準備完了を報告した後、攻撃開始を命じた。昔ならト連送「全軍突撃せよ」が令される山場だが、今はデータリンクや感度のいい無線があるから、いたってあっさりしたものだ。

F－15は二機ずつに別れて高度をあげて竹島上空で警戒に入り、F－2は一機ずつ竹島に向かった。まず、耶馬機が島の西にある岸壁とヘリポートに一発ずつを投下した。F－2が二発ずつ搭載している誘導爆弾は、Mk82五〇〇ポンド（約二二六キログラム）爆弾にGPSと慣性誘導装置を付加したものである。推力がなく、自然落下中に翼で目標に向かう点だけがミサイルと違うが、炸薬はミサイルよりたくさん詰める。二発の爆弾は、落下しながら正確に目標に向かい、それぞれ目標を直撃した。比較的脆弱なヘリポートは一発で粉々になり、破片を近くの兵舎にばらまいた。このために兵舎は半壊し、宿舎にいた警備隊員にかなりの被害が出た。

岸壁もほぼ破壊され、少なくとも横づけ不能となった。これを確認した別府2佐は、念のため自機で岸壁付け根の通路を爆撃して攻撃を終わった。

この間わずかに数分。任務を完了した攻撃隊は、そのままほぼ南下針路で築城に帰投した。この作戦を支援するため竹島南西で行動していた護衛艦部隊も、攻撃成功の報を受けて、山陰沖に南下した。

韓国空軍は、ついに要撃を実施しなかった。できなかったのであろう。

攻撃結果を詳細に把握するため、百里から偵察機が飛んで写真撮影をした。ヘリポートとその周辺、岸壁と通路が完全に破壊されていた。岸壁の北西に一部破壊をまぬがれた部分が見られたが、ほとんど残骸と化し、数トン程度の小型船までしか接岸できそうにない。修復のための資材陸揚げさえ、困難であろう。

攻撃成功を報告された総理は、緊急記者会見でこれを発表した。多くの国民には朗報だったが、利敵政治家が敵地攻撃は自衛の範囲を超えている、と政府を批判した。竹島は、日本固有の領土であり、不法に占拠されているのだから、どこが問題なのか？　と反論されてしまった。いかに反日的姿勢を取っても、竹島が日本領土ではないとまで言える政治家はいない。却って、竹島攻撃支持を国民に広げる結果になった。

竹島爆撃という意表を突いた指し手は、韓国にとって痛い一手になった。その効果は徐々に表われ、拡大していくことになる。

十二月二日　ソウル　韓国軍合同参謀本部

独島（竹島）警備隊から急報が入った。警備隊は、慶尚北道警察庁に所属する警察部隊であるが、隊員は徴兵された青年で、軍の勤務同様に扱われる。装備や階級も韓国陸軍の制式に準じており、準軍隊として合同参謀本部の統制下にある。

突如爆撃されて、数発の大型爆弾がヘリポートと岸壁を完全に破壊した上、隣接の兵舎にも被害が及び、死者三、負傷者一八名を出した、との内容である。

合同参謀本部は、狼狽した。日本側を混乱させるため、対馬、ついで五島に侵攻した時と逆の事態である。予想外の事態に遭遇して狼狽するのは、お互いさまだ。日本が、そんな積極的な行動に出るとは思っていなかった韓国軍は、対馬や五島に侵攻された時の日本以上に狼狽した。

竹島は韓国にとって対日戦上、格別の意味がある。軍事上の価値より政治的なものだ。韓国は、竹島を反日教育、宣伝の核の一つとしてきた。一九五二年以来、日本側の抗議にもかかわらず、ありとあらゆる方策を使って占拠を確実なものにしてきた。人の住めない岩礁に、わざわざ警備隊を置いて無理な建造物も建築してきたのだ。

死傷者合計二一名は、総兵力四〇名の警備隊にとって、半数を失う大被害である。救援が急がれるが手段がない。ヘリの着陸も船舶の接岸もできないとなれば、ゴムボートや小型船で壊れた岸壁や、岩場に上がるしかないだろうが、それも簡単ではない。ヘリを空中でホバリングさせ、ロープで吊り上げあるいは吊り下げるくらいはできるだろう。しかし竹島までヘリを飛ばせるかどうかだ。本土から直接ヘリを飛ばすのはリスクが大きいから、ヘリを搭載した「高峻峰」（ロシア・アリゲーター型）ＬＳＴ（戦車揚陸艦）を向かわせることにした。

同時に、近くの鬱陵島から漁船を三隻チャーターして向かわせた。岸壁が破壊されて小型船しか着岸できないし、鬱陵島には輸送力のある大型船はいない。鬱陵島には飛行場はないし、軍も駐留していない。渋る地方政府と警察官を督促して、警官と公務員、医療関係者と食料、医薬品をとりあえず送り込んだ。いわば、海の救急車だ。こうして、鬱陵島も好むと好まざるとにかかわらず、韓国が始めた対日戦に巻き込まれるのである。鬱陵島の住民が本土の政府を恨むことになるのは、竹島を巡る海空戦の影響をもろに受けるようになってからだが、それは後に譲る。

「高峻峰」は、基準排水量二六〇〇トン、ビーチングすれば艦首から直接車両を揚陸できるほか、艦尾のランプからも水陸両用車両を発進させることができる。また、ヘリコプターや揚陸艇（ＬＣＭ）も搭載しているから、現場の状況により、資材や人員の揚陸法を選べるだろう。

蔚山級フリゲート（ＦＦ）「釜山」と仁川級フリゲート「仁川」の二隻が護衛について、三日早朝、三隻は釜山を出港した。

「釜山」は、一九九三年就役、基準排水量二一八〇トン。七六ミリ単装砲二基、四〇ミリ連装機関砲三基、艦対艦ミサイル（ＳＳＭ）ハープーン四連装発射筒二基の火力である。このほか、対潜用に三連装短魚雷発射管二基に爆雷まで積んでいる。比較的艦齢は新しいが、対潜能力は大昔の海自駆潜艇並みであり、せっかくの長射程のＳＳＭもデータリンクがなければ宝の持ち腐れである。

「仁川」は、二〇一三年就役の新鋭艦で、基準排水量二三〇〇トン。五インチ単装砲一基、二〇ミリバルカンファランクス二基、海星SSM四連装発射筒二基、天竜SLCM（巡航ミサイル）垂直発射機（VLS四セル）二基を装備する。対空装備は、「釜山」の砲や機関砲の代わりに、近接防空ミサイルRAM（Rolling Airframe Missile）とファランクスがあるから、新型の速射砲とともに、個艦防空能力は海自の護衛艦並みといっていいだろう。対潜装備は、短魚雷のほかに艦載ヘリがあるが、対潜海軍の海上自衛隊に比べると、詰めの甘さが見える。肝心の捜索兵器が貧弱では、潜水艦を先制探知することはできない。

この程度の弱小な部隊を、潜水艦の脅威のある戦場に送り出すのは、少々迂闊だと言わざるを得ないが、韓国側にしてみれば、自国領の救援に向かうのであって、敵地に乗り込むつもりはなかった。しかし、その迂闊さは直ぐに思い知らされることになる。

ここで、余談をお許し願う。

筆者が第三護衛隊群の臨時幕僚として参加した平成二年の1990RIMPACに、韓国海軍が初めて参加した。

その兵力が当時最新鋭の「蔚山」級フリゲート「ソウル」と「馬山」で、小型艦二隻の部隊の指揮官が少将だった。「馬山」を見学した際の印象は、何のために造ったのか？　だった。案内の韓国士官に、目的を聞いたらマルチパーパス、と答えたのには苦笑した。私の眼には、対空、対水上、対潜戦のどれにも耐えられるとは見えなかった。個々の武器は新型だが、艦としての総合戦力は、第二次大戦型だった。北朝鮮相手なら十分すぎるかもしれないが、近代戦の基準には達していない。目に見えにくい指揮管制通信能力に至っては、お粗末以前のレベルだった。

ちなみに、海上自衛隊は完全編成の一個護衛隊群に補給艦と潜水艦、それにＰ－３Ｃが一個飛行隊参加していた。旗艦は「はるな」で、ミサイル艦は「しまかぜ」「あさかぜ」、他の汎用護衛艦五隻はすべて「ゆき」で揃えていた。八艦八機の完全編成で、補給艦をともなって長期行動も可能な態勢である。

海上自衛隊は対潜能力を買われて、米軍との共同部隊でも対潜戦指揮官（ＡＳＷＣ）を割り当てられるのが通例だった。その海上自衛隊の基準からは、高周波ソーナーと短魚雷、爆雷の組み合わせで対潜能力があるとは思えなかった。この対潜武器体系は海上自衛隊では、昭和六十二年（一九八七年）に除籍された駆潜艇に相当する。駆潜艇には前投兵器のヘッジホッグがあった分、上を行っていたともいえるだろう。

「馬山」の対空兵装は七六ミリ砲と有人の三〇ミリ機関砲で、これではミサイル攻撃には対処できない。もっともレーダーが在来型の二次元レーダーでは、武器体系としては旧式なりに釣り合っているのかもしれない。

対水上戦用には、七六ミリ砲と一応ハープーンを装備していた。しかし、当時すでに海上自衛隊ではハープーン攻撃の際のターゲッティングが問題だった。自艦のセンサーでは探知できない遠距離の目標にハープーンを撃ち込むには、他兵種との協同が不可欠で、目標を探知してくれるその友軍とはデータリンクが繋がってないといけない。「馬山」にはそんなものはもちろん、衛星通信さえなかった。だから、演習中、広大な海域に散らばってUHFが届かない状況では、友軍との連携すらできない。

演習では韓国軍は自衛隊の敵側だったから、演習中情報がなかったのは当然だ。だから演習の後、敵側の米海軍士官に「衛星通信なしの韓国部隊との共同は問題なかったか？」と質問したら、彼は、「演習中、韓国部隊は行方不明だった」と答えた。

実は、海上自衛隊もRIMPAC参加当初は衛星通信を持たなかったため、同じようなむなしい経験をした。

演習中は、隣の艦がやっと水平線に見える程度の広さに分散する。UHFはせいぜい隣にしか届かないし、HFは電波管制の対象になる。だから、暗号化された衛星通信が主用されるのである。これとデータリンクも不可欠な指揮通信装備だった。

初の国産艦を揃え、少将に指揮させて臨んだRIMPACで、韓国海軍はどんな教訓を得たのだろう。ついでの余談を続けると。

レセプションで会った話の分かりそうな韓国海軍中領（中佐）が、イージス艦を話題にした。まだ「こんごう」が起工したばかりで、アジアいや、アメリカ以外での初のイージス艦に韓国が興味を示したことに、私は違和感を持った。建造費を教えたら絶句した。彼曰く、「イージス艦を一隻造ったら、韓国海軍の予算はなくなる。裕福な海上自衛隊（たしか日本海軍と言った）が羨ましい」

彼はさらにこう続けた。

「イージス艦は無理でも、韓国海軍では近く潜水艦を持つ。私も潜水艦への転向予定だ。貴官は潜水艦乗りだから聞くが、何か助言はあるか」

まだ親韓だった私は、真剣に答えた。

「潜水艦は、他の兵種とはまったく違う。艦を造って乗員を乗せれば済む、というものではない。安全に運航できるまでに相当の経験を必要とし、そしてやっと戦術訓練に移行できる。海上自衛隊は、旧海軍の潜水艦経験があったうえで、米海軍からの指導と潜水艦貸与を受けて潜水艦部隊を建設した。それがやっとモノになったのはつい最近だ。潜水艦部隊の建設は簡単ではない」

しかし、聡明に見えたこの中領も、こんな返答をしたから心配になった。

「いや、貴官の心配には及ばない。艦はドイツから購入し、いずれは国産する。乗員も教育のめどがついているから、潜水艦が届けばすぐにでも運用できるだろう」

他人の話を聞いとらん……。私の英語も怪しかったかもしれないが、この能天気さ、夜郎自大、自信過剰、何ともいえない危なっかしさを感じたことを、今でもはっきり覚えている。今まで韓国潜水艦の事故が聞こえてこないのは、いい意味での、驚きである。

二年後の1992RIMPACにも同じ配置で参加した。海自は第二護衛隊群など1990同様の態勢で、韓国も「蔚山」級の新型艦を二隻と変わらぬ態勢だった。韓国海軍の状況も1990と変わらず、教訓を反映しているようには見えなかった。いや、教訓を得たのかどうかも疑問だ。

このRIMPACでの原体験が私の韓国海軍観を形成し、それに基づいて本書も展開されているから、余談は読者にとって決して無駄ではないはずだ。なお、それ以来、私が韓国海軍の情報に接していないわけではない。平成十一年（一九九九年）から三年間、幹部学校教官として延べ八名の韓国海軍留学生の教育に当たったし、私的な交流をして韓国海軍の理解に努め、情報を収集したつもりだ。もっとも当時は反日的な韓国海軍を、友軍としてではなく潜在的な敵として見ていたが。

（本題へ）もどーせ。

韓国救援艦隊の指揮は、「高峻峰」艦長朴中領（中佐）が執っていた。前日、鎮海で整備中、急に釜山への回航が命じられたばかりだ。

釜山での積み込みの間、朴中領は海軍作戦司令部で詳細な説明と指示を受けた。作戦命令は簡単すぎて内容が分からないからだ。それでも、現地の状況は不明な点が多かった。しかし、急を要することは理解できたから、急いで出港せねばならない。独島（竹島）が日本機に爆撃され、ヘリポートと岸壁が破壊されたこと、死傷者が二一名出たが、詳細な状況は不明であること、などが説明された。浦項の第六戦団からヘリが飛んできて、臨時搭載された。

釜山港では、建設機械や資材が搭載された。輸送用に水陸両用強襲車も積み込まれた。

与えられた任務は、現地へ赴き、可能な手段で修理用の資材を揚陸し、負傷者と死者を収容することである。

朴中領は、竹島周辺に敵の待ち伏せの可能性は考えておらず、どうして竹島に接岸するかを腐心していた。やむを得ないだろう。命令を与えた作戦司令部も、竹島周辺に敵の存在を把握しておらず、その脅威より資材揚陸の困難さを心配していたから、命令には敵の脅威には触れていない。

港湾施設が使用不能でヘリポートも使えない揚陸条件が最悪の場合、ヘリのホバリングしかない。空中停止したヘリから吊り下げた荷物を下ろす手段しかない場合、重量物は送れない。現地の死傷者を非効率な方法で収容することが最大の作業になるだろう。最良の場合なら、壊れた岸壁に小型揚陸艇（ＬＣＭ）が着けられるかもしれない。次はキャタピラのある水陸両用強襲車ＫＡＡＶ－７での揚陸だ。これなら壊れた岸壁をよじ登って、ある程度の資材や大量の人員を送り込めるし、負傷者も一気に収容できるだろう。竹島に近づいたら、ヘリを飛ばして現場を確認することだ。

急な出動だった上、こんな心配に気をとられていた朴中領は、護衛のフリゲートの運用には配慮する余裕がなかった。

韓国救援艦隊は、そうと気付かぬまま危険な航海を続けて行った。陣形は単縦陣。先頭が「仁川」これに「高峻峰」が続き後衛に「釜山」がついた。対艦距離は一〇〇〇ヤード（九〇〇メートル）。韓国海軍としては近縮隊形であるが、単縦陣だから航海は楽である。護衛としては付かず離れずの距離がよい、と判断したからだ。

一番艦「仁川」のメインマストには、基準艦を示す信号旗が戦闘旗とともに揚がっている。

十二月三日　竹島近海　潜水艦「けんりゅう」

この救援艦隊の動静は、出港直後から日本側に把握されていた。空自の早期警戒管制機がまずこれを捕捉、詳細を把握するため、海自の哨戒機が飛んだ。韓国艦隊が出港して一時間後には、哨戒機P－1がこれをレーダー探知した。

新型フリゲートの仁川級でも、対空ミサイルはRAM（Rolling Airframe Missile）で射程は一〇キロ程度にすぎない。偵察に出た哨戒機P－1は、RAMの射程外の距離を保ってこれを追尾、行先を竹島と判定した。LSTをともなっていることから、竹島への救援、補給と見積もられた。餌に食いついたのも同然だ。

要撃が計画された。隠岐で待機中の、第二ミサイル艇隊「はやぶさ」「うみたか」が南から攻撃すべく、出撃した。潜水艦とミサイル艇に対して、P－1からの情報が送られているから、協同攻撃が計画された。まず、ミサイル艇の九〇式艦対艦ミサイルで攻撃し、撃ち漏らした目標を潜水艦が個々に雷撃する。潜水艦は竹島の西で待ち伏せしているから、逃すこともない。

以上の情報が「けんりゅう」に届いた。攻撃の実施については「けんりゅう」艦長に一任されている。同時攻撃が無理ならそれでもよい、ということだ。

ミサイル艇は、接触中のP－1からデータリンクで敵の位置は得ている。射程に入ればいつでも攻撃できる。敵もハープーンを持っているが、こちらの位置はわからないから攻撃の恐れはない。「エイラート事件」の再来が始まろうとしている。

「エイラート事件」とは、第三次中東戦争中の一九六七年に地中海で起きた戦闘である。イスラエル海軍駆逐艦「エイラート」（二七一〇トン）が、エジプト海軍のコマール型ミサイル艇（六二トン）にソ連製艦対艦ミサイルのスティックスで撃沈された事件である。二回の攻撃で、計三発を被弾した「エイラート」は、三発目の被弾直後に沈没した。これは、軍艦がミサイルで撃沈された最初の戦例となった。小型ミサイル艇が、往年の魚雷艇以上に大型艦相手に通用する、ことが衝撃とともに世界に伝わった。これ以降、大小を問わず水上艦艇に対艦ミサイルを装備することが流行して今日に至っている。現代の海戦が、ミサイル戦になる嚆矢となった事件である。

韓国艦隊までの距離が一〇〇キロに達した頃、第二ミサイル艇隊司令は、ミサイル攻撃を命じた。

「はやぶさ」「うみたか」から四発ずつ、計八発の九〇式対艦ミサイルが発射された。ミサイルは、発射後加速が終わると低空飛行に移り、慣性航法装置で敵に向かった。低空飛行で敵のレーダー探知を遅らせることができる。

鬱陵島の南にいた潜水艦「けんりゅう」は、竹島の西で韓国艦隊を攻撃すべく南下中であった。ほぼ、射点についたため、速力を落として潜望鏡で韓国艦三隻を発見した時、第二ミサイル艇隊のミサイル発射を知った。そこで、攻撃を控えて潜望鏡二本でこの様子を観察した。ミサイル対処で忙しいフリゲートが、数キロ先の細い潜望鏡を探知することは難しい。ミサイルが着弾する韓国部隊の状況は、「けんりゅう」で視認できた。デジタル動画が録画された。

五キロから一〇キロの距離にある三隻の戦闘状況は、十分に観察できた。開発段階の試験でもこれほどの資料は得られないだろう。八発のミサイルが、三隻の敵艦に殺到する様子を、間近で観測できるのは、潜水艦ならではのことである。

韓国艦隊の北にいた「けんりゅう」から見て、左（東）から「仁川」「高峻峰」「釜山」の順に並んでいた。

いきなり煙突から煙が出たところを見ると、ガスタービンが出力を上げたようだ。ディーゼル艦の「高峻峰」は、黒煙が最も濃い。ほぼ、同時に右回頭を始めた。南から飛んでくるミサイルに、できるだけシルエットを小さくしようというのだろう。

九〇式ミサイルは、終末誘導はアクティブレーダーホーミングだから悪くない判断だが、正面方向の武器しか使えないので、総合的な損得判断は微妙なところだ。

ところで対艦ミサイルが登場する前は、水上艦の対空戦闘での戦術運動は逆だった。爆撃やロケット弾で攻撃すべく向かってくる敵機に対して、全火砲を指向できるように運動する。つまり、敵機に対して横腹を見せるのである。敵弾に当たる可能性は増すが、武器を全部使

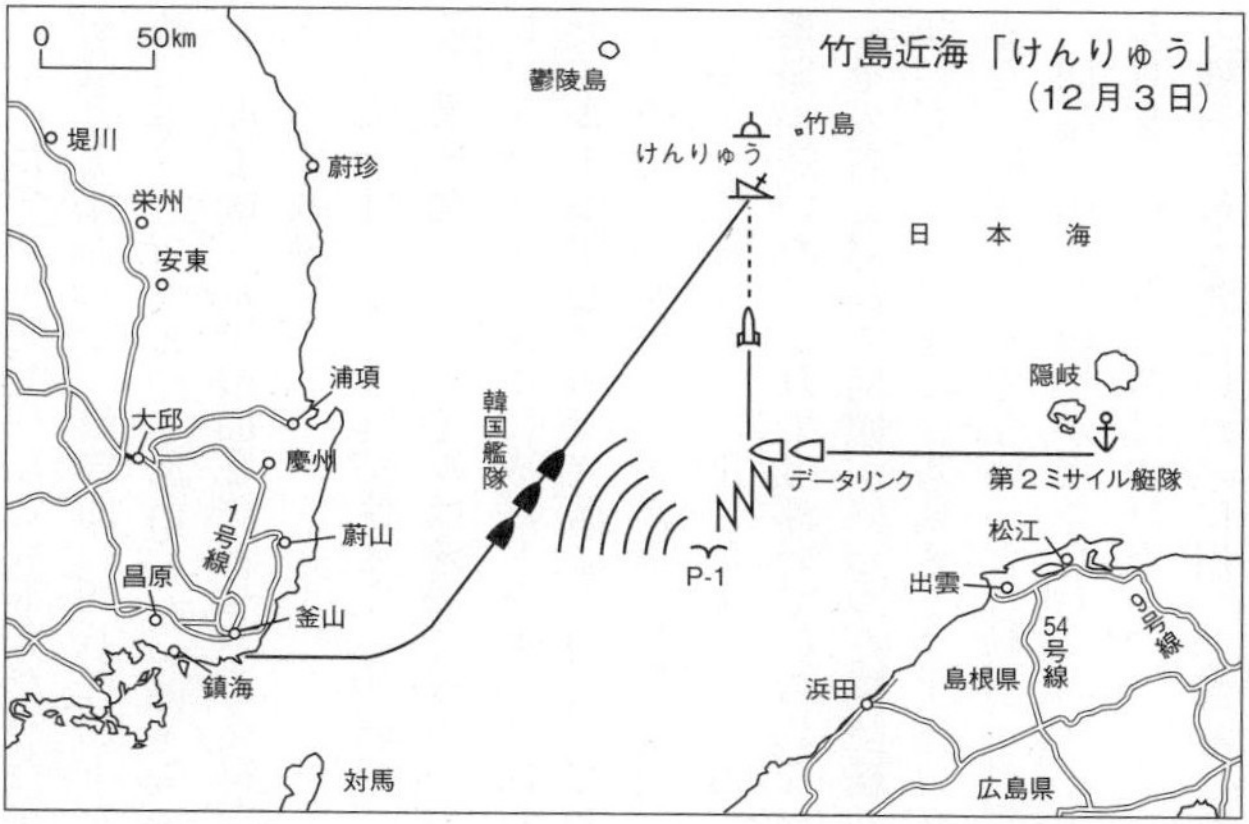

うことができるから攻撃は最大の防御の考えで対抗していたのである。目前の韓国部隊は、逆の運動をしているが、その結果は直ぐにわかるだろう。

一番近いのは、「釜山」で、距離約六〇〇〇（メートル）。前甲板の七六ミリ砲と四〇ミリ機関砲が速射を続けながら、回頭のために傾いている。艦首に大きく白いウェーキが上がり、その脇に白く９５９の艦番号が見て取れる。灰色の船体に白い番号はよく映えるが、それだけに敵にも情報を与えることになる。

「釜山」は小型の割に重武装だから重心が高い。いわゆるトップヘビーの不安定な艦である。回頭中、大きく傾く。重量軽減のために上部構造にはアルミを使っているが、これが被害を拡大するだろう。

一九八二年のフォークランド紛争で、空対艦ミサイルAM39エグゾセを被弾した英駆逐艦「シェフィールド」が大火災で沈没した。命中したミサイルはわずか一発で、しかも不発だったが、ミサイルの燃料で火災が起き、熱に弱いアルミが被害を拡大した。最終的に四八二〇トンもあった大型駆逐艦が沈没したのである。そのため日本でも、アルミを多用した「ゆき」型護衛艦が問題になり、アルミを鋼に代えた「きり」型では、重量増加を許容せざるを得なかった。同じ頃に建造された「蔚山」型は、アルミのまま戦場にいる。

「釜山」は、後部の砲が使えない状態で、接近するミサイルに射撃しつつ突進する格好である。潜望鏡ではミサイルは確認できなかったが、「釜山」の至近距離で空中爆発が起きたのは、ミサイルの撃墜に成功したものであろう。七六ミリ砲と機関砲だけしかないのに対艦ミサイルを撃墜したのは立派なものだ。しかし、ほぼ同時に「釜山」の艦橋が爆発した。ミサイルの命中である。大きなオレンジ色の炎が広がり、炎が消えた後、もうもうたる黒煙が「釜山」を覆った。停止したようである。そこへ、さらに一発、そしてもう一発が命中して爆発が続いた。これでは浮いていられないだろう。

その右で遅れて回頭が終わった揚陸艦「高峻峰」も、艦首の三〇ミリ連装機関砲から火を吐いていた。左舷に一基見えるファランクスは二〇ミリと小さいので、射撃は確認できない。まだ、射程に入ってないから自動砲が射撃を開始していないのかもしれない。

同時に艦首と煙突が爆発した。ミサイル二発の同時命中と見える。機関砲だけではミサイル攻撃に耐えられるはずはない。

残るは最も北にいた「仁川」である。新型の「仁川」には、ＲＡＭが積んである。空対空ミサイルのサイドワインダーをミサイル本体とし、誘導機能を担うシーカーには携帯用地対空ミサイルのスティンガーのものが使われている。射程は一〇キロ弱。これが「仁川」には二一発ある。この射程までは、五インチ速射砲が対処する。一二七ミリもある大口径砲だが、自動化されて毎分二〇発近くの砲弾を発射できる。

第二ミサイル艇隊が放った八発のミサイルは、一発が撃墜されたものの、三発が「釜山」に命中、二発が「高峻峰」に命中、残り二発が「仁川」に向かっている。「仁川」の五インチ砲の射撃は、「けんりゅう」の潜望鏡でも確認できた。そのうち、「仁川」から小型ミサイルが数発飛び出した。ＲＡＭである。潜望鏡の倍率を下げ、視野を広げたおかげで二発のミサイルが空中爆発するのが見えた。結局「仁川」のみが、ミサイルの迎撃に成功して無傷で残った。日本のミサイルの半分が「釜山」に吸収されたのも、「仁川」には幸運だったろう。二発程度のミサイルなら、「仁川」のような近代的な防空システムを持った戦闘艦には対処可能だ。

第二ミサイル艇隊のミサイル攻撃はあっという間に終了した。「釜山」は間もなく沈没し、「高峻峰」は大破炎上中、「仁川」は無傷だが、竹島救援ができなくなって当惑しているってところだろう。黒煙を上げて停止した「高峻峰」の周辺を低速で回っている。消火や援助の可能性を探っているのかもしれない。

「けんりゅう」は、二隻を雷撃すべく、接近を始めた。

水中速力が遅い通常型潜水艦は、ふつう優速の水上艦を攻撃する場合、その前方で待ち伏せをする。しかし今回は、目標は停止あるいは低速でしかない。潜水艦の方から接近することも楽にできる。もちろん、潜望鏡で見える距離なら、魚雷の射程内である。しかし艦長の木梨2佐には、別の考えがあった。

「魚雷戦用意」

乗員が戦闘配置に就き、魚雷の準備が完了した。

「前進半速、深さフタジュウ（二〇メートル）フタヒャクロクジュウド（二六〇度：西南西）ヨーソロ」

魚雷戦の配置完了の報告を受けた艦長は、露頂深度のまま潜望鏡を降ろして艦内に意図を達した。少々芸の細かい攻撃をするから、部下が混乱しないで仕事ができるよう、指揮官の考えを徹底させることにしたのだ。

「味方ミサイル艇の攻撃の結果、フリゲート『釜山』は沈没、揚陸艦『高峻峰』は二発被弾して停止炎上中。フリゲート『仁川』のみは無傷で残った。これを雷撃する。停止しているLSTはそのまま放置して、囮にする。敵はこれを曳航する必要が生じるはずだ。曳航に来た新しい目標を狙って、戦果を拡大する」

この辺の戦術眼は、木梨2佐の真骨頂だ。他の艦長なら、やりやすい停止目標を見逃すことはしないだろうし、できるだけ戦果をあげたいと考える。艦長の考えを理解したソーナーが、早速報告してきた。

「低速移動の目標は、二五五度、方位変化は左、方位を指揮装置に送りました」

距離はわずか六〇〇〇（メートル）程度、低速で航行している目標は、潜水艦にとっては据えもの斬りのようなものだ。実習員が襲撃指揮官でも撃沈できるだろう。

「解析よし。的速六ノット、的変針中、距離六二〇〇」の報告は直ぐに来た。「仁川」は変針しているが、低速なら十分当たる。

「二番管発射はじめ」

発射管の前扉が開き、発射準備が完了した。

「二番管、発射はじめよし」

「二番管、次に打つ。用意、てーっ」

八九式魚雷が一本発射され、被雷した「仁川」は瞬時に轟沈した。

「けんりゅう」は、状況を報告した。

「発　けんりゅう艦長
宛　潜水艦隊司令官
本文　〇三一八三〇·i（日本標準時　三日十八時三十分）竹島の二二〇度二五マイル(浬)において、ミサイル攻撃を受けてLST×一大破　FF×一沈没　本艦は無傷のFF×一撃沈　大破のLSTは敵に曳航を強いるため放置　引き続き現場付近で哨戒し、救援部隊を攻撃する」

潜水艦隊司令部では「けんりゅう」の意図を理解した。仮に、敵が曳航に来なかったとしても、航行不能のLSTは放置しても脅威にはならないし、その気になればいつでも処分できる。

自衛艦隊は、補給部隊を喪失した後、韓国海軍が逼塞することを怖れていた。日露戦争の時に、旅順に逃げ込んだロシア太平洋艦隊に手を焼いた例もある。しかし、浮いている軍艦が残っていれば、出てくるだろう。木梨2佐の戦略的な配慮は、自衛艦隊司令官の悩みを解消することになるだろう。救援部隊の規模次第では、わが方の兵力も考慮せねばならない。韓国側の動静に注意が高まった。

十二月三日　釜山　韓国海軍作戦司令部

一八：三〇頃、「仁川」からミサイル被攻撃の報告を受けた司令部では、大騒ぎになった。竹島までは無事にたどり着くと、根拠なく思い込んでいたのが、覆された。当直参謀は、司令官に報告するとともに、「仁川」に詳報を求めた。すぐに、「釜山」沈没、「高峻峰」大破自力航行不能の報告が来た。

そのころには、司令部に司令官以下が集まり、善後策を協議し始めた。問題は自力航行のできない「高峻峰」の回収手段である。撃沈処分はもったいないから、曳航するための艦船を送ることになるだろう。

「仁川」を竹島へ送っても意味はないと結論された。LSTの護衛だから、護衛対象が動けなければ、仕方がない。しかし、艦載のヘリが一機あるから、それだけでも竹島に飛ばそう、ということに落ち着いた。数名の負傷者の収容はできるだろうし、現地の詳細な被害状況もわかるだろう。

「仁川」へ命令が下された。

「仁川は、搭載ヘリを独島へ送り、可能な限り負傷者の収容と、現地の状況把握に努めよ」

この命令に了解することなく「仁川」は消息が途絶えた。通信の故障か「仁川」に何かあったのか、しばらく分からなかった。気をもむ司令部に、独島警備隊から連絡が入った。

独島（竹島）に到着し、破壊された岸壁に不時着した艦載ヘリのパイロットが「仁川」の沈没を現地警備隊に伝え、それがソウル経由で釜山に届いたのだ。いきなり大きな水柱が上がり、それがおさまった時に「仁川」の艦尾がわずかに見えたが、それもすぐに海中に没した、とのことだ。絵にかいたような轟沈である。

機雷か事故か、おそらく潜水艦に雷撃されたのであろう。あの辺に日本の潜水艦がいる、ということか。これは問題だ。「高峻峰」が雷撃されていない理由はわからないが、回収はせねばなるまい。味方の軍艦を放置しているとなれば、大統領や世論が許すまい。海上自衛隊など怖れるに足らず、と高言を吐いたことを後悔したが、もう遅い。一隻や二隻の潜水艦が怖いからと、味方を見殺しにしたら、これまで苦労して築いてきた大韓民国海軍の面目丸つぶれである。海軍には警備隊への救援より「高峻峰」の救援が急務になった。曳航するために何隻かを送って、そのついでに警備隊を救援することを考慮する。

まずは曳航船の選定である。曳航する船舶は、大きくないとだめである。最低でも同等の大きさ、つまり排水量が必要なのは常識だ。曳航される「高峻峰」は基準排水量二六〇〇トンだから、約三〇〇〇トンの艦船が必要である。かといって、新型戦闘艦をこんな任務に使うのはもったいない。また攻撃される可能性もある。護衛を付ける必要もある。計画を詰めはじめると、次から次と難問が出て来た。

韓国海軍は、朝鮮戦争の後発足して歴史が浅い。その点海上自衛隊と大差はないが、海自の場合、敗戦までの帝国海軍の実績の上に発足した。その上、米海軍の支援を受けて、急速に成長した。韓国海軍は、最近になって近代化が進んだため、基礎的な分野での蓄積がない。この点は、中国海軍も同様で、見かけは立派な軍艦を揃えているが、運用、作戦その他の見えざるノウハウは貧困なのである。曳航という基礎的な、しかし技術を要する運用術は、地味である。派手好きな韓国は、こんなことは等閑視してきた。

そこにまた問題発生である。「仁川」が轟沈したというのである。当の「仁川」からは報告はなかった。攻撃を受けて瞬時に沈没し、そんな余裕はなかったのであろう。潜水艦の雷撃だろう、と艦載ヘリからの報告である。しかし、日本の潜水艦は、動かない「高峻峰」を見逃したのはなぜだろう。魚雷がなかったのか、まさか。それにしても幸運だった。

結局、曳航艦は同型の「毘盧峯」になった。同型なら排水量の問題もないし、相互に作業も楽だろう。他に使える艦もない。戦闘艦は曳航などという地味だが難しい運用作業の訓練が足りない。運用作業に比較的習熟している揚陸艦がやはり最適だとの結論だ。こんどは護衛にも強力な艦を選ばねばならない。出動可能な艦が押っ取り刀で出撃する事態になった。

韓国艦隊

艦　名	基準排水量	武　装
世宗大王	10290 t（満載）	5インチ砲×1　30ミリ・ゴールキーパー×1 対艦ミサイル　三連装短魚雷発射管×2 短ＳＡＭ垂直発射機×1　アスロックＳＵＭ垂直発射機×1　ヘリコプター×2
王　健	4400 t	127ミリ砲×1　ＣＩＷＳ×2 対艦ミサイル　三連装短魚雷発射管×2 短ＳＡＭ／アスロックＳＵＭ垂直発射機×1 ヘリコプター×2
京　畿	2300 t	5インチ砲×1　ＣＩＷＳ×1 二一連装ＲＡＭ発射機×1 四連装対艦ミサイル筒×2 SLCM用VLS×8セル　三連装短魚雷発射管×2 ヘリコプター×1
昆盧峯	2600 t	40ミリ単装機関砲×1　シーバルカン機関砲×2 ヘリコプター×1

イージス駆逐艦ＤＤＧ「世宗大王」、ヘリ搭載駆逐艦ＤＤＨ「王健」、ミサイルフリゲートＦＦＧ「京畿」と曳航艦のＬＳＴ「毘盧峯」が五日、釜山から出港した。今度は、対空ミサイルを持ったイージス駆逐艦以下が揃っているから、対艦ミサイルの攻撃には対処できるだろう。

なにより潜水艦の存在が確実なのだから、「毘盧峯」の護衛と対潜掃討の二つの対潜作戦が併用される。こんな高度な作戦は韓国海軍には重荷だが、現実問題を前にしてそんな弱音は吐けない。

潜水艦に備えては、まずＰ－3が二機飛ばされた。十数機しか保有していない中、ソマリアにも派遣して兵力不足だ。整備能力不足のため稼働率が低い韓国海軍哨戒機部隊としては、精いっぱいの出撃である。ちなみにＰ

－3保有国で最も稼働率の高いのは日本で、米海軍をもしのぐことはその筋では常識だ。潜水艦の所在海面は予想できる。それならレーダーと目視（赤外線を含む）で徹底的に制圧して、頭を出させないようにする、単純で効果的な対潜戦術である。そんな合理的な戦術は、今回の指揮官「世宗大王」艦長白大領（大佐）の発案である。

白大領は、少領（少佐）時代に海上自衛隊幹部学校のCS（指揮幕僚課程）に留学した経験がある。韓国の反日姿勢にもかかわらず、海上自衛隊は韓国留学生に親切だった。中でも、潜水艦乗りの名物教官志津2佐は、手とり足とり懇切丁寧に潜水艦戦術を指導してくれた。海上自衛隊でも変わり者の志津教官は、さらにそれを逆手にとった対潜戦術まで教えてくれたのだから、度を越した親切であろう。もっとも、志津教官に言わせれば、相手が弱すぎて訓練が退屈だから、少しレベルを上げてほしい、というのが本音で、当然海上自衛官の学生にも同じようなことを教えていた。

こんな幸運に恵まれたから、通常型潜水艦の戦術について、韓国海軍の潜水艦乗りより白大領は高いレベルにある。妙な先入観なしに本質的な話が頭に入っているからだ。対潜戦では、潜水艦に勝とうなどと思わず、できる限りの努力で潜水艦の行動を妨害する、これが要点と理解している。真理だ。

さらに白大領は志津教官から対潜戦術の奥儀までを得ている。迷ったら潜水艦の立場で考える、ことだ。今回の出撃で不安要素は、敵の潜水艦が何を狙うか、だ。常識的（水上艦の先入観）には、大型新鋭艦が重要目標である。白大領が艦長をしている「世宗大王」が典型だ。それが韓国海軍一般の見方だ。しかし、敵の潜水艦は今回の韓国艦隊の兵力組成を見て、どれを最も重視するだろう。彼は、囮にした「高峻峰」と曳航に来た「毘盧峯」と見ている。なぜなら、作戦の焦点は独島（竹島）である。島を救援するのに必要なのはLSTで、イージス艦ではない。島に建設資材を運ぶことのできる艦種が島の争奪のカギになるだろう。しかし、それは主流にいる水上艦乗りたちには理解できないようだ。戦略より戦術、戦術より保身の狭い料簡の連中には無理な話だ。いずれ、敵の潜水艦がその答えを出すだろう。

それまでは、潜水艦の活動妨害だ。とりあえず法則にしたがうことにする。その法則も志津2佐の法則だが。

潜望鏡の使用を妨害するためには、徹底したレーダーでの制圧をする。レーダーで潜望鏡は探知できないが、スノーケルの妨害や潜望鏡使用を不自由にさせることで、状況を多少でも有利にするのである。現場で自分が目標になった時の対処も腹案としてあるから、効果を試すことができるだろう。

志津2佐の助言を思い出した白大領は、指揮下の哨戒機と水上艦にさらに注意喚起をした。敵潜水艦の発見には、潜望鏡などよりウェーキに注意するようにと。

直径約一〇センチ、露頂高約一メートル程度の大きさしかない潜望鏡より、それが起こす数メートルあるいは数十メートルあるかもしれない白いウェーキの方が、はるかに探しやすい。赤外線ならウェーキの探知はさらに容易だ。焼け石に水をかけるよりは多少ましだろう。

ここまでの処置を終えたところで、白大領は少し余裕ができた。とっくに退官した志津2佐が、どこかで研鑽の結果を見てくれていればいいのだが。

ところで、白大領以外の韓国士官たちは、この行動にさほど不安を覚えていない。知らぬが仏、である。潜水艦の怖さを知らない彼らは、韓国海軍をアジア最高レベルと教え込まれているし、日本を蔑視しているので、新型艦を揃えたこの艦隊を無敵と信じているのである。彼らは、白大領の神経質な指揮や指示に違和感を覚えているくらいだ。白大領の指揮が過敏か妥当かは、これからわかるだろう。

哨戒機に前程をレーダーで制圧させつつ、韓国艦隊は日本潜水艦の伏在する海域に近づいて行った。

十二月五日　横須賀　海上自衛隊自衛艦隊（SF）司令部

釜山から護衛のDDG「世宗大王」、DDH「王健」、FFG「京畿」と曳航艦のLST「毘盧峯」の四隻が出港したことを受け、急遽作戦会議が開催された。護衛艦隊（EF）、航空集団（AF）そして潜水艦隊（SBF）から作戦幕僚（N3）が出席している。今回はミサイル対処のために、イージス艦を護衛に付けているらしい。潜水艦に備えて哨戒機も飛ばしている。この兵力なら、潜水艦「けんりゅう」に任せていいだろう。問題は敵のP-3Cだが。

SFの幕僚長が、SBFに不安がないかただしたが、答えは簡単だった。

「（ＡＦには）失礼ながら、Ｐ－３の一機や二機が飛んだところで、ほぼ定点で待敵している『けんりゅう』を探知される恐れはありません。スノーケルの必要がないのですから、ソノブイに探知される可能性はほぼゼロです。敵の哨戒機は広域捜索にはレーダーやＩＲ（赤外線）を使うでしょうが、潜水艦には十分な対抗手段があります」

ＥＦのＮ３が質問した。水雷（対潜）特技の彼は、水上艦による対潜戦の難しさは十分承知している。しかし、こうるさい司令官に報告する都合のため、ＳＢＦの言質を取っておく必要があった。志の低い官僚は、国益より上司の意向で仕事をする。

「『世宗大王』以下の対潜能力は、問題ありませんか」

「イージス艦といっても、対潜能力については他の水上艦と違いはありません。ソナーはドイツ製のＤＳＱＳ－21だから、性能は日米と同等と見ていいでしょうが、潜水艦の優位は変わりません。二隻や三隻の水上艦が護衛に付いたところで、大した脅威にはならないでしょう」

水上艦の対潜能力はいいとして、哨戒機が濃密な制圧行動をとればどうだろう。ＡＦが心配して発言した。

「しかし、二機が狭い海面で濃密なレーダーと目視捜索をやれば、被探知の危険があるのでは？」

「ご心配は当然ですが、レーダー捜索が濃密であれば、それは潜水艦のＥＳＭで把握できるので、露頂を避けるでしょう。潜望鏡が水面に出ていなければ、探知の危険はありません。

多少やりにくいでしょうが、ソーナーだけでも襲撃はできます」

途中から非公式に会議を傍聴していたEF司令官が、N3を呼び寄せて、何か耳打ちをしたようだ。潜水艦だけに活躍させておくことはない、そんなことだろう。EFのN3がまた手を挙げた。

「EFから提案ですが。潜水艦の作戦を阻害しない範囲で、可能なら敵の哨戒機を撃墜しても構いませんか」

SBFとしては、敵の水上部隊と味方が混在しなければ、問題はない。むろん、敵の脅威が減るのは歓迎である。

「ソーナー襲撃の都合を考えれば、敵と味方の水上艦があまり接近されると、敵味方識別上の問題が出るでしょう。距離もですが、潜水艦から見た方位が、敵と重ならないように留意していただければありがたいところです」

むろん、SBFのN3は、後ろの方で睨んでいるEF司令官を意識して発言している。司令官が1佐で海幕課長時代、部下だったことがあるが、正論を主張して（つまり逆らって）以来、嫌われている。

「潜水艦は竹島の西で哨戒しているでしょうから、釜山から向かってくる敵の水上部隊の探知方位は西から南西方向のはずです。水上部隊の攻撃が南から東よりなら、潜水艦にも敵味方が混同されることはないと思われます」

ＥＦが考えているのは、前回のミサイル艇の攻撃同様、南方からの攻撃だから異論はない。

会敵が早ければ、東からの攻撃になるだけだ。異論がないようにSBFが考慮したことは、夜郎自大のミズスマシ（潜水艦乗りは水上艦乗りをこう蔑称する）には分からないだろう。それ以上は北に行かず、東に移動する方が合理的と理解されたはずだ。

SFのN3が、まとめた。

「EFは、おおむね隠岐と対馬を結ぶ線、北緯三六度より南を行動し、適宜敵の水上部隊および航空機に対する攻撃を実施していただきます。北上する場合は、東経一三二度より東側を行動すること。この場合は、事前にSBFの了解を得ること。現場潜水艦は、艦長所定で敵救援部隊に対する攻撃を実施。潜水艦へはSBFから会議の結果を通報していただきましょう」

その後、自衛艦隊司令官が最後に訓示をして、会議は終了した。竹島沖の海戦が始まる。

十二月五日　竹島西方　潜水艦「けんりゅう」

漂泊する「高峻峰」を監視しながら、充電が終わったころ、潜水艦隊から電報が届いた。

木梨2佐の狙いどおり、「高峻峰」を救援するための韓国水上部隊が向かって来るらしい。囮を残した判断は、正しかった。今度は「世宗大王」以下、新鋭艦の護衛が付いているというから、やりがいもある。P－3が二機、水上部隊の前程を飛んでレーダー制圧をしているらしい。潜望鏡が探知されるとは思えないが、偶然目視や赤外線に引っかかる危険は増す。潜望鏡は直径数センチで、水面上に一メートルほどの大きさだから、海面に短い竹竿が一本出ているようなものだ。これに対して、胴体の太さだけで数メートル、前後左右が三〇メートル以上あるP－3が先に発見するのは、まず無理だ。偶然接近してくれば、遠ざかるまで潜望鏡を使わなければいいだけだ。

それを、手持ち無沙汰の護衛艦が処理したいらしい。山陰沖にいる第三護衛隊群（三護群）の概略位置は、本艦の一九〇度一〇〇マイル（ほぼ南約一九〇キロ）で、敵との方位差は三〇度以上はあるから、三護群がそれ以上北上しなければ、「けんりゅう」の作戦の邪魔にはならない。北上する場合は、本艦の東側を行動することになっているから、西や南西から近づく韓国部隊と混同することはないはずだ。

韓国水上部隊の位置と動静が適宜知らされているから、待敵位置は余裕で決められる。つまり、速力を使わずに済むので、充電の必要もないからスノーケルの制約もない。敵も、本艦の位置は推定できるだろうが、発見するかどうかは別問題である。敵の第一任務は対潜掃討ではなく、大破した「高峻峰」の回収であろう。その位置がお互いの作戦の焦点になる。一万乃至二万メートルってところだろう。

一〇：〇〇頃P－3のXバンドレーダー波がESMに入り始めた。電波特性が違う電波が二つだから、情報通り二機と見られる。これが海上自衛隊なら、一機は電波を出さずに、そっと近づくような芸の細かさを見せるのだろうが、韓国の哨戒機のやり方は単純に過ぎる。

正午頃には、水上艦のレーダーも方位がはっきりしてきた。感度からみて、P－3の方がずっと近いところにいるから、水上部隊の前方をレーダーで制圧するつもりらしい。探知をあきらめて制圧に徹しているなら、賢明である。まだESMアンテナと二本の潜望鏡を上げても大丈夫だ。問題は、これらマスト類が水面に残すウェーキの方だ。マスト類は細くて短いが、不注意に出すウェーキは目立つ。青い海面に白い航跡がくっきり数十メートル出たりすれば、大変だ。ウェーキは赤外線でも探知できるから、速力には注意が必要だ。逆にいえば、それだけが心配事である。

「半速以上は使うな。必要な場合は、全没せよ」と艦長が注意したが、敵の方が近づくこの状況では、「けんりゅう」が速力を出す必要はない。

朝鮮半島を東に進めば、急速に水深が深くなる。対馬海盆である。この巨大なプールのような海域が、戦場になろうとしている。

竹島は、対馬海盆の中に浮かんでいる。竹島の位置は、ほぼ長方形の海盆の北東の隅っこに当たる。だから、竹島西方の海域は、潜水艦が自由に行動できる水深と広さを持っている。竹島の東には、隠岐堆が張り出して水深が浅くなる。この辺ならアクティブソーナーが海底に反響するし、沈座も可能である。この海底地形は、潜水艦戦術を発揮する絶好の舞台である。不利な条件と有利な条件がたくさん揃っている。不利と有利は敵にとっても複雑な条件になるはずだ。

そもそも対潜水艦作戦は、海中に潜む潜水艦探知の困難さを避けて通れない。広域捜索の手段は、電波傍受、次にレーダー捜索、水中音響の条件次第でパッシブソーナーなどがある。手段は多いが、どれもむずかしい。決め手になるものはないのだ。潜水艦はレーダーはもちろん、通信の電波もまず出さないし、出しても傍受されにくい衛星通信だ。パッシブソーナーは、潜水艦の出す雑音の強さ次第である。探す側の対潜部隊の音の方がうるさいから、潜水艦に先に探知される。唯一、哨戒機から落とすパッシブソノブイは、自分の雑音はない。しかし、使用時間に制限があり、探知距離も短く、使い捨てだから高価である。だから、パッシブソノブイは、潜水艦の居そうなところに重点的に散布する。

今回の状況は、潜水艦にも対潜水艦側にも痛し痒しである。竹島と「高峻峰」の位置が作戦上の制約だ。敵味方双方ともこの付近で行動せざるを得ない。

緊要地形の争奪が作戦を決める陸上と違い、海上にはランドマークなどはない。島や海峡など特殊な地形は別だが、海上作戦は地理的位置より敵の兵力そのものが焦点になる。真っ平な海上では、占拠すべき対象がなく、海上優勢あるいは制海の獲得は、敵兵力の撃破によって得られるからである。

しかし今回は、竹島だけではなく、ミサイルを被弾して漂う「高峻峰」を焦点に双方の兵力が動くという稀有な海戦になるだろう。「けんりゅう」艦長の作り上げた状況である。

対潜哨戒機は、潜水艦の潜在海域を絞り込めるから、パッシブソノブイの使用条件は比較的整っている。前述のとおり、ソノブイは使用時間や探知距離に限界があるから、当てのない広域捜索には向かない。潜水艦の位置がだいたいわかっているとき、その近くに投下することで潜水艦の信号をひろう。今回のように、潜水艦の位置が予想できる場合に適している。しかし、その付近に味方の水上艦がいるため無用の雑音を拾うことになり、静粛な潜水艦の信号を探知するのに邪魔である。おまけに、潜水艦の近くにソノブイがあっても、静粛な潜水艦の信号を探知するのはかなり難しい。スノーケルをしていてさえ、その信号は驚くほど小さい。まして、定点哨戒で電池をあまり使わない「けんりゅう」は、スノーケルの必要が少ない。

ここでいう信号とは、潜水艦の雑音だが、対潜捜索の見地からは有益な信号だから、区別する。電波も音波も、それを利用する立場の者にとって必要なものだけが信号（シグナル）で、他は邪魔な雑音である。それが、他の立場にはどんなに重要でも、無用な者には雑音（ノイズ）である。例えば、ソーナーに映る魚の映像は、漁民には有益な信号だが、軍艦には敵を探すのに邪魔になる雑音である。

くどくなるが、潜水艦作戦と対潜水艦作戦のキモだから続ける。潜水艦にとって、自分の出す音はノイズだ。敵に探知の手段を与えるばかりか、それが自艦のソーナー捜索にじゃまになる。敵には貴重なシグナルも、自分の立場からは徹底して排除すべきノイズである。アクティブにも、ノイズとシグナルはある。レーダーもソーナーも、アクティブセンサーは自分から強力な電波や音を出す。それが、目標に当たって跳ね返ったシグナルを探知する。しかし、本来の目標以外からのノイズも返ってくる。レーダーノイズは空中ではあまりない。鳥は小さいし二四時間飛び続けるわけじゃない。水面には波や他の船舶があるから、レーダー捜索上のノイズになる。レーダーがこのノイズの中で、小さな潜望鏡のシグナルを探知することはむずかしい。

これが、アクティブソーナーとなれば、それこそノイズだらけである。クジラや沈没船、海底などの固体はもちろんのこと、海水自体が反響するからノイズになる。海水はコップの水のように、均質な物質ではない。密度、温度が場所と深度によって異なる。潮目などはその好例だ。だから、性質の違う海水がノイズになることがある。また、音波が温度や密度に影響されて曲がったり、吸収減衰してしまう。この事情はパッシブソーナーでも同じだ。

固体や海水だけでなく、気体はさらに強烈なノイズを生む。アクティブソーナーの探知を避けるために、潜水艦が海中に放出する空気は、アクティブソーナーの画面では、金属製の潜水艦より強い反響として映る。わずかな空気も、上昇するにつれ、水圧が減少するからどんどん膨張していき、ノイズはさらに大きくなるというわけである。

だから、探知を避けたい潜水艦は、自分のシグナル（敵にとって）を局限しつつ、ノイズの中に隠れるように行動する。ノイズも敵がアクティブかパッシブかで行動は違ってくるが、韓国海軍は対潜技術が遅れているから、水上艦はアクティブ主体であろう。探知距離は知れている。

一三：〇〇頃、潜望鏡でP－3が見えた。まだほとんど点であるが、水平飛行しているし、移動の角速度、つまり方位変化率から哨戒機とわかる。この辺のパターン認識というか瞥見判断は、長年自衛隊や米軍の哨戒機相手に訓練した成果である。同じものを見ても、そこから得られる情報は観測者の能力次第でまるで違ってくる。

ところで、潜望鏡で見えたからといって、相手の大きさは三〇メートル以上、潜望鏡は一メートル程度だから、まだまだ大丈夫である。見えた以上、敵を探すのは簡単だからESMアンテナは降ろしてしまう。潜望鏡は多い方がいいから、二本とも使う。細い潜望鏡は一本でも二本でも被探知上の差はないが、こっちの見張り能力は相乗効果で二倍以上になる。一本は、視認中の敵機を追っかけ、もう一本で捜索を続けられる。潜望鏡にも簡単なESMは付いているから、もう一機の弱いレーダー波も探知している。そっちが遠いのは間違いない。感度から見て、二機はだんだん近づいてきたが、それは、「けんりゅう」の兆候を探知したからではなく、単に「高峻峰」に近づいてきた結果だろう。

哨戒機を探す場合でも、潜望鏡は上を見ているわけではない。遠くから近づく哨戒機は、水平線の少し上を監視していれば見えてくる。特に、ESMで探知があれば、その方向に潜望鏡を向けて倍率を上げていれば、簡単に見つかる。相手の方が、潜望鏡に入ってくる感じだ。敵が見えればこっちのものである。スノーケルだって、哨戒機が見えていれば安全に実施できることは、対潜部隊側にはあまり知られていない。敵は見えないと不安だが、見えていれば動静が把握できるし、小さく見えるような距離なら、スノーケルマストはレーダーに映らない。まして、潜望鏡など針のようなものである。

近づいた敵哨戒機は、そのうち二機とも見えるようになり、「高峻峰」の周辺を旋回し始めた。高度は下げないから、ソノブイを撒くつもりはないらしい。レーダー捜索には一定の高度が必要だから、そっちを継続するつもりだろう。韓国の指揮官は、合理的な頭の持ち主と見える。高度が高いから潜望鏡が視認されることはないだろうが、近づいて来たら念を入れて潜望鏡を降ろすことにした。不自由だが仕方がない。

ソーナーには、水上艦のアクティブソーナーが入りだした。探知距離外から無駄な捜索をして、潜水艦に動静を知らせない配慮も、並みの戦術能力ではない。目的地に近づいたから、潜水艦の存在の可能性を考慮して、ソーナー捜索を始めたのであろう。対潜能力の低い韓国海軍にも、これだけの人物がいるとは恐れ入った。もしかして……。

木梨2佐は、数年前幹部学校で机を並べた韓国留学生の四角い顔を思い出した。海自の学生とともに、潜水艦戦術と対潜戦術の奥儀を名物教官から授かった白少領のことだ。留学するほどのエリートだから、中領以上たぶん大領になっているはずだ。特技は水上艦だったから、大型艦の艦長になっているかもしれない。彼なら、海上自衛隊以上の対潜戦術を実施する可能性がある。そうだ、彼ならこの程度のことはやるだろう。

「けんりゅう」は竹島と「高峻峰」を結ぶ線の北側に位置を取った。「高峻峰」から見て北東約五マイル（約九キロ）の位置で、まだ煙を上げている「高峻峰」のマストは十分に見える。動力を喪失している「高峻峰」のエンジン音は入らないから、潜望鏡で見える距離を維持して、敵の曳航準備を待つ。曳航のため二隻が接近するから、その時を狙って接近し、かつ停止状態の二隻を一気に屠る計画である。他の護衛の戦闘艦の処置は、状況次第である。

護衛は戦闘艦が三隻だからやり合って勝てる自信もある。問題は、数千メートルの高度で旋回している哨戒機だ。あれがいる間は、潜望鏡を使わないソーナー襲撃をやる必要がある。

突然、南側を飛んでいた敵のP－3が、爆発した。オレンジ色の炎に包まれ、左の主翼がちぎれた機体は、煙を吐きながらゆっくり落下して行った。

何が起きたんだ……。そうか、南方の護衛艦が対空ミサイルを発射したのか。ということは、四〇マイル（約七〇キロ）以内に味方の水上部隊がいる、ということだ。護衛艦はガスタービンだからこの距離では探知できないし、ソーナーも使っていないからなおのことだ。下手をすると、対艦ミサイルも使ってくるかもしれない。ここは、連絡を待つより、こっちから情報を求めた方がいい。

近いところにいた哨戒機が撃墜されて、上空が安全になったので、「けんりゅう」はアンテナを上げて、衛星通信でデータを取ることにした。敵と味方の水上部隊の動きを知ることが目的である。

遠い方の哨戒機も、飛び去って行った。撃墜を怖れたのであろう。これで、露頂哨戒の障害はなくなった。潜望鏡が二本、ESMアンテナに加えて通信アンテナが水面に上がった。しかし、この距離なら「高峻峰」からも見えはしない。マストのてっぺんに、鷹でもいれば話は別だが。

十二月五日　竹島南西　韓国艦隊

出港後すぐに白大領は、上級司令部の第七機動戦団に状況報告と支援を要請した。司令部でやる気のない参謀連中に話したところで、実現しそうになかった。だから、洋上から司令官宛の正式な電報で依頼したのだ。空軍の援護がなければ、防空戦は心もとない。竹島を爆撃できるくらいだ。敵機が、対艦ミサイルや誘導爆弾を積んで攻撃してくるかもしれない。敵の水上部隊がいるのは確実だから、艦対艦ミサイルにも備えなければならない。

一三：一七　艦隊前方をレーダーで制圧していた哨戒機のうち、南側の一機がいきなり爆発した。その直前、小型高速目標を「世宗大王」のレーダーが捉えてミサイルと判断したが、何しろマッハ二以上である。警報を発する前に、命中した。北の一機には警報できたので、射程外に逃れることができた。

次は、対艦ミサイルであろう。白大領は、命令を下した。

「戦闘対空戦、脅威方向南、低空で接近する対艦ミサイルに備え」

さっき探知したのは、高高度を飛翔していた対空ミサイルだから、遠くから探知できた。対艦ミサイルは水面ギリギリの低空を飛んでくる。高性能レーダーも、丸い地球の水平線の向こうは探知できない。

対空戦闘能力の乏しい「毘盧峯」は最大速力で北に離脱させた。敵ミサイルの射程内なら、少しばかり逃げてもさしたる効果はあるまいが、やれることはやらねばならない。対艦ミサイルは「世宗大王」が一手に引き受けなければならないだろう。「王健」にもＳＭ－２が垂直発射機に装備されているが、捜索レーダーやミサイル管制機能は従来型のミサイル艦で、イージス艦とは別物だ。射程は長いが、個艦防御の防空能力程度とみていい。「仁川」型フリゲートの「京畿」には、近距離での個艦防空の武器しかない。「世宗大王」が、遠距離でできるだけ敵のミサイルを減らしておかねば、艦隊は全滅するだろう。

出港直後から、「世宗大王」のＳＰＹ－１Ｄレーダーは、南方約五〇マイル（約九〇キロ）に低速の空中目標を探知していた。高度と飛行パターンから見て、日本の哨戒機であろう。当隊をレーダーで探知し、味方の水上部隊にデータリンクで情報を送っているはずだ。撃墜すべきだが、あいにく対空ミサイルの射程外である。それより心配なのは、レーダー水平線の向こうにいるはずの日本の水上部隊だ。数も艦型も不明だがこっちよりは多いだろうし強力だろう。

海上自衛隊の護衛艦は、世界でも最先端の装備を持っている。この時点でもっとも怖いのは、艦対艦ミサイルである。護衛艦は一隻当たり最大八発の長射程対艦ミサイルを持っているはずだ。もっとも公表された護衛艦の写真を見ると、八発全弾搭載している護衛艦はないから、実数は半数と見ていいだろう。

本艦のイージスシステムは、数百キロメートル先の数百の航空目標を探知、追尾できる。しかしそれは、目標が一定の高度にあることが前提だ。地球は丸いから直進する電波は水平線の向こうは探知できない。レーダー水平線は、レーダーアンテナの高さで決まる。イージスシステムは、フェーズドアレイ固定アンテナを使用するため、艦橋の周辺に板状のアンテナが四枚、九〇度ずつの角度をつけて取り付けてある。従来の回転型のアンテナはマスト上部に装備できるが、重量のある固定式フェーズドアレイアンテナは、装備位置を艦橋まで下げざるを得ない。SPY－1レーダーのレーダー水平線は、アンテナ装備位置が水面上一六メートルとすれば、ざっと一五キロである。ミサイルの高度が仮に九メートルとすると、探知距離は二六キロ程度にすぎない。最大探知距離が数百キロメートルのイージスシステムの性能も、低空で接近する目標には従来型のレーダーより低いだけ不利ともいえる。

日本の九〇式艦対艦誘導弾（SSM－1B）は、時速一一五〇キロで飛ぶ。探知から命中まで約八〇秒しかない。長射程対空ミサイル（SM－2）より、砲や近接防御の機関砲、近距離SAMの出番であろう。しかし、その短時間に何発のミサイルや砲弾が発射できるだろう。飛んでくるミサイルは一発ではなく、数十発のはずだ。

従来の回転型アンテナは、水面上二十数メートルの高さだった。仮に二五メートルならレーダー水平線は約一九キロである。この点旧式DDG「はたかぜ」型は回転式の三次元レーダーを高い位置に装備しているから、「あたご」型イージス艦より四キロ有利という話だ。電波水平線の単純な理論ではそうなる。ミサイルへの対処時間が一二秒ほど増える。一二秒あれば、一発くらいは余計に撃墜できるかもしれない。探知と同時にミサイルや砲が迎撃するわけではなく、一定の時間が浪費される。射撃が始まった後は、その時間に応じて撃墜率も向上するから、対処時間は長い方がいい。

ともかく、韓国艦隊は東南方わずか一〇〇キロ程度の近距離にある日本艦隊からの攻撃に対して、新型イージス艦が無敵の盾を提供できるわけではない。その上、近くには日本の潜

水艦が潜んでいる

日本艦隊からのミサイル攻撃が予想されたので、艦隊は一列横隊になった。対艦距離は約一〇〇〇メートル。後方（北）には、必死で退避する「毘盧峯」がいる。北から「王健」「世宗大王」「京畿」の順で、中央の「世宗大王」がエリア防空を担う、はずだった。

海軍作戦司令部経由で、空軍からの情報が届いている。データリンクではなく、メッセージで緯度経度を知らせてきた。偵察機の他、敵水上部隊を攻撃するため、戦闘機が出撃したとのことだ。艦隊の上空を守ってほしいのだが、空軍は掩護で時間を無駄にするより、攻撃を選んだらしい。

空軍の偵察機が敵艦隊を発見したようだが、海軍と空軍の現場での調整はできないまま、各個に敵を攻撃する事態になった。味方を攻撃しないよう、空軍の攻撃が終わるまで、攻撃を控えた方がいいだろう。

位置情報はかなり大雑把なものだが、「世宗大王」以下の水上部隊にとっては、貴重な情報であった。予想していた位置より、かなり東にずれていたから、腰だめでミサイルを撃っても全弾外れた可能性が高い。だから、概略位置でも作戦上の価値はある。

空軍の攻撃開始が通報されたが、後の情報は途絶えた。全機撃墜されたのかもしれない。撃墜される前に、対艦ミサイルを発射したはずだから、ある程度の被害を与えたはずだ。今度は、こっちの番である。

得られた敵の位置を入力し、艦対艦ミサイルを発射しようとしたところへ、敵のミサイルが飛んできた。発見されたと知った敵が、先制攻撃をしたものであろう。当然といえば当然だ。こっちの位置を把握している敵が、今まで攻撃しなかった方が幸運に過ぎた。

敵のミサイルのレーダーシーカー波が、電波探知機に捕捉され、すぐにレーダーが探知した。それも、対空レーダーだけでなく、水上レーダーにも映るという緊迫した状況である。見張りも目視で発見し、悲鳴に近い報告があがった。水平線ギリギリの低高度を、白い煙を吐きながら二十数個の黒い点がどんどん大きくなってくる。それも南ではなく南東から来た。

日本の対艦ミサイル（ＳＳＭ）は、超低空で接近したため、「世宗大王」のイージスシステムも、他の艦のセンサーもほぼ同時に探知し、統一指揮をする暇もなく、三隻各個に自艦防御の防空戦が始まった。やはりイージスシステムでのエリア防空の余地はなかった。探知した時には、すでに五インチ（一二七ミリ）砲の射程であり、長距離ミサイルＳＭ－２の発射より、主砲の射撃が先に始まったほどだ。

三隻の艦橋から、数十発のチャフ弾が発射され、中に封入してあったアルミ片が雲のように艦体を覆った。終末段階でアクティブレーダーホーミングに入ったＳＳＭの数発が、目標を捕捉できないままこの雲の中に突っ込んでくれた。

さらに接近するミサイルに、近接防御用のＲＡＭが発射された。この状況では、ＲＡＭが最も活躍した。ＲＡＭは赤外線誘導の近距離ミサイルだから、ＳＳＭのロケットモーターの高熱に喰らいついた。

多くの敵ミサイルはチャフが広がる前にアルミの雲を通過した。それぞれのミサイル頭部のレーダーで目標を探知し、生き物のように動き始めた。直進するだけでは、相対位置が変化しないも同然で、簡単に防御火器や近距離ミサイルに捉えられる。命中直前で急上昇し、高度を取ってダイブしてくる。低空飛行から急上昇する段階では、探知方向が急激に変化する。射撃する場合、実に目標をとらえにくいのである。

クレー射撃に例えてみる。トラップ競技は、一五メートル先にあるクレー（素焼きの皿）発射機が、クレーを遠方に飛ばすのを、散弾銃で撃つ競技だ。距離は遠ざかるが角速度はさほどない。近いほどよく当たるはずだ。しかし、クレーが数メートル先を左右、あるいは上下に飛んだら命中弾は出ないだろう。いや、目で追うことすら難しい。クレーと違って、九〇式ＳＳＭは音速に近い速さである。

このように、近距離での急速な角速度の変化に対応するのは難しい。ただ、上昇していたミサイルが急降下に移る瞬間は、角速度が零になる。いわば停止状態に近い。このタイミングに運よく狙ったＲＡＭやＣＩＷＳが三発のＳＳＭを撃墜できた。それまでに砲やＳＭ－２で八発を撃墜したから、計一一発を迎撃できたことになる。チャフで外れたミサイルも三発あった。

しかし、抵抗もここまでだった。最初の命中弾が「王健」に当たり、続いて三隻がほぼ同時に複数のミサイルを被弾した。明るいオレンジ色の炎が上がり、消えると代わりに黒煙がもうもうと韓国艦を覆った。命中時の爆発の衝撃で、すべての韓国艦のシステムは機能を失った。五発被弾した「王健」は、数分で沈没し、三発の「京畿」も火災に弱いアルミ構造物

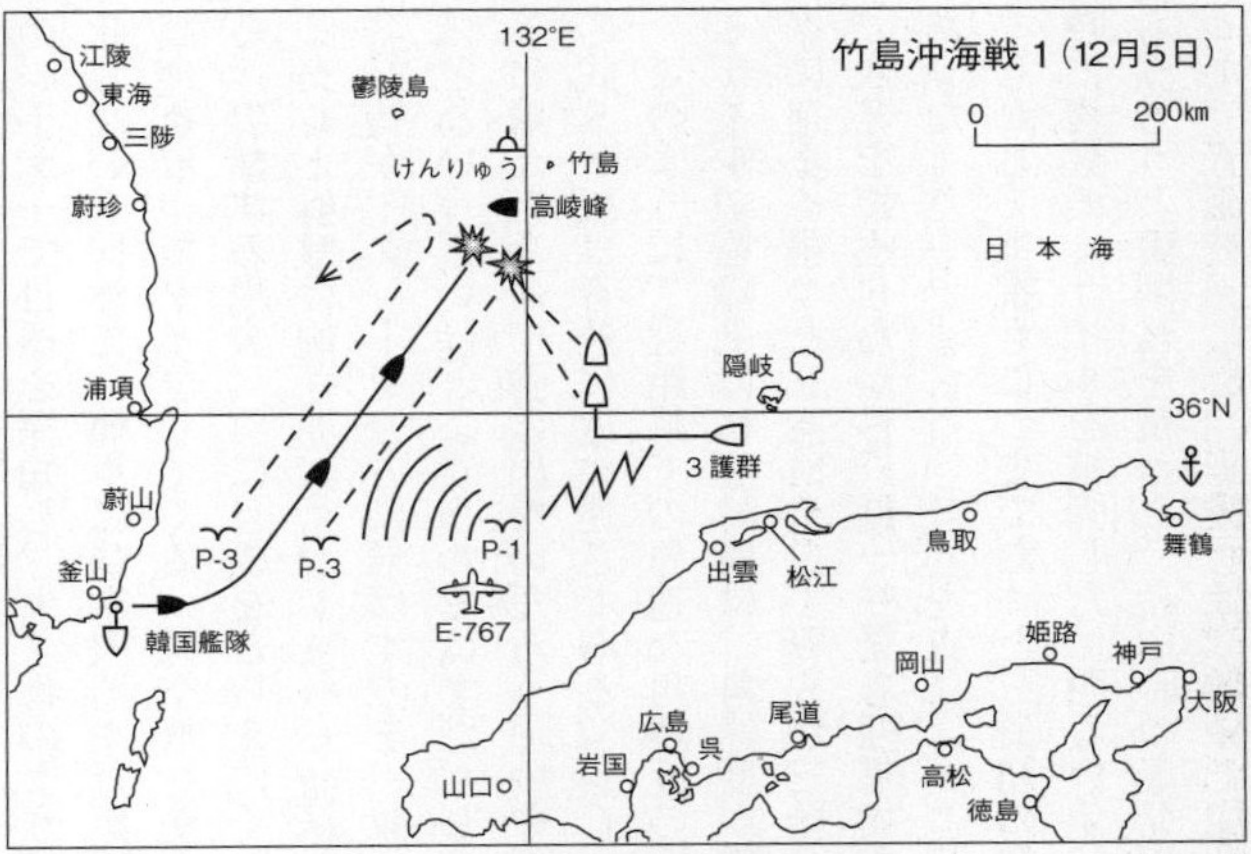

が燃えつきて、かろうじて傾いて浮いている。沈没は時間の問題だろう。わずかな生存者は、火災を避けて風上の上甲板に集まっているか、海中に飛び込んでいるようだ。

「世宗大王」は、二発を受けたものの機関室は無事で、電源も確保されている。しかし艦橋と煙突に命中弾を受けたため、戦闘機能はほぼ喪失した。レーダーは使えず、イージスシステムもダウンした。主砲は何とか発砲できるが、目標の探知と射撃管制ができなければ、無用の長物である。ただこれ以上の攻撃がなければ、帰投するくらいはできるだろう。

幸い、無傷ですんだ「毘盧峯」が恐る恐る近づいてきた。前方にいた三隻にミサイルが全部吸収されて、北に退避していた「毘盧峯」にはミサイルが来なかった。でなければ、貧弱な対空兵装のLSTはミサイルを一発も撃墜できなかっただろう。

「世宗大王」は少なからぬ被害を受けつつも、低速での自力航行はできた。指揮官の白大領も無事だったから、善後策を講じることができた。

「京畿」は放棄せざるを得まい。火災が激しいが、沈没までは間があるだろう。「毘盧峯」に生存者の救助を命じた。火災が収まらない「京畿」には、横付けできない。効率は悪いが、艦載艇とヘリでの救助活動が始まった。重傷者はヘリで、軽傷者と無傷の乗員は艦載艇で運ばれた。

問題は曳航だが。やはり、やらねばなるまい。白大領は「毘盧峯」に曳航準備を命じた。「京畿」の生存者を収容しつつ「毘盧峯」が、「高峻峰」に接近した。低速で移動するだけだから、救助活動には支障はない。揚陸艦の広い甲板と艦内の余積は、救助活動にも好都合だった。

母艦が被害を受けても、幸い空中にあって難を逃れたヘリが三機あった。白大領は二機を救助活動にあて、一機に魚雷を積んで哨戒させていた。

救助を担当する「毘盧峯」艦長は、三機とも要求したが、この混乱のタイミングを潜水艦に狙われたらたまらない。心を鬼にした。夢中になって救助作業と曳航準備をしている多忙な中、次の危機が迫っていることを、白大領だけは予感できたから、警戒を緩めるわけにはいかない。

十二月五日　大邱　韓国空軍南部戦闘司令部

対日戦で出番のなかった空軍は、出撃命令を受けて張りきった。

海軍と海兵隊だけが活躍している状況に、軍種対立と嫉妬感情があったのは無理はない。これまで任務はなかったが、戦時となればそれなりの準備と警戒はしてある。ただ、北に備えてきた韓国空軍としては、高水準の装備と練度を有する自衛隊との戦闘には未知の要素が多いから不安もある。しかし、そんなことは言ってはいられない。緊急事態というではないか。ともかく、稼働機を全力で投入することだ。航空作戦の最優先要素は、時間である。状況が分かるまで待つより、自分で偵察する方が早い。

空軍南部戦闘司令官李少将は、まず水原からRF－4C偵察機を飛ばすとともに、大邱の第一一戦闘航空団の新鋭機F－15K八機にその後を追わせた。爆弾を搭載して待機していた戦闘爆撃機がこれだけ揃っていたのは、幸いだった。さらに、韓国艦隊の上空をカバーするため、空中戦闘の準備をしたF－15Eが六機待機した。相手が戦闘機だろうとミサイルだろうと、対空ミサイルを使用する空中戦闘には違いない。長時間飛行できない戦闘機をあてなく飛ばすより、緊急発進する方がいいだろう。

空軍は艦隊の防空戦はもとよりやる気はなく、偵察機で日本艦隊の位置を把握するだけでなく、攻撃が第一目的と考えていた。海軍に敵の位置を教えるより、攻撃する方がいい。だから、発見したらただちにこれを攻撃すべく、その編成で緊急出動した。日本艦隊の位置は、敵の哨戒機の位置を参考にして探す。可能なら、この哨戒機も撃墜してしまうつもりである。空軍が攻撃する過程で敵の位置が分かるから、現場の水上部隊も対艦ミサイルを発射できるだろう。

いかにも空軍的発想だが、味方の艦隊の上空に航続時間の短い戦闘機を飛ばすより、ミサイルを撃ってくる敵艦隊を先制攻撃して脅威を排除する方が合理的と考えたのだ。攻撃は最大の防御だ。海軍が空軍に防空任務を期待しているのはわかっているが、敵艦隊を撃破すれば、防空戦自体が起きない。

韓国空軍　攻撃部隊

一三：三〇　低空飛行で日本のＰ－１に向かっていた韓国空軍ＲＦ－４Ｃは、ふいに右前方に日本艦隊を発見した。双方急に相手を探知したのは、レーダー水平線下を飛んでいたためであろう。ＲＦ－４Ｃはそのまま速力を上げて、フレアをまき散らしながら飛び抜けた。後席の偵察員は、敵の位置を報告した。そのために飛んでいるのだから、何をおいても報告をしなければならない。

敵艦はミサイルを発射せず、砲撃だけで対処した。精密な射撃管制装置を持っていると見え、ついに至近距離で爆発した砲弾がまき散らした破片が、ＲＦ－４Ｃに突き刺さった。搭乗員二名は、ベイルアウト（脱出）に成功し、墜落前に後続の戦闘爆撃機編隊に通報することもできた。後続の戦闘爆撃機の編隊は、偵察機からの情報をもとに、日本艦隊攻撃に向かった。韓国空軍初の実戦であり、洋上対艦攻撃である。

韓国空軍のＦ－15Ｋは、二〇〇四年に生産が終わった米空軍のＦ－15の最終バージョンをベースにした新しいタイプである。一九八〇年から導入された空自のF－15より強力なエンジンを搭載している。レーダーも空自の改修型に相当する最新のものを装備している。北朝鮮奥深く侵入して爆撃するための戦闘爆撃機である。複座の後席に武器士官を乗せて攻撃を任せ、前席のパイロットは操縦に専念できるのは、米海軍のF－14などと同様である。F－15Kは他のF－15シリーズと違って、AGM－84ハープーンを搭載するため対艦攻撃能力が高い。ただ、長射程の対艦ミサイルは、発射前にロックオンする対空ミサイルと違って、プラットフォーム（発射母体）のセンサーで目標の位置を把握することができない。だから、目標を捕捉している味方から正確な位置情報を得るデータリンクが必要だ。しかし、F－15Kのデータリンクは導入以来問題があって使用できないし、そもそも敵を探知している味方がいない。旧式偵察機はデータリンクを持っていないし、発見した後すでに墜落している。探知位置はオフラインで緯度経度が通報されただけだ。システムとしての整合性が取れていないのが韓国軍の欠陥の一つだが、それはあえて無視されることが多い。

各機には、ハープーン（弾頭約二七二キログラム）二発のほか、一〇〇〇ポンド（約四五四キログラム）六発、二〇〇〇ポンド二発のJDAM誘導爆弾が積んである。ミサイルを撃った後、接近して爆撃することができる。大戦中の雷撃機と爆撃機両方の任務が実行できる。武器はいずれも精密誘導機能があるから、戦争中と命中率は比較にならない。

大邱から日本艦隊予想位置までは、東方約二五〇キロ（一三五マイル）だから、戦闘行動半径が約一三〇〇キロのF－15Kにとっては余裕である。ただ、F－15は本来制空戦闘機として開発されたため、翼面荷重が小さく空気密度の濃い低高度の高速飛行には向いていない。しかし、新型の戦闘艦を相手にする以上、高高度を飛んで遠距離で探知されることは避けなければならない。偵察機が撃墜される前に敵に接触できたのは、低空飛行のおかげだ。

編隊は、超低空で日本艦隊に接近し、予想位置の約六〇マイル（約一一〇キロ）手前でハープーンを発射した。射程ギリギリだし日本艦隊の位置は不正確だが、編隊が突っ込んで誘導爆弾を投下する頃に、日本艦隊がハープーンに対して対応の混乱状態にあることを期待してのことだ。ミサイルより爆弾の方が確実だし、前述のように弾数も炸薬の量も多いから、誘導爆弾の方に期待している。炸薬の破壊効果もさることながら、ミサイルより誘導爆弾の方が妨害にも強いだろう。二〇〇〇ポンド爆弾は、ほぼ一トン爆弾に相当するから、命中すれば轟沈が期待できる。

さらに接近した編隊は、日本艦隊の予想位置から約二〇マイル（約三七キロ）の位置で急上昇して高度をとった。ミサイルと違って、推力を持たず自由落下する誘導爆弾を投下するには一定の高度が要るからである。上昇したとたん、日本艦隊のレーダー水平線を越えたと見え、ほぼ同時に各機のミサイル警報が鳴り、日本艦隊の対空ミサイルの脅威を知らせた。フレアの準備をして、編隊は上昇と接近を続けた。

隠岐西方　第三護衛隊群

韓国空軍と海上自衛隊との海戦が始まった。場所は竹島南方、日本海の南西部である。

竹作戦に投入された二個護衛隊群は、ずっと手持ち無沙汰だった。空自機による竹島爆撃の際、それを支援するために短時間竹島南西海域を哨戒して、韓国空軍機が爆撃を妨害しないよう行動したものの、結局なにもおこらずに任務は終わった。その後、竹島修復と救援に向かった韓国部隊は、ミサイル艇と潜水艦に撃沈破されてしまった。その後、交代で一個群ずつ竹島の西から南の海域で哨戒しているが、敵がいなければ哨戒はただの暇つぶしにすぎない。残った「高峻峰」を撃沈するのは簡単だが、その周辺は潜水艦の哨区で立ち入り禁止だ。おまけに、潜水艦の作戦の邪魔にならないよう、北に移動するのは禁じられている。現在は、第三護衛隊群（三護群）の六隻が隠岐の西約三〇マイル（約五六キロ）を哨戒中である。

護衛隊群の定数は八隻だが、修理中と急速練度回復訓練中の艦が一隻ずつある。それもDDH（ヘリ搭載護衛艦）とDDG（ミサイル搭載護衛艦）だから、戦力低下は小さくない。開戦前の整備計画だから、作戦中にDDGが年次検査に入る羽目になった。だから行動しているのは、第三護衛隊DDG「あたご」、DD（汎用護衛艦）「まきなみ」、DD「すずなみ」、第七護衛隊DD「ゆうだち」、DD「ふゆづき」、DD「せとぎり」の六隻で、群司令部は通信機能の優れたイージス艦「あたご」に乗っている。DDHが修理中だから、通常ヘリを搭載しないDDGにも搭載し、「すずなみ」と「ふゆづき」には二機搭載して、艦載ヘリは定数の八機積んである。六艦八機態勢である。

そこへ敗残の「高峻峰」を曳航するために新たな部隊が送られたとの情報だ。しかしこれ

第三護衛隊群

艦　名	基準排水量	武　装
あたご	7750 t	イージスシステム　5インチ砲×1　CIWS×2 対艦ミサイル　三連装短魚雷発射管×2 スタンダードSAM／アスロックSUM垂直発射機×1　ヘリコプター×0＋1
まきなみ すずなみ	4650 t	127ミリ砲×1　CIWS×2 対艦ミサイル　三連装短魚雷発射管×2 短SAM／アスロックSUM垂直発射機×1 ヘリコプター×2＋1
ゆうだち	4550 t	76ミリ砲×1　CIWS×2 対艦ミサイル　三連装短魚雷発射管×2 短SAM垂直発射機×1　アスロックSUM垂直発射機×1　ヘリコプター×1
ふゆづき	5100 t	5インチ砲×1　CIWS×2 対艦ミサイル　三連装短魚雷発射管×2 短SUM／アスロックSUM垂直発射機×1
せとぎり	3550 t	76ミリ砲×1　CIWS×2 対艦ミサイル　三連装短魚雷発射管×2 八連装短SUM発射機×1 八連装アスロック発射機×1 ヘリコプター×1

も、潜水艦の手柄になりそうである。ところが、自衛艦隊での作戦会議の結果、護衛艦を投入することになった。名目は、潜水艦の作戦を支援するため、敵の哨戒機を対空ミサイルで撃墜する。敵に接近すれば、敵の哨戒機だけでなく、水上艦も対艦ミサイルの射程に入る。なにしろ、対空ミサイルより対艦ミサイルの方が射程が長いのだから、当然の結果だ。

哨戒機を撃墜して、潜水艦の脅威を減らすという名目は、結果として、敵の水上部隊を対艦ミサイルの射程に収めることになる。護衛艦隊司令官の狙いはこれであろう。三護群は西に向かって戦闘隊形で進んでいる。釜山を出て竹島沖の「高峻峰」を救援する韓国艦隊は、三護群の正面を南西から北東へ横切って行くはずだ。つまり、左から右へ横切ることになる。

「あたご」のSPY－1レーダーが、低速で飛ぶ航空目標を二個、探知した。「あたご」からの距離約五〇～六〇マイル（九〇～一一〇キロ）。SM－2の射程まで距離を詰める必要がある。群司令丹波将補は、指揮下の六隻の護衛艦に増速を命じた。

「スピード、ツーワン」（速力、二一ノットとなせ）

各艦のガスタービンエンジンがうなりをあげ、白波を蹴立てた。ガスタービンの最大の長所は、その加速性にある。六隻の護衛艦は、ほぼ一列横隊になって、韓国艦隊に向けて突進して行った。

一三：一五、二機の敵哨戒機のうち、南側を哨戒しているP－3が、射程に入った。距離約七〇キロ。もういいだろう。

「対空戦闘」が下令されたが、この距離での対空戦闘に応じられるのは目下北を警戒する「あたご」だけだ。

「あたご」の垂直発射機から、スタンダードミサイルSM－2一発が白煙を吐いて飛び出した。しばらく垂直に上昇し、水平飛行に移って視界から消えた。目標は低速のプロペラ機だ。命中は確実である。すぐに、各艦の対空レーダーから輝点が一つ消滅した。撃墜である。北にいたもう一機は、すぐに射程外に逃げてしまった。機敏なことだ。逃げ足の速さだけは褒められる。

しかし、脚の遅い水上艦はSSM（艦対艦ミサイル）から逃れられない。そしてSSMの射程はSAMより長く、すでに韓国水上部隊は射程内である。ただ、ミサイルの目標になる水上艦は、地球が丸いために護衛艦のレーダーにはまだ映らない。だから、攻撃するためには他の手段でその位置を知らねばならない。そのために、上空には味方の哨戒機P－1が飛んでいる。敵の対空ミサイルの射程をギリギリ外しているし、もし、敵が対空ミサイルを撃てば、護衛艦のミサイルでそれを撃墜して、味方機を守れるようにしてある。上空で高度を取っているP－1のレーダーには、敵の水上艦が捉えられている。その情報はデータリンクで送られて、護衛艦のモニターにも映っている。敵の艦種別まではわからないが、全部攻撃するから、問題はない。戦闘開始だ。

そこへ、空自から韓国軍機の編隊が接近中と通報された。水原から離陸した一機が先行し、数分後に大邱から八機編隊が出撃したとのことだ。先行の一機は偵察機であろう。八機編隊は攻撃部隊と見ていい。新鋭機の基地大邱からなら、F－15KかF－16であろう。空自の戦闘機が九州の基地から発進しても間に合うまい。数分後に起きる海空戦には、イージス艦ほか新型護衛艦の防空システムで挑むことにする。戦場上空に敵味方の戦闘機が混在する面倒より、すべて敵機という状況の方が対処は簡単だ。すべて撃墜すればよい。

群司令丹波将補は、群を防空戦に備えさせた。探知があればすぐに戦闘に移行できる態勢だ。味方の哨戒機は、南に避退させた。これで三護群の北の空には敵しかいなくなった。

なかなかSPY－1レーダーにも映らないところを見ると、敵編隊は低空飛行している模様だ。しかし、飛行中の空自の早期警戒管制機が探知情報をデータリンクで送ってくれるから、護衛艦のコンピュータモニターに、敵機のシンボルが出ている。射程に入れば要撃する態勢は完璧である。単機で先行する目標は、ミサイルで撃墜するより、砲で落とすことにした。旧式の偵察機だろうから、ミサイルでなくても大丈夫だろう。攻撃部隊本隊にミサイルをとっておかねば、敵のミサイルや攻撃機のために多数のミサイルが必要になるはずだ。

一三：三〇、各艦の対空レーダーに目標が映った。目標は一つ、二〇マイルの近距離で急に探知されたのは、低空で接近していたものであろう。低高度だから、水上レーダーにも捕捉された。事前にデータリンクで情報を得ていたので、目標が割り当てられた「ふゆづき」は五インチ砲の照準をつけて近づくのを待った。艦長は攻撃開始を命じた。

「対空戦闘用意」

「主砲、攻撃始め」

艦載砲がたった一門なのに、主砲とは大げさだが、これが伝統というものだ。千数百トンしかなかった初期の護衛艦には、五インチ、三インチ、四〇ミリ、二〇ミリと多種多様な火砲（海上自衛隊では砲熕武器という）があったので、今でも五インチや三インチの豆鉄砲を主砲というのだ。新型艦にも、一門の砲のほかに、必ずＣＩＷＳがあるし、取り外しのできる一二・七ミリ機関銃もある。

その点、一二〇ミリ砲に一二・七ミリ重機関銃、七・五六ミリ機関銃を備えた陸の戦車は豪華な銃砲装備である。ついでに、口径の話をする。

口径とは砲の内径をいう場合と、砲身長をいう場合があるので、混同しないように注意が必要だ。土器や陶器の内径も口径というように、まずは銃砲身の内径から入る。

コルト45や九ミリ拳銃は、テレビや映画でおなじみだ。ヤードポンド法を使う国では、一〇〇分の一インチ（〇・〇二五四センチ）を一口径とする。だから、四五口径は一〇〇分の四五インチ、一一・四ミリである。こないだまで自衛隊や米軍の制式拳銃だったM1911やトンプソン短機関銃は同じ弾丸を使う。五〇口径（キャリバー50）は、一〇〇分の五〇インチで一二・七ミリ。以前のNATO制式口径の七・五六ミリは三〇口径である（M1やM14、東側のAK-47も三〇口径）。現在の拳銃の主流は九ミリだが、これはメートル法の国で造られたからである。

砲の場合は、野砲でも艦砲でも、五〇〇口径などとは言わず、そのまま五インチや一二七ミリという。陸の砲は、口径といえば砲の内径のことで、砲身長に使うことはないから、混同はない。複雑なのは艦砲だけである。

艦載砲の制式名称は例えば「六二口径五インチ砲」だが、この口径は砲身の長さを表わす。六二口径とは砲身の長さが五インチの六二倍、つまり三一〇インチ、七・八七メートルだということだ。口径の数字が大きいほど長い砲身だ。

戦争中の米海軍の五インチ砲は三八口径で、非常にポピュラーな砲だった。大型艦の副砲や高角砲、駆逐艦の主砲に多用され、自衛隊ではサンパチと称した。空母「ミッドウェイ」の対空砲を護衛艦に転用した五インチ砲は五四口径で、初代「あきづき」型や初代「むらさめ」型の「主砲」で、ミサイル登場までは、海上自衛隊の有力な対空武器だった。

現在の護衛艦の主砲は、（英国製）六二口径五インチ砲、（メートル法のイタリア製）五四口径一二七ミリ砲、六二口径七六ミリ砲が主体である。旧式艦には米国の五四口径五インチ砲が残っている。旧式で五四口径でも、「ミッドウェイ」のものより新しい自動砲である。

まもなく「ふゆづき」の射撃管制レーダーに目標が捕捉され。すぐに距離は一〇マイルを切った。砲雷長は海軍以来伝統の号令をかけた。

「主砲、ウチィーカタ、ハジメ（撃ち方始め）」

「ふゆづき」の射撃管制（FC）レーダーは、固定されたフェーズドアレイである。イージス艦のSPY－1レーダーのミニチュア版といえる。性能も従来のものより格段に向上している。それに主砲の五インチ砲は米海軍でも最も先進的な速射砲だ。毎分二〇発近い発射速度を持ち、対空砲弾としては世界でも最大級の大型砲弾を発射する。六二口径の長い砲身で射程は三七キロもある。一二七ミリは戦争中の駆逐艦主砲と同じだが、その射程は戦艦「金剛」の三六センチ砲を凌ぎ「長門」の四〇センチ主砲に相当する。現代の艦載砲は、大戦中の戦艦主砲に匹敵する射程と、機関砲に相当する射撃速度を備えているのである。

ドウン、ドウンと腹に響く砲声とともに、数秒間隔で対空弾が飛び出していった。

敵機もわが方を発見したとみえ、急旋回で離脱を試みたが、その旋回が命取りになった。八発目の近接信管がはじけた。

大戦末期に登場したVT信管は、対空射撃で威力を発揮した。それまでの対空砲、高角砲あるいは高射砲は、時限信管で一定高度で爆発した。下手な鉄砲も数撃ちゃ当たる式の弾幕射撃で、直撃が不可能に近い高速目標を包み込むやり方である。ところが、VT信管は弾頭部の信管が小型レーダーになっており、弾丸の危害半径内に目標を探知すれば爆発する。厳密には至近距離を通過する時、ドップラー効果で反応するから無駄がない。

現代の対空砲弾も原則は同じで、信管や弾丸に改良がくわえられ、威力はさらに増している。対空砲弾は一種の散弾で、破片が効率よく飛散するように作られた調整破片弾だから、ミサイル対処にも大砲の価値はあるのだ。

調整破片弾の破片をいくつか受けた敵機はふらついた。搭乗員はなんとかベイルアウト（脱出）したようだが、機体は海面に激突して水柱を上げた。レーダーから映像が消えた。

「撃ち方止め」

「ふゆづき」は目標撃墜を報告した。全艦は、戦闘システムのモニターでそれを知っているが、指揮系統上の命令と報告は軍事行動の秩序である。

偵察機を撃墜できたといって、安心はできない。本命の攻撃編隊が迫っている。

すぐに低空で接近していた敵編隊が急に水平線上に出現した。距離は約五〇マイル（約九〇キロ）目標は八個。これもデータリンクで事前にシンボルを得ていたので冷静に対処が始まった。シンボルに重なってレーダーの輝点が出現しただけだ。

対空戦指揮官（AAWC）「あたご」艦長は、自分の艦だけで全機に対処することにした。日本のイージス艦は二桁の目標に対してミサイルを同時誘導できる。八機程度の敵機なら余裕である。

次の瞬間、低高度の水平線に別の一六個の目標を探知した。距離約四〇キロ、マッハ一弱の速度で低空を接近してくる。ハープーンだ。事前情報はなかったから、敵編隊が高度を上げる前に発射したのであろう。低空からミサイル、高高度から爆撃とは、敵もなかなかやる。

AAWC（対空戦指揮官）の仕事は忙しい。「あたご」艦長は、これらハープーンミサイルに対処するため、残り護衛艦五隻に目標を割り当てた。至近距離に入れば、各艦の個艦防空システムがそれぞれ独立して対処するが、まだ艦隊防空が組織的に機能する余地はある。むろん、システム上で目標割り当てをするのは、艦長の仕事ではなく、AAWCの権限をもつ「あたご」艦長の名目で、操作員が実施する。だから、同時に複数の作業は併行して処理できるのだ。

「あたご」から目標を指定された各艦では「SAM攻撃始め」「SAM発射はじめ」と矢継ぎ早に号令が出され、垂直発射機からESSM発展型シースパローが次々と飛び出して、マッハ二以上のスピードで正面衝突するようにハープーンに向かっていった。ほぼ同時に主砲（といっても各艦一門きりだが）も射撃を開始した。

水平線上で、数個の爆発が続いた。対空砲弾かミサイルの命中である。レーダーにはまだ

竹島沖海戦2（12月5日）

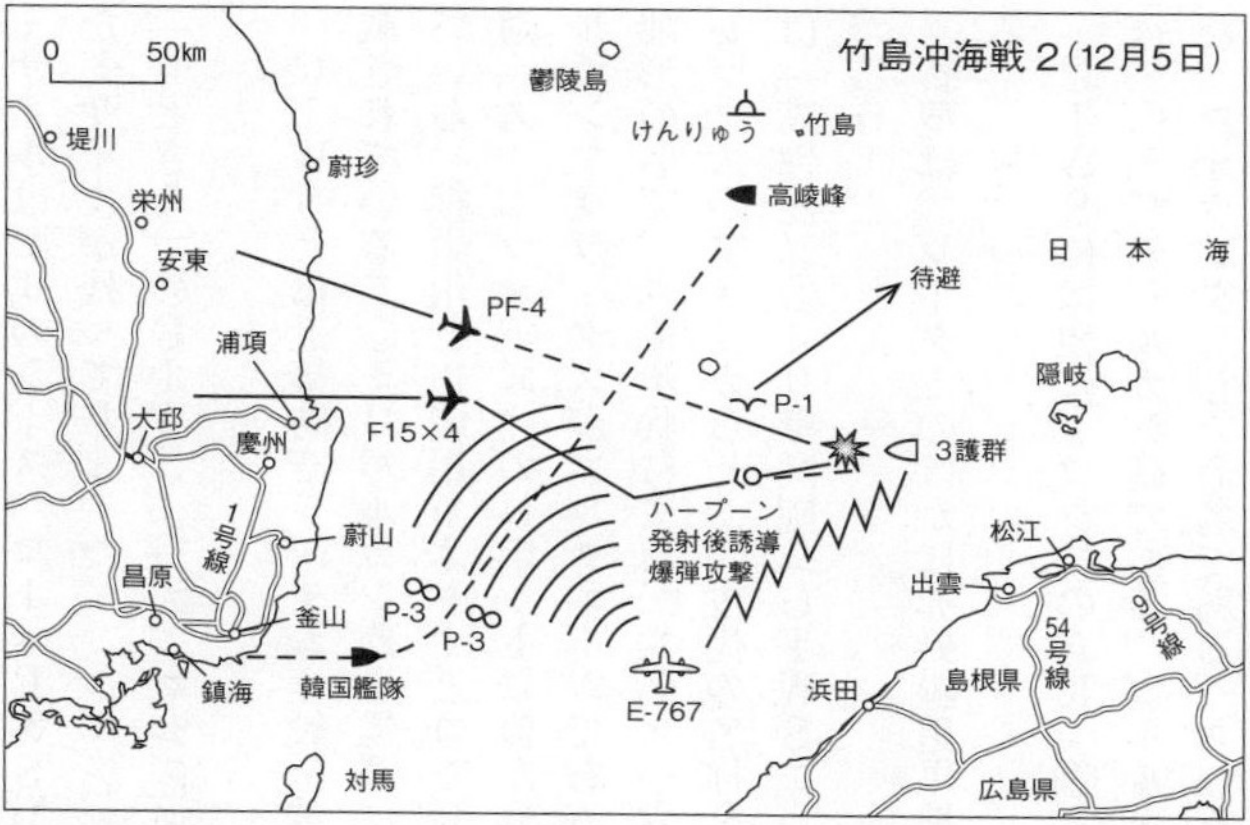

五個の輝点が残って、接近してくる。距離は一〇マイル（約一九キロ）を切った。ＥＳＳＭがさらに数発飛び出すとともに、主砲が射撃を続けた。

上空に目を移すと、敵編隊に向かって、八発のＳＭ－２が白煙を吐きながら上昇していき、それぞれが回避飛行に入った敵機一機一機に意思を持ったように食いついていく。

すぐに、バッ、バッと空中爆発が続いた。その命中の爆発は、「あたご」の艦橋からも見えた。前後数十秒の間に、八つの爆発が確認された。敵機は、爆弾投下位置に達することはなかった。

「あたご」は任務を終えて、自艦に向かうハープーンを探したが、その心配はなかった。それまでに各護衛艦が大半を片付けて、主砲と短距離対空ミサイル（ＳＡＭ）が残ったハープーンの迎撃を続けていたからだ。ハープーンはそのほとんどが撃墜されて、残るのは一発だ。それが「せとぎり」に向かってくる。「せとぎり」の近距離対空ミサイルは旧式のシースパローでＥＳＳＭの半分ほどの能力しかない。だから、撃ち漏らしたミサイルが残ってしまった。

「せとぎり」のＣＩＷＳ（Close In Weapon System）が、自動的に発砲を始めた。

ＣＩＷＳとは近接防空システム全般を言うが、海上自衛隊のものは、ジェット戦闘機に搭載されている二〇ミリバルカン砲を艦載に転用したもので、米海軍や多くの同盟国が採用している。捜索用と追尾用レーダーとコンピュータがセットになった自立型完全自動砲で、映画「スターウォーズ」のロボットに似た外見から、Ｒ２Ｄ２ともいわれることがあるが、バルカンファランクスがニックネームである。ファランクスとは、アレキサンダー大王の歩兵陣形の名で、長槍歩兵による一六名×一六名の方形陣形で、当時無敵を誇った。歴史コンプレックスのアメリカらしく、古代の名称を使っている。海上自衛隊は野暮だから、正式名称は「高性能二〇ミリ機関砲（ＣＩＷＳ）」である。より高性能の武器が出たら、どうするんだろう？

新型は、レーダーのほかに赤外線追尾機能も付加されて、発射速度や装弾数が向上している。

ＣＩＷＳには他に、ロシアのＡＫ－630とオランダのゴールキーパーがあるが、いずれも口径三〇ミリのバルカン砲である。ゴールキーパーとは、いかにもＦＩＦＡランキング一位になったオランダらしい命名である。ちなみに、二〇ミリと三〇ミリの弾丸威力は三倍以上違うから、世界の主流は三〇ミリである。海上自衛隊は、なかなか米海軍とのしがらみから抜けられない。ゴールキーパーの砲身QAU－8は米空軍の攻撃機A－10のもので、AK－630も旧ソ連の航空機関砲を流用している点、ファランクスと同じである。

戦闘機の二〇ミリバルカン砲の発射速度は毎分六〇〇〇発だが、艦載ファランクスは初期型で三〇〇〇発、新型は四五〇〇発である。発射間隔が短すぎるため、一発ずつの発砲音は聞こえず、ブーと連続した低い発砲音がする。CIWSは、全自動で自分に向かってくる目標（たいていはミサイルだ）に対し、射程に入れば射撃を始め、目標が消滅するまで撃ち続ける。目標を追尾しつつ、自らの発射弾道も探知して命中するように、照準を自動修正する。レーダードームから砲身、砲座まで一体の造りで、動力源の電線以外プラットフォームの艦側に制限はないため、レイアウトの自由度は高い。だから、後日装備や換装も容易である。

新型は、仰角も改善されたが、これは対艦ミサイルが直前で急上昇し、上から突っ込んでくることへの備えである。対艦ミサイルを大戦中に例えれば、低空で迫ってくる雷撃機が、直前で急降下爆撃機に変化するようなもので、対空射撃は複雑で困難になってきた。全自動のCIWSはこれにも対応するように作られている。

「せときり」の危機に戻ろう。

低空から急上昇し、反転ダイブに移ったハープーンの頭部に、ファランクスのタングステン弾が命中した。しかし、頭部のレーダーが破壊されたものの、小さな弾丸の運動エネルギーではミサイル本体を破壊するに至らず、誘導機能を喪失したものの、ハープーンはそのまま惰性で落下、「せとぎり」の後部煙突に激突した。後部煙突の上半分が吹き飛び、ヘリの格納庫も損傷した。ヘリが飛行中だったのは不幸中の幸いだが、問題は、艦対艦ミサイルが被害を受けたことだ。定数に満たないが五基の九〇式対艦ミサイルを搭載していた。それが全部使えなくなってしまったのである。

「せとぎり」艦長は、群司令に被害報告をした。

「ミサイル一発被弾。死者四名重傷者五名軽傷者八名。対艦ミサイル全部喪失。自力航行可能。出しうる速力一八ノット」

群司令は、自力航行可能だが、対水上戦能力を喪失した「せとぎり」は戦力にならないと判断、舞鶴への単独帰投を命じ、搭載していたヘリを「ゆうだち」に搭載変えした。

こうして、韓国空軍が仕掛けた海空戦は、日本側の圧勝に終わった。そもそも、電子戦を省略していきなりミサイルを発射したり、爆撃しようとする方が無理だ。機体や武器が進歩したからといって、そんなやり方はフォークランド紛争と変わらない時代遅れの戦術である。

残るは護衛艦五隻。ヘリは八機。艦対艦ミサイルの保有数は二四発である。これで、韓国艦隊四隻と決戦する。まだ勝算はある。

対空戦闘に備えて空中避退させたヘリに給油しつつ、三護群は韓国艦隊攻撃に向け進撃を続ける。

近代戦の厳しさを韓国空軍は身をもって知っただろう。韓国海軍がそれを知るのはこれからである。

「対水上戦闘用意」

対水上戦闘といっても、昔と違って砲撃戦ではない。敵には対艦ミサイルを放ち、前述のごとく敵の対艦ミサイルに対しては対空戦闘で対処する。電子戦も併用されるから、敵艦を攻撃する対水上戦闘も、複合戦とならざるを得ない。これが、現代の海戦である。

対水上戦指揮官（ASUWC）第三護衛隊司令が、各艦に目標の割り当てをした。データリンクでつながる各護衛艦の表示には、それが示されるから、個々の艦はその割り当てに従って、自艦のミサイルを発射するだけである。

目標割り当てを確認した各護衛艦の艦長は攻撃を命じた。

「SSM攻撃始め」

これを受けて砲雷長はミサイル発射を下令する。

「SSM発射はじめ」

五隻の護衛艦は、計二四発のミサイルを発射した。敵は四隻だから、平均して敵艦は六発の対艦ミサイルに対処せねばならない。日本の新型対艦ミサイル六発をすべて撃墜するのは、米海軍でも無理だろう。

「けんりゅう」

「けんりゅう」は「高峻峰」を囮として、その数千メートル東で露頂哨戒していた。移動の必要はほとんどないから、電池もたっぷり残している。多少邪魔だったP－3は、撃墜されるか退避していなくなったから、露頂は完全に自由になった。細い潜望鏡が一本や二本水面に出ていたところで、水上艦に探知される可能性はまずない。ゆっくりと、海上の状況は観察できる。すこし太いESMアンテナも出して、敵部隊の電波を分析することで、動きを知る努力もした。これからの襲撃には直接寄与しないが、敵が戦闘時に出す電波の収集は、後々役に立つはずである。

第三護衛隊群のミサイル攻撃は、至近距離で観戦できた。電波情報はもちろんだが、潜望鏡で見えた状況は録画したし、赤外線映像も録画した。韓国艦隊のミサイル被弾の状況は、こうして潜望鏡でモニターできた。なんとか動けるのは「世宗大王」と、北へ避退に成功した「毘盧峯」が無傷である。「毘盧峯」が同型艦「高峻峰」を曳航すべく、接近している。その間にも、ヘリの発着艦を続けているが、あれはなんだろう。ともかく、雷撃のチャンス到来だ。

停止したままの「高峻峰」の位置は、「けんりゅう」の指揮装置には正確に入力されている。曳航のために、数十メートルまで接近する「毘盧峯」も、雷撃のレベルでは同じ目標と見なして問題はない。

「高峻峰」の位置は、「けんりゅう」の二八〇度（ほぼ西）距離九七五〇メートルで、その北から「毘盧峯」が低速で接近中である。「毘盧峯」の煙突から濃い煙が出たところを見ると、後進をかけたようだ。ディーゼルエンジンは逆回転ができないから、後進用と前進用には、別々のエンジンを運転し、車でいえばギアチェンジをする。前進エンジンとつながっていたクラッチを切って、後進用エンジンとつなぐのである。煙突から煙を出しているのは、後進用のエンジン出力を上げて、前進の行脚を止めようとしているのだろう。

艦長の木梨2佐は、潜水艦部隊で干されていた間、水上部隊で勤務していたから、水上艦の運用にも詳しい。その知識は戦術能力に寄与する。彼の信念は、経験や知識に無駄なものはない、である。

ところでガスタービンも逆転できない。ガスタービン艦の場合、スクリューの翼の角度を変える。翼角を逆にすれば、スクリューシャフトが一定方向に回転していても、スクリュープロペラの向きが変わることで、水流の流れが逆になるのである。だからガスタービン艦は可変ピッチプロペラのスクリューを装備している。往年の軍艦は、固定ピッチだったから、潜水艦には有利だった。回転数を数えれば速力が簡単に分かったからだ。今の可変ピッチプロペラは、ある速力からは回転数を変えずに、ピッチを変えて速力を変えるからやりにくい。

水面（水中も同じだが）を走る船舶の惰性を止めるのは難しい。車なら堅い地面に接しているタイヤをブレーキで止めれば、多少スリップしても車は止まる。船舶は逆方向の推力を発生させて、惰性を止めるしかない。それとも、スクリューを止めて水の抵抗が艦の惰性（行脚）を止めるまで、気長に待つ。これでは、細かい操艦はできないし、衝突回避もできない。

船舶特に軍艦の戦術的な運動や運用作業には、部外者の理解を超えた複雑でハイレベルの技術が必要なのである。そして、二次元運動の水上艦船より、水中で三次元運動をする潜水艦の操艦は、さらに難しいのだ。

曳船（ひきぶね）が曳航索を被曳船（ひかれぶね）に送る作業は、細かい操艦と、重量のある太い曳航索（ワイヤーに錨鎖を連結）の取り扱いなど、危険で面倒な運用作業の二本立てである。

海軍の歴史が浅く、地味な技術の蓄積のない韓国海軍には、相当難度の高い作業だ。二度失敗して、三度目にやっと曳航索の接続に成功した。それも、海上が平穏だったおかげだ。これで、風波が高ければ、接触事故や人身事故が起きたことであろう。

「けんりゅう」は、魚雷の照準をつけたまま、曳航作業の完了を待った。二隻が繋がって行動が不自由になるまで、雷撃を控えていたのだ。危険を感知して無傷の「毘盧峯」が逃げたりしないようにとの、慎重な行動である。

曳航索が繋がったら、徐々に速力を上げて、まず索に張力をかける。曳航索が切れたり、固定してある係留具が破損しないことを確認したら、やっと曳航が始まる。この辺のノウハウも実際の訓練を通じて得られるのだ。木梨2佐は、水上艦で三回、潜水艦で一回、曳航訓練を経験している。曳航が始まれば、二隻は事実上一つの目標になる。張力のかかった曳航索は、切断も解纜も不可能である。

ソーナーが、「ディーゼル音、感度上がります。増速の模様」と報告してきた。これで、曳航開始を知った艦長は、攻撃を決意した。

「二番管発射はじめ、目標は曳船。高雷速、アクティブ」

まず、負荷をかけたディーゼルエンジンの音が大きく、無傷の曳船「毘盧峯」を攻撃する。

部下の準備も万端だ。整備報告は直ぐに返ってきた。

「一番管発射はじめよし」

「一番管次に撃つ、一番（潜望鏡）上げ」

「方位、マーク」

「セット」「シュート」「ファイア」

八九式魚雷が、右舷から走り出して、「毘盧峯」に向かった。ソーナーは、魚雷の正常な航走を確認し、間もなく魚雷の発するアクティブソーナー音も拾った。

「魚雷、アクティブ捜索開始」

すぐに指揮装置を操作する船務士が、魚雷からの信号を確認した。

「魚雷、目標捕捉。計算値との誤差なし。追尾も開始しました」

魚雷は、自らのソーナーで目標をとらえ、突っ込んでいくところであろう。もうよい。

「一番管誘導止め、ワイヤカット、発射止め。二番管発射はじめ。目標は同じ、無誘導」

同じ目標に魚雷を撃つのは、至近距離で曳航索でつながったもう一隻を狙うためだ。この距離で団子になった二隻を類別することは難しいし、そんな必要もない。同じ場所に魚雷を撃ちこめば、残った方に魚雷が当たるはずだ。一番魚雷の命中を確認し、その爆発の影響がなくなってから、ゆっくり二番目の魚雷を撃つ方がいい。焦って二本目が水中爆発に巻き込まれることは避けたい。

潜望鏡で「世宗大王」の見張りを続けているとき、ズシーンと腹に響く衝撃と爆発音が艦内に直接伝わった。ソーナーの報告を待つことなく、艦長以下全員が命中を知った。

掃除の行き届いている海上自衛隊だが、この衝撃でかなりの埃が剝げ落ちたペンキとともに床に落ちて来た。やれやれ、掃除が大変だ。

爆発の方に潜望鏡を回すと、大きな水柱が「毘盧峯」を包んでいるのが見えた。水柱が静まった時には、「毘盧峯」の後ろ半分はすでに水没し、艦首が赤い艦底を海面に突き出していた。曳航索は命中の爆発の影響で切断したと見え、「高峻峰」は傾いたまま浮いている。こっちはエンジンが停止して音がしないし、水中爆発で海水がかき乱されているから、やはり潜望鏡で攻撃する。

「二番管、次に打つ。潜望鏡方位で発射。方位マーク」

左の二番管から八九式魚雷が自走で走り出した。

「二番管魚雷、正常に航走中」とソーナーからの報告である。

「世宗大王」に潜望鏡を向けた。マストの上部しか見えないが、西に向かったままと見え、方位角には変化がないようだ。火災は収まったとみえ、煙はもう見えない。

そこへ二番目の爆発の衝撃が来た。衝撃は大きかったが、落ちてきた埃は少なかった。

ソーナーから相次ぐ水中爆発のため、西方向の捜索不能を報告してきた。残った「世宗大王」を狙うなら潜望鏡しかない。急がねば魚雷の射程外に逃げてしまう。いや、その前に水平線の向こうに消えてしまうだろう。潜望鏡を高く上げねばならない。

「三番管発射はじめ、的針二一〇度、的速一八、距離一万五〇〇〇を調定。高雷速、アクティブ、方位線誘導。誘導は潜望鏡で方位を送る。深さ一八」

深度一八メートルは、戦闘深度としてはかなり浅い。水面に潜望鏡が高々と上がっている。被探知防止よりは、敵の捕捉を優先した。残った「世宗大王」を沈めれば、韓国艦隊は全滅だ。韓国軍の士気を大いにくじくことができるだろう。それで、講和にでもなれば言うことはない、と木梨2佐は考えた。危険と利益を勘案すれば、迷いはない。

しかし、そううまくはいかない。戦場では、錯誤は珍しくないが、努力が報われることもある。それは、敵味方の別がない。


「世宗大王」

日本の対艦ミサイル攻撃の後、傷ついた「世宗大王」だけで曳航作業の警戒をしていた。やっと困難な曳航索の接続が終わったと思ったら、曳航、被曳航のLST二隻が相次いで沈没した。あっという間の出来事である。

大きな水柱が前後して二本、水面に湧きあがった。大きな爆発音もしたが、火炎や煙は出なかったのは、水中爆発だったからだ。水柱は三〇〇〇トン近いLSTの艦体をほぼ覆い尽くし、おさまった時には艦は消えていた。わずかに艦首や艦尾の先が海面に突き出していただけだ。生存者は皆無。爆発の衝撃で即死したのだろう。

ミサイル対処の混乱と、味方の喪失でうっかりしていたが、潜水艦がいたのだ。その現実を目の前に見せられて、白大領以下に恐怖心が改めて沸き起こった。

逃げるしかあるまい。敵の位置はわからない。沈んだ二隻から魚雷の射程にいることだけは明らかだが、日本の魚雷の射程は不明だ。韓国の魚雷と同等として、少なくとも半径一〇キロの円内だ。面積にして三〇〇平方キロメートルの広さを半身不随の駆逐艦と二、三機の艦載ヘリで捜索し、先制攻撃するなど狂気の沙汰だ。潜水艦探知の確実な手段がない。

やむを得ない。西に向かって離脱することにした。中破した状態で出せる最大速力は一七ノット。エンジンが壊れても、魚雷が当たるよりはいい。

白大領は「針路二一〇度、速力一七ノット」を命じた。

「高峻峰」救援の任務は完全に失敗し、「高峻峰」と救援部隊はほぼ全滅、掩護の空軍も全滅したらしい。日本側の被害はわからないが、空軍の攻撃後に飛んできたミサイルの数から見て、相当数が生き残ったのは明らかだ。完敗だ。もうできることはない、せめて「世宗大王」と部下を何とか母港へ帰すことだ。

ここで白大領は賭けに出た。離脱中、後方から魚雷を撃たれたら終わりだ。賭けをしても、失うものはない。

魚雷を積んで哨戒中のヘリに、魚雷投下を命じたのだ。潜水艦の位置はわからないから、推理とカンで先制攻撃をかける。それで、潜水艦を牽制できれば、生存の可能性がいくらかは高くなるだろう。失敗したところで、現状より悪くはならない。白大領の命令は、やみくもな山勘ではなく、多少根拠のある海勘である。

「ＬＳＴ二隻の被雷位置の北東、一万（ヤード）付近に、対潜魚雷を浅深度調定で投下せよ」

海勘の根拠はこうだ。幹部学校志津教官の教えによれば、潜水艦の雷撃位置は、目標から数千、せいぜい一万。相対方位は、目標艦の右または左の正横（真横）より後ろ。理由も合理的な説明を受けたが、今はどうでもいい。今回の状況では目標はほぼ停止、だからどこからでも狙える。しかし、南西から来てここまで無事だったということは、敵潜水艦は現在位置より北東だろう。ほぼ停止目標を雷撃したのだから、遠目の一万とした。練度の低い潜水艦ほど、雷撃距離は短いが、これまでの動きから見て、敵潜水艦艦長は切れ者だ。一万でも十分命中させただろうから、とりあえず一万。これが、推理の根拠だ。

ヘリから魚雷投下の報告が来た。まだ足りまい。救助作業にあたっていたが、幸いＬＳＴ爆発の巻き添えをまぬがれたもう一機にも魚雷を積んで、東に飛ばした。今度は、距離五〇〇〇に魚雷を投下させる。潜水艦が近い場合に備えてだ。もし、一万以上東にいれば、本艦との間で水中爆発が二回起きているから、ソーナーは乱されているだろう。潜望鏡が見えない距離まで逃げれば、なんとかなる。

白大領の努力は実って、なんとかなるのである。一発目の魚雷は、「けんりゅう」の近くに落ちた。

「けんりゅう」

三番管の準備が終わる直前、沈みゆく「高峻峰」のマストの横に、ヘリが見えた。まっすぐこっちに向かってくる。距離は概略八〇〇〇。探知されたわけはない。カンのいい指揮官の再探知行動だろう。しばらく様子を見ることにする。ヘリはほんの少し右腹を見せて、わずかに北に逸れながら、直進して来る。探知はされていないようだが、このままだと約一〇〇〇（メートル）程度の近距離を通過する。潜望鏡の露出は危険である。ヘリをやり過ごした頃には「世宗大王」は射程外だろう。仕方がない、攻撃はあきらめよう。

「敵のヘリが接近する。攻撃を止める。潜望鏡降ろせ。三番管発射止め。深さ一五〇」

浅い深度だと、ヘリが不幸にして真上を飛んだら、見えるかもしれないし、もうやることはなくなった。しばらく身を潜め、安全になったら状況報告をして、次の命令を待つことにしよう。

「けんりゅう」が一五〇メートルに向かって潜りつつあると、右六〇度に着水音が聞こえた。これに高周波のアクティブソーナーと高回転のスクリュー音が続いた。魚雷である。さっきのヘリが投下したものであろう。水面付近の浅い深度で捜索しているようだが、そのうち深く潜らないとも限らない。周回しているようで、方位は左右に急速に変化しながら、一定の範囲にとどまっている。しかし探知を得られなければ、賢い対潜魚雷は探す場所を変えるだろう。対策が必要だ。

「前後部信号発射筒関係員配置に就け　各デコイ一発、深度一五〇で発射する」

魚雷を攪乱するためのデコイを、前後二ヵ所の信号弾発射筒から一発ずつ水中に発射する準備が整った頃、ソーナーが緊迫した状況を報告してきた。

「敵魚雷、深度を変える模様、本艦の右から艦首方向に移動します。概略距離三〇〇〇」

まだ、航空対潜魚雷の小さなソーナーで探知されないだろうが、このままでは近づいてしまう。

「前後部デコイ、発射」

「取り舵いっぱい。フタヒャク（二〇〇）度よーそろ、深さ三〇〇、最大戦速」

アクティブで捜索する魚雷には、高速にともなう雑音は関係ない、さっさと魚雷から距離を取ることだ。

針路を二〇〇度（ほぼ南東）にして、増速し深度が二〇〇メートルを過ぎる頃、右正横に別の高周波のソーナー音が入った。別の魚雷だ。デコイの準備は間に合わない。正確な距離は不明だが、魚雷は方位を変えずに感度を上げてくる。

木梨2佐は、パニックにならずに、冷静に対処した。

「緊急浮上」

潜航指揮官は、ベテランの先任伍長である。彼も冷静に対応した。

「前群ブロー、潜舵上げ舵一杯」

滅多に鳴ることはない潜航警報が、艦内に響き渡った。すぐに前半分のメインタンクに高圧空気が轟音とともに噴出し、舵の効果とともに急にアップがかかった。立っているものは、何かにつかまらないとバランスを失いそうだ。士官室と食堂で、ガラガラとなにかがテーブルから落ちる音がした。

最高速力だし、艦首が軽くなった「けんりゅう」は、乗員のだれもが経験したことのない速力で海面に向かっていった。右艦尾からは敵の魚雷が追ってくる。

操舵員が、刻々と深度を報告する。

「深さ　一五〇　一〇〇　五〇　間もなく浮上」

浮上したことは、深度計を見なくてもすぐにわかる。姿勢角が戻って、ゆっくりと動揺が始まったからである。

「停止」

浮いてしまえば、速力は要らない。魚雷はこれで大丈夫だ。対潜魚雷は水面に浮上した潜水艦にはホーミングしない。魚雷にとっては、水面に浮いているフネは、敵の潜水艦か味方の駆逐艦かはわからない。だから、味方に誤ホーミングしないように、一定の深度より浅くは行けないのだ。それに、デコイや沈没船などの偽目標にもホーミングしないように、動かない目標も無視する。水上で停止しておけば、安全である。

米海軍の原潜も、魚雷回避手段として緊急浮上をする。映画でよく見る勇壮な水面への出現シーンがそれである。安全第一の海上自衛隊では訓練はもちろん、戦術行動としても考えられていないが、そこは実戦本位の木梨2佐のことである。若いころから、規則違反を覚悟で温めて来たアイディアである。生き残るためには、つまらぬ規則は無視する彼の独創はこれにとどまらない。魚雷が無効と知ったヘリがどう出るかも読んでいる。

「艦橋ハッチ開け、対空戦闘用意」

こんな戦闘部署は、他の潜水艦にはない。木梨2佐は、部下を訓練して独自の部署を作った。対空武器を持たない潜水艦は、鈍重なヘリや哨戒機にも手が出ない。だから、潜水艦をなめきったヘリは、油断して接近するだろう。英国製のリンクスを採用している韓国海軍のヘリには、魚雷のほか爆雷を装備できる。それを落としにくるか、機関銃で射撃するだろう。

真っ先に艦橋に上がった副長は、双眼鏡で周囲を見回してヘリを発見した。すでに上がった潜望鏡もヘリを発見した。「けんりゅう」の北方約二〇〇〇メートルだ。当然こっちを発見して接近してくる。被害を受けたかどうか確認し、動けないと見れば、味方を呼ぶだろう。

続いて上がってきた二人の魚雷員が持ってきたのは、小銃とスティンガーミサイルである。廃止された大湊防空陸警隊のものを八方手を尽くして手に入れたのである。韓国海軍はもちろん、海上自衛隊でも「けんりゅう」に対空ミサイルが搭載されていることは知られていない。

韓国ヘリは、まっすぐに接近してきた。機銃で射撃するつもりらしく、遠目に銃身が見えた。対空戦闘指揮を委任された副長は、先制攻撃を決心した。

「対空ミサイル発射はじめ」

発射準備を終え、ロックオンを確認した射手は、報告した。

「対空ミサイル発射はじめよし」

距離は約八〇〇。ヘリは横を向いて、搭載機銃をこちらに向けたまま接近してくる。猶予はない。

「用意、テーッ」

敵ヘリは、ミサイル警報を持っていないとみえ、回避行動をとらなかった。ミサイルは、ヘリのエンジンに命中して小型ヘリはバラバラになった。

「対空戦闘用具納め、潜航用意」

副長以下が艦橋から艦内に入り、艦橋ハッチと発令所ハッチが閉じられた。

「けんりゅう」は潜航して、現場から離脱した。海面に浮いているヘリの残骸は、潜水艦捜索の目印になる。できるだけここから遠ざからねばならない。

十二月六日　ソウル　韓国軍合同参謀本部

対日戦の状況は、急展開した。それも悪い方にである。

昨日の独島（竹島）沖の海空戦は、韓国海軍と空軍の敗北に終わった。空軍は九機を失い、海軍は四隻を失い「世宗大王」が傷ついて帰港した。海軍の象徴的大型艦の悲惨な姿は、韓国の軍民に海戦の結果を雄弁に語ることになった。イージス艦がミサイルを受け、潜水艦から逃げて帰ったという事実が伝えらえると、韓国世論は激昂する者と、意気消沈する者の両極端に分かれた。それは、軍も同じだが、ともかく対策が急がれた。

海兵隊の対馬、五島の占領は何とか維持されているが、補給路が断たれた。さらに、小兵力とはいえ日本側の逆上陸を許してしまった。日本が本格的反撃の準備をしているのは明らかだ。ただ狭い島嶼での地上戦は、日本人非戦闘員の存在を考慮すれば、自衛隊の作戦自由度は狭いのが救いだ。占領軍の対策次第で、占領は維持できるだろう。

問題は独島（竹島）だ。島の維持が困難を極めている。維持どころか、現地の警備隊の救援にすら失敗した。このまま警備隊を放置すれば、飢え死にか降伏するだろう。周辺には日本の潜水艦や水上艦に加え、早期警戒管制機や哨戒機も自由に行動している。竹島周辺の航空優勢、海上優勢は日本の手にある。空も海も日本のものということである。

韓国海軍の残存兵力を上げて、決戦するか。しかし、海空が敵の支配下にある状態で、水上部隊を出せばレイテ沖海戦の二の舞だ。レイテと違って韓国空軍も使えるが、日本の要撃管制空域での航空作戦にならざるを得ない。しかし、なんとしても海上戦に先立って、航空戦で勝利をおさめなければならない。航空優勢が敵の手のまま海戦を挑んでも、昨日の戦闘を再現するだけである。空軍はその方策に苦慮するのみだ。

当面は、対馬、五島より独島（竹島）を重視することになった。作戦は独島（竹島）の救援と防御の強化を目的とする。そのためには、岸壁やヘリポートの修復が必要で、建設資材を送らねばならない。状況は爆撃直後と変わらない。いや、時間が経過した分、警備隊への補給所要は高くなっている。

爆撃直後は緊急処置として、鬱陵島から漁船を送って、救急処置と死傷者の収容をした。独島（竹島）の支援拠点に考えている鬱陵島には飛行場がなく、海上輸送路も対日戦の影響を受け始めている。独島（竹島）救援は政略的に優先せねばならないが、鬱陵島にも一万人近い住民がいる。朝鮮半島東方わずか二〇〇キロ程度の海域の安全すら確保できないことが、厳しい現実として突きつけられた。生存警備隊員二〇名程度の独島（竹島）補給は、ヘリで無理をして続けられているが、着陸ができないことや、掩護に戦闘機を飛ばさないといけないなど制約が多く、長続きはしないだろう。

ありがたいことに、日本はあえて鬱陵島へは手を出さない配慮を見せている。しかし、鬱陵島近海での二度の敗戦で民間定期船は欠航してしまった。海軍の軍艦で生活物資を輸送せざるを得ないが、軍艦は当然攻撃対象になるだろう。行先が鬱陵島だから攻撃しないでくれと、日本に頼むわけにもいくまい。民間定期船（海戦法規上商船）でも、交戦相手国の商船は当然合法的な攻撃目標である。これまでの日本の行動から見て、あえて商船を攻撃することはないようだが、韓国内のフェリー会社は運航を拒否している。これでは、誰が敵だかわからない。

軍艦を使うにせよ、民間船を使うにせよ、独島（竹島）や鬱陵島と朝鮮半島の間の空と海を、韓国の支配下に置かねばならない。

エスカレートする戦況に、韓国軍の首脳と大統領は焦りだした。

戦争とは相互作用、とクラウゼビッツが書いている。戦争だけでなく、国家間の活動は、平和的手段も相互作用であろう。しかし、韓国は対日関係においては、相互作用を経験してこなかった。どんな無理難題も、最後には日本が折れてくれる。ドラ息子と金持ちの親みたいないびつな関係が続いてきた。それが対日戦を甘く見た要因だった。

しかし、戦端を開けばもう甘い外交の世界ではない。軍事行動はクラウゼビッツや孫子の原則どおりに展開する。それでも日本側の行動は抑制的だった。戦争論でいう第一の相互作用、無限性は有限的だった。しかし韓国にとっては、そんな好条件でも対応困難な事態である。

対馬と五島を後回しにして、鬱陵島と独島（竹島）を優先しなければならない。そのためには、半島の東で改めて海空決戦を行なわなければならない。対馬と五島を確保している間に、窮した日本が折れてくる、そんな甘い対日戦略は崩壊した。韓国軍は、方針を変換して作戦を練り直した。対馬、五島の占領から、東海（日本海）の制海へ、対日戦の重点が移った。主役も海兵隊から、海軍と空軍に移った。

東海作戦計画

一、作戦目的

独島（竹島）西方海域を管制し、鬱陵島及び独島への補給路を確保、両島の防衛体制を強化する

二、作戦目標

日本海空戦力の撃破

三、指揮官

海軍司令官

四、兵力

海軍の全部

空軍の一部

独島（竹島）警備隊（増援兵力も含む）

五、作戦要領

(一)航空自衛隊の戦闘機を当該空域に誘致し、これを撃破することにより、航空優勢を獲得する。

(二)航空優勢下で、敵の早期警戒管制機及び哨戒機の行動を封じ、戦場情報収集を妨害して、情報優勢を確保する。その情勢下で敵水上兵力を撃破し、海上優勢を獲得する。

(三)海上、航空優勢下で両島への補給と増援を実施、防衛態勢を強化する。鬱陵島防衛および独島（竹島）増援のため、鬱陵島に、歩兵一個連隊程度の海兵隊を送る。

(四)航空、海上優勢獲得前あるいは、航空、海上優勢獲得に失敗した場合、潜水艦作戦により、敵海上兵力の撃破を図る。その上で、可能な限り両島への補給に努める。

(五)対馬、五島の占領は維持する。日本側の逆上陸を阻害するため、部隊配備は日本人非戦闘員の居住地域を考慮する。この際、軍事的合理性より非戦闘員の被害拡大を優先する。

（六）鬱陵島周辺での作戦に際し、北韓を刺激しないよう考慮するとともに、北韓への警戒を怠らぬこと。

韓国側の作戦には主体性がなくなった。それは、竹島が脅威にさらされている現状を何とかしなければならない切迫した事情があるからだ。まず、破壊された岸壁やヘリポートの修復が必要で、かなりの建築資材と器材を送らねばならない。その輸送と事後の補給には、相当期間海域の安全が確保されねばならない。重量容積の大きな物品を輸送しなければならないからだ。最初の補給が失敗したのは、状況を甘く見て戦力不十分な小部隊を送ってしまったためである。

次に送った救援艦隊が全滅したのは、敵情を把握せず実施した拙速な作戦の結果だ。いや、作戦とさえいえない行き当たりばったりの行動だ。兵力の逐次投入という最悪の選択をしてしまったのは、長期展望のない用兵の結果だ。稼働率の低い海軍や空軍の欠点が露呈した。海兵隊の侵攻だけで日本が手を挙げると、甘い見通しで始めた対日戦が、搦手の竹島、鬱陵島が脅威にさらされて、主導権が失われてしまった。

補給が途絶えている対馬や五島への自衛隊の本格的反攻がないことを祈るのみだ。自衛隊が、自国民を巻き込む戦闘を避けてくれることが頼みの綱である。占領軍の韓国海兵隊が、日本人非戦闘員の存在に守られているようなものである。

軍艦や航空機は、故障した時の修理だけでなく、定期的な整備が必要である。車検の大規模なものだと想像すればいい。修理や整備にはそれ相応の能力がいる。部品やインフラと人的能力だ。韓国軍と自衛隊にはその分野でも格差がある。韓国海軍と空軍は、部品の緊急輸入や修理の短縮などの無理をして兵力確保に努めた。つまり、数（兵力）を揃える努力である。無理の中には、共食いもある。稼働していない機体や艦から部品を稼働艦や機に流用するのである。こういった作業には時間がかかる。

しかし、時間をかけても一定の兵力を揃えてからでないと、劣勢の戦力で優勢な敵に対して勝算は得られない。ジレンマの中、潜水艦作戦が開始された。潜水艦は単独行動が基本だ。作戦海域が狭い以上、少数の潜水艦ですむ。

鎮海の第九戦団は、十日、214型潜水艦「安重根」と「金佐鎮」を出撃させた。二隻を狭い竹島沖に集中させる無理が強行された。水中で行動する潜水艦は、探知した相手が味方か敵か識別するのが難しい。いや、不可能に近い。だから、同じ作戦海域に複数の味方潜水艦を投入することは避ける。

しかし、兵力集中を優先した韓国海軍は、同型艦を投入することで、音響特性での味方識別を期待した。もちろん、二隻の哨区は一応地理的には分離された。東経一三一度を境界として、東に「安重根」、西に「金佐鎮」を配備する計画である。

二隻は六時間の間隔を空けて対馬海峡に向かった。

潜水艦作戦は直ちに開始できたが、航空決戦は難関である。空軍にも面子があるから弱音は吐けないが、韓国空軍と航空自衛隊では、明らかに戦力差がある。機体の性能もさることながら、早期警戒管制機や地上のレーダーサイトを有機的に結合した要撃管制組織、パイロットの練度、航空機の稼働率、ミサイルなど武器の性能等々、近代戦に必要な条件は、韓国空軍には欠けている。

ともかく、出撃準備だけは急がれた。機体や整備員、資材の基地移動と、作戦資材の補給が始まった。

十二月十日　市ヶ谷　統合幕僚監部

統合幕僚長主催の臨時作戦会議が開催された。五日の竹島沖海空戦の結果、韓国軍は作戦方針の変換を迫られたはずだ。その予測と対処が議題である。

陸上総隊、自衛艦隊、航空総隊から司令官以下主要メンバーが参集している。統幕や陸海空幕、内局や総理官邸からも要員が参加しており、結果は総理や防衛大臣にもすぐに報告される。

情報本部の状況説明で会議が始まった。

「対馬、五島に侵攻した韓国海兵隊計一個師団は、占領体制の強化に努めております。ただし、わが方の後方連絡線攪乱のため、補給は途絶えており、士気の低下が予想されます。大規模な戦闘は生起しておりませんから、弾薬などの作戦資材の消耗や兵力の減少はないものの、孤立感は深刻でしょう」

統幕副長が質問した。

「部隊配備に変化はありませんか」

「対馬は、北部に逆上陸した水陸機動団第一連隊の牽制活動が功を奏しているためか、韓国海兵隊は人口密集地に拘束されているようです。厳原の主力に動きはなく、上対馬の韓国軍一個大隊も、民間人居住地域に逼塞しています。第一連隊が進出した当初は、積極的な活動も見られましたが、わが方の遊撃活動で被害が増えたためか、掃討作戦は中止されたままです」

「五島は？」

「五島列島は、対馬と違って島が多いため、韓国海兵隊は全島を支配する気はないようです。有人島だけで二七に達する列島をくまなく占領することはできないでしょう。敵が展開しているのは、一番大きな福江島と二番目の中通島だけのようで、福江島に師団司令部、直轄部隊、砲兵一個大隊、戦車一個中隊、それに歩兵二個連隊が確認されています。その連隊から中通島に一個大隊が派遣されています。中通島と若松大橋で連結されている若松島は、中通島と同じ島と見た方がいいでしょう」

「五島列島では事実上、福江、中通、若松の三島を考えればいいでしょうが、警戒のための小部隊が他の島に配備されており、その詳細は現地住民からの通報で掌握しております。注意すべき点は、最近大規模な部隊移動が報告されております」

「というと?」

「防御戦闘に有利な地点より、民間人の居住地域を重視している模様です。わが方との戦闘で勝利を得るより、戦闘で民間人への被害が及ぶことを狙っていると思われます」

陸上総隊の幕僚長が懸念を表明した。

「実は、それが作戦上の最大の障害と考えています。海上、航空自衛隊のおかげで、逆上陸は成功の目算が立っておりますが、地上戦闘での民間人への被害を局限することは至難です。狭い山岳地形の対馬では事実上、野戦は実施できないため、遊撃行動に留めております。五島では、比較的平地が多いため、ある程度の野戦で敵を撃破することは不可能ではありませんが、人口密集地に紛れ込んでいる敵を撃破するのは困難です」

情報本部が受け取って、結論を述べた。

「韓国海兵隊の作戦方針は、陸上総隊の懸念の裏返しだと見られます。わが地上部隊の戦闘、特に火力戦闘を掣肘し、日本人を盾にした近接戦闘や市街戦を強いるつもりでしょう。敵は自在に火力戦闘を実施し、わが方には近接戦闘のみを強いる狡猾な作戦です」

地上戦闘の定型は、まず火力戦闘、次に近接戦闘である。敵の防御陣地や砲兵を、爆撃や砲撃で事前に破壊、無力化するのが火力戦闘で、遠距離から強烈な破壊力を発揮する。近代戦での被害の大半はこの段階で発生する。塹壕戦で機関銃の被害の印象の強い第一次大戦でも、死傷者の八割は砲撃で発生した。第二次大戦以来これに爆撃が加わった。

火力戦闘で敵の戦力に打撃を与えたところで、戦車や歩兵が前進、敵を撃破して最終的な勝負を決める。これが近接戦闘で、陸上自衛隊では機甲科と普通科（歩兵）を近接戦闘職種（兵科）としている。圧倒的な破壊力を発揮する火力戦闘を封じられ、敵は行動が自由となれば、地上戦闘では圧倒的に不利な条件で、近接戦闘だけでは勝利は望めない。それではガダルカナルの再来である。

対馬と五島での積極的な反攻は元々考えていない松竹梅作戦だ。可能なら失地回復というのが対馬の松作戦、五島の梅作戦だった。元の計画どおり、両作戦は竹島奪還の支作戦のまま、牽制行動を継続することが確認された。

主作戦の竹作戦に会議の焦点が移った。

情報本部の報告が再開された。

「竹島の爆撃は成功し、岸壁はほぼ全壊、ヘリポートは全壊しました。韓国の救援は海上自衛隊の要撃に遭って、二度撃退され、ＬＳＴ二隻、駆逐艦二隻、フリゲート二隻を失った他、哨戒機とヘリにも被害が出ています。爆撃で発生した竹島警備隊の死傷者は鬱陵島から漁船が出て収容した模様です」

総理秘書官が、発言を求めた。

「総理から、竹島爆撃とその後の韓国海空軍との海戦の勝利について、関係部隊に感謝のお言葉がありました」

最高指揮官だから、労をねぎらうということだろう。当然だが、当然のことをしない最高指揮官が多かったから、自衛官はその配慮に感謝した。情報本部が続けた。

「竹島への補給は、ホバリングのヘリと鬱陵島からの漁船で細々と実施されております。ヘリの場合は半島から直接重要物資や人員を運ぶ場合に限られているようで、空軍機が援護に出撃してきます」

「食料などは、鬱陵島からの漁船に依存しているようですが、鬱陵島自体が半島との定期船が欠航して危機的なようです」

自衛艦隊幕僚長が、作戦担当部隊の責任上、質問した。

「韓国軍の今後の出方については、いかがでしょう」

情報本部が答えた。

「電波情報や衛星その他の情報を総合したところでは、海軍と空軍の動きが活発です。これまで温存されていた潜水艦など、海軍の全力を挙げる兆候が見られます。空軍も基地の移動が確認されました。しかし、海空軍とも稼働率が低いため、使える兵力はまだ少ないようです。数が揃うまでは大規模な作戦はできないでしょう。陸軍については特に動きは見られませんが、これは北朝鮮への備えを変えられないからでしょうし、これ以上地上兵力の必要性もないからでしょう」

「敵の可能行動は？」

「まず、竹島西方の航空、海上優勢の確保。そのためには、航空自衛隊への挑戦が必要で、その後は海上決戦でしょう。今回は、海軍の全力を挙げてくると思われます。別に、対馬、五島への海上補給のために、対馬海峡西での航空、海上優勢獲得に動く可能性もありますが、二正面での作戦に応じられるほど、兵力に余裕はないでしょう。当面は、潜水艦の行動に注意します」

「航空総隊の行動方針は？」

「半島南部の韓国空軍の動きは、対馬や五島のレーダーサイトを失っても、ほぼ把握できます。さらに、早期警戒管制機や移動警戒隊を活用しますから、九州の基地を襲われる恐れはない、と考えます。次は、敵の誘いに乗って、日本海で交戦する場合です。敵もそれを望んでいるでしょう。戦争の早期終結には、敵の誘いに乗って撃滅する方がいいでしょう」

「自衛艦隊は如何です」

「空自の能力は信頼していますが、それだけに航空戦で敵が敗北した場合、海軍が出てこない可能性があります。そうすれば、海上優勢は確保できるものの、海軍を残したままで敵が手を挙げるかどうか」

陸上総隊が発言した。

「敵の海軍が出てこなければ、当初の計画どおり小兵力を送って竹島を占領しましょう。数十名で事足りるでしょう。竹島をわが方が占領すれば、韓国の世論や政治家が黙ってはいないでしょう」

それなら、韓国海軍は指をくわえてはおられず、乾坤一擲の決戦を挑まざるを得まい。

松竹梅作戦の継続が確認され、竹作戦における航空戦に備えて、空自と海自が細部調整に入った。韓国空軍に誘い出される前に、敵を誘う方が確実だ。それには餌が要る。海自の新型哨戒機P－1の行動範囲を朝鮮半島側に拡大することにされた。敵戦闘機の出撃は空自の要撃管制組織が監視し、迅速に戦闘機を飛ばす態勢がとられた。領空侵犯に対する処置ではない。敵機の発進と同時に出撃して、これを撃滅する態勢である。

十二月十一日　対馬海峡

情報本部の活動で、鎮海を基地とする韓国潜水艦の出動が捕捉された。水上部隊の被害からみて、開戦以来温存されてきた潜水艦の投入は予想できたから、衛星や通信情報の収集が強化されていたところだった。情報活動は、目標が絞られれば、相乗的に効果が上がるものである。情報本部は、潜水艦に焦点を絞って努力した甲斐を得た。潜水艦は行動を把握されたら終わりだ。

鎮海を六時間間隔で二隻が出港したことはわかった。絶好のタイミングで衛星が写真撮影に成功したからだ。すぐに潜航したため、その後の詳細な動きはわからなかったが、上対馬警備所が二隻の通峡を捕捉した。鎮海から、対馬への針路と速力は想像できるから、網を張っていたところに引っ掛った。これで敵の正確な動静が把握できた。

佐世保に旧式護衛艦が待機していたが、出港に手間取って間に合わなかったので、大村で待機していた哨戒ヘリが最初にこれに対応した。これも韓国空軍戦闘機が飛行していたため、空自の支援を得るまで出撃が遅れた。

そのわずかな間に、一隻は日本海へ逃してしまった。六時間後に通過した二隻目は対馬海峡東側で待ち受けていたヘリのソーナーに探知された。三機のヘリがこれを追った。一機や二機なら振り切ることも可能だが、三機で追われたら逃れられない。二機でがっちりと探知し、残る一機が前方へ回り込んで、魚雷を投下した。小さな落下傘を引きながら魚雷が水中に没し、数分後に大きな泡が海面に吹き出した。水中爆発で起きたものが、圧力の低い海面で一気にはじけた。油と残骸が海面に浮き始め、撃沈が確認された。

撃沈されたのは「金佐鎮」で、無事に日本海に入ったのは、「安重根」である。

「安重根」は、「独島」と並んで反日の象徴の軍艦名である。韓国以外の国から見ればテロリストの名を軍艦に付けるセンスも問題だが、故障の多い艦でもある。しかし、この対日戦には象徴的な活躍をさせる必要があり、無理に出撃させたのである。竹島沖で行動する日本の護衛艦部隊を排除することが期待されたが、そうは問屋が卸さない。

「安重根」は、ドイツの輸出用潜水艦214型で、水中排水量一八六〇トン、水中最大速力二〇ノットである。潜航深度は四〇〇メートルでＡＩＰ機関として燃料電池を持っている。目を引くのは魚雷発射管が八門の重雷装である。米海軍のバージニア級攻撃原潜は四門だし、海自の六門でも過剰との見方があるくらいだ。四門はミサイル用だろうが重武装には違いない。

輸出型だから、性能は多くが公表されている。乗員は二七名とかなり少ない。潜水艦は省力化に限度があるから、この数の乗員では日本のように三直態勢での長期行動は無理だろう。

「けんりゅう」にもＡＩＰのスターリングエンジンがあるので、表面上の性能に大差はない。なんといってもドイツ製だから、艦の性能はかなり高いと見なければならない。ソーナーなどのセンサーや静粛性、攻撃能力も欧米並み日本と同等であろう。

ハードウェアに差がないとすれば、あとはソフトウェア、つまり戦術能力である。韓国は潜水艦の運用経験が浅いから、潜水艦戦術はさほど高度ではないだろう。特に、潜水艦対潜水艦作戦は難しいから、どれほどの能力があるか疑わしい。潜水艦戦術の中で最も難しいのが、対潜水艦戦である。水上艦攻撃は先制探知して主導権を得られるから、勝負は測的精度と射点占位といったこちらの都合が大半だ。対航空機戦術は、見つからないようにするに尽きる。潜水艦対潜水艦は同等の条件で、いかにして先に探知し、攻撃位置に着くか。潜水艦は探知自体が近距離だから、魚雷を当てるのはさほど難しくはないが、静かな潜水艦同士がいかに先に相手を見つけるか、が勝負である。

日本の潜水艦は、日本国内はもとより、米海軍の原潜とも潜水艦対潜水艦の訓練を積んでおり、相手が通常型であろうと原潜であろうと、かなりの能力を備えている。そこが、強みである。お互いに長時間の潜水艦捜索をすることになるから、時間の経過とともに相対的な能力は日本側に有利に働くだろう。

日本側は、潜水艦の脅威に水上部隊を曝すことを避けて南に下げ、潜水艦にこの海域を任せた。南に下がった水上部隊も、敵が水上艦なら遠距離ミサイルで攻撃できるし、空自の戦闘機が攻撃することもできる。北緯三六度以北、東経一三〇度以西の水中は、「けんりゅう」の担当である。

対馬海峡を抜けて日本海に入った「安重根」は、敵を捜索しながら竹島に向かった。潜水艦で限定的でも海域を支配するためである。水上部隊の準備が整うまでの時間稼ぎと、海軍の面子を保つべく、期待されている。

「安重根」が一隻でも敵を撃沈すれば、それを名目に海上優勢を宣言し、鬱陵島への民間航路を復活させることができるだろう。

青瓦台は、その時に艦名を公表するよう、海軍に指示までしている。大統領も海軍も、それぞれの政治的な思惑が先行した作戦である。その結果は、敵つまり「けんりゅう」次第である。

日本海西部　「けんりゅう」

「けんりゅう」は、竹島と鬱陵島の中間あたりで哨戒していた。竹島が孤立無援の今、鬱陵島の価値が上がってきたと思ったからだ。そこに、対馬での対潜通峡阻止作戦の結果が知らされた。艦長木梨2佐は、状況を分析した。

鎮海出撃が確認された潜水艦二隻の内、一隻は通峡時に撃沈、一隻は逃して日本海に入ったとの情報だ。通峡を捕捉したものの、攻撃のためのヘリが間に合わず取り逃がした後は行方不明という。もっとも、行先は竹島に決まっている。わが海上優勢への挑戦であろう。

ドイツが二度の大戦で実施した潜水艦戦は、連合軍の海上補給路遮断が目的だった。しかし、今回は海上補給路が必要なのは韓国であり、それを圧倒的な海空戦力で日本が遮断している。そこへ、潜水艦を投入したところで、焼け石に水だ。海上優勢を確保している日本に、輸送所要はない。潜水艦を一隻や二隻投入したところで何の意味もない。

そもそも、海軍戦略が間違っているのだ。戦術レベルの狭い視野で、水上部隊より有利だからという理由だけで潜水艦を投入しているのだろうが、こっちが潜水艦で要撃すれば、その前提も崩れる。戦略の誤りは戦術では挽回できないというのも、古来の兵法の常識だ。海軍というものは、金をかければできるという安直な組織ではない。

韓国海軍は、大規模な作戦が準備できるまで、潜水艦で時間稼ぎをするつもりだろう。護衛艦が「けんりゅう」にこの海域を任せて南に下がった時期に、ただ行動するだけでも敵を駆逐した、と宣伝できる。韓国潜水艦が行動することで海域を支配している、と国内に宣伝すれば、大統領以下の顔も立ち、鬱陵島への補給も再開できるという皮算用であろう。

となれば、「けんりゅう」の任務は、敵潜水艦の撃沈しかない。この任務は戦術的なレベルではなく戦略的な意義を持つだろう。潜水艦対潜水艦という地味な戦闘が、戦略的な結果を生むのである。木梨2佐は、部下にこの意義を理解させ、その士気をさらに高めた。幹部はもちろん、若い海士に至るまで、自分の仕事が大きな意味を持つとわかれば、やる気はまるで違ってくる。優れた指揮官は、指揮に統率を加味して部下の士気と能力を高め、方向性を与えて組織の機能を発揮させるものだ。

木梨2佐は敵潜水艦の行動を推測することから始めた。士官室に幹部と主要な海曹を集めて会議をした。意見を求めることはもちろんだが、状況や艦長の意図を艦内に周知させることを重視するからだ。よい指揮官は、自分の意思を部下に徹底させる。失敗した時「部下が命令に従わなかった」と言い訳しないことを、指揮官としての矜持と考える木梨2佐である。あぐらをかくことなく、きめ細かい指揮統率に努力を惜しまない。

まず、副長並木3佐が艦長に代わって状況を説明した。テーブルには情報が書き込まれた海図が広げられている。

「十一日に、鎮海を出撃した韓国潜水艦二隻は、対馬の通峡を捕捉されている。先行した一隻は取り逃がしたが、後続艦は大村のヘリに撃沈された。味方の水上艦と航空機の作戦海域は、北緯三六度以南東経一三二度以東なので、本艦の哨区に味方はいない。問題は、ロシアなど第三国の艦船の存在なので、ソーナーはこれに注意すること」

日韓戦が戦われている日本海西部は、公海である。だから、軍艦商船を問わず、第三国(中立国)の自由航行を妨げる権利は日本にも韓国にもない。日本政府は、諸外国に対して作戦海域を公表して、航行の際の注意を喚起しているものの、外国艦船がそれを無視して戦闘海域に侵入しても、攻撃はもちろん抗議をすることはできない。中国やロシア海軍が情報収集のために軍艦を出しているから、神経を使わねばならない。

船務長雨宮1尉が、哨戒計画のうちソーナー捜索計画を説明した。

「目標潜水艦の雑音のうち、最もノイズレベルの高い周波数は、○○ヘルツと思われます。

次は××ヘルツですが、こちらの方は周波数が低いため、遠距離探知はこっちが期待できます。TAは××ヘルツ、CAは○○ヘルツを重点的に捜索します」

現直哨戒長の水雷長松永1尉は、発令所との通路から顔だけ出して、魚雷について報告した。会議のため全没しているから、発令所は哨戒長付に監督させてある。

「発射管には、八九式魚雷が装塡済みです。予備魚雷は二本を残すのみですが、潜水艦相手ですから十分でしょう。発射管への注水は、会敵前に実施する必要がありますが、長期間魚雷を海水に漬けることも避けたいので、判断の迷うところです」

木梨2佐は、連管長（魚雷員長の俗称）に質問した。

「何時間なら海水に漬けておけるかな」

連管長安藤曹長は、CPO（先任海曹）次席親甲板の豪傑である。楽をしたがる下士官根性を持たない軍人らしい風格で、先任伍長に頼りにされている。

「数時間なら問題ないでしょう。それ以上になっても魚雷が故障しない限り、後の手入れについての斟酌は要りません。そのための魚雷員ですから」

若い水雷長は部下に遠慮があるから、水雷長ではなく直接連管長に質問した艦長の配慮は功を奏した。水雷科の曹士たちは、非番の時間に魚雷を手入れする努力を惜しまないというのだ。

「では、状況の許すかぎり、六時間ごとに注水しておく発射管を代えることにしよう。当面は一、二番管に注水し、当直交代時に三、四番管に注水、一、二番管を排水して魚雷を確認する。以後、五、六番管を同じ要領で」

心配するのが仕事の副長が、艦長に質問した。艦長に反論して指揮の穴を埋めるのが、優秀な副長である。

「機械的に六時間おきに雑音発生をともなう注排水は、敵に探知される危険がありませんか」

当然、この危険については承知の上の艦長だが、叱ることなく説明した。

「知ってのとおり、注水や排水、発射管後扉の開放などの作業音は、敵の周波数分析にはかからない。敵に優秀なソーナー員がいて聴音能力が高く、かつ近距離ならば、その危険はあるだろう。ただそんな近距離に敵がいれば、先にこっちが探知できるだろう。むろん、発射管を代える前には、全周のソーナー捜索は十分実施してもらう」

ソーナー員長（水測員長）が、補強意見を述べた。

「本艦の注排水音は、かなり静粛ですし、こういった断続する作業音は、探知はもちろん、類別が困難です。作業音を類別する能力は、普段の聴音訓練にかかっていますが、韓国海軍がそういった地道な訓練をしているとは思えません」

機械がやってくれる周波数分析はともかく、人の耳が頼りの聴音に関しては、米海軍に対してすら自信を持っている日本のソーナー員である。新興海軍で潜水艦経験の浅い韓国海軍の潜水艦が、そんな高等技術を備えているとは思えない。たぶん、ドイツ製の機械に頼って、自動化された周波数分析で捜索してくるだろう。

ソーナーと魚雷については決まった。次は、艦の行動である。機関長が電池の心配をするのは当然だ。

「AIPの燃料は、残量が約三割。ある程度スノーケルが望ましいところです。発射管の注水排水で雑音発生をする時間に、短時間のスノーケルをお願いします。電池容量次第ですが、一〇からせいぜい二〇分程度で十分でしょう。そのほかの時間は戦闘無音潜航で行きたいと思います」

特別無音潜航は色々と制限が多く、エアコン停止など居住性を損なうが、戦闘無音潜航なら長時間の哨戒にもさしたる影響はない。乗員の疲労と能力低下の関連をよく知っている艦長は、許可した。

木梨2佐は、昨年の米原潜との対戦で、六時間につき二〇分のスノーケルというハンディを負って完勝した実績を持っている。六時間に一〇分程度のスノーケルは、発射管の注水排水、充電、換気、溜った汚水や残飯の処理を考えると、効率的な作業と判断した。ただし、機械的に六時間おきに実施するのは探知されやすいとの意見が出て、六時間の当直中に可能な範囲で適宜スノーケル。その際に、発射管の注排水や雑音をともなう処理事項を片付ける、という柔軟な方向に変更された。

航海長を兼務する副長が、針路、速力、深度について進言した。

「長時間同じ地点にいるのは避けた方がいいと思われます。韓国にはないでしょうが、ロシアが日本海に固定機器を設置していない保証はありませんし、情報交換で使用する電波の捕捉、偵察衛星など、予測できない被探知の可能性が蓄積されれば、本艦の位置が特定される危険があるからです」

「高速は避けて、半速程度の速力で全没深深度で移動哨戒します。現在位置は鬱陵島と竹島のほぼ中間地点ですから、いったん西に向かって東経一三〇度付近の浅い深度まで移動します。敵潜水艦は竹島へ向かうと予測されますから、一三〇度線を南下している頃には、敵は東へ抜けるでしょう。その後本艦が竹島へ向かえば、敵の後方を追尾する形勢が期待できます」

敵潜水艦の行動予測は難しいが、判断材料はある。韓国にとっては竹島防衛が主で、鬱陵島も重視せねばならない以上、対馬海峡を抜けてそのまま海峡東口にとどまっているはずはない。南に下がったわが水上部隊を狙って移動する可能性も否定できないが、そこは「けんりゅう」の守備範囲外である。また、竹島を放置して水上部隊に向かったところで、竹島防衛には直接寄与しないだろう。それに、山陰沿岸にいるわが水上部隊を攻撃するには、哨戒機や哨戒ヘリの脅威も加わる。

可能性の高い行動は、竹島と鬱陵島の中間あたりで遊弋し、日本の水上部隊がいないことを確認、海域の安全を報告することであろう。当然、潜水艦の存在も考慮しているだろうが、潜水艦はどこにいるかわからない以上、静粛に哨戒して先制探知に努めるしかない。その予想どおりに行動してくれれば、「けんりゅう」は敵潜水艦をやり過ごした後、その後方から追尾する態勢をとれる。

「よし、それで行こう。詳細は後ほど艦橋命令で各部に通知する。別れ」

幹部はもとより、先任海曹や各パート長（ソーナー、魚雷、内燃、電機など細かい配置の責任者の1、2曹たち）までが艦長の意図を理解したはずだから、彼らから部下の曹士たちにそれが伝わるだろう。上意下達というものは、一片の命令や指示書、陳腐な訓示などでは達成できない。

豪胆な反面、緻密な木梨2佐は、命令が伝わったであろう頃を見計らって、艦内各部でコーヒーを馳走になりながら、若い乗員たちの理解度を確認して回った。むろん、そのつど細かな修正をしておいたのは当然だ。

木梨2佐は、当てのない緊張は持続しないと知っている。だから、作戦期間を一週間と区切っておいた。一週間で成果がなければ、方針を変更して仕切り直しをするつもりである。敵潜水艦の乗員は三〇名に満たないようだ。一週間の作戦行動は限界だろう。

東経一三〇度付近に達し、測深でも水深が浅くなり始めた。GPSが使えない全没での航行だから、艦位の把握には神経を使う。露頂して正確な艦位を確認するついでに、スノーケルや準備発射管の交換などをすることにした。

「深さ五〇」

「けんりゅう」は、半速でゆっくりと上昇し、深度五〇メートルについた。微速に落として周辺、特に水上の船舶の有無を慎重に確認し、変針して艦尾方向の捜索も終えた。哨戒長は艦長に報告した。

「艦長、全周ソーナー目標なし。露頂します」

艦長の了解を得た哨戒長は、「露頂する」と指示した。

艦内電話で、各区画当直員に露頂準備が伝えられ、担当者は隔壁の防水扉のそばで待機した。万が一衝突などの事故が起きた場合、速やかに防水扉を閉鎖して浸水拡大を防止するための処置である。これは、戦時であろうとなかろうと、潜水艦が地道に実施する安全対策の一つである。

「前進半速　深さ二〇（フタジュウ）」

哨戒長の号令に、潜航指揮官が反応する。

「深さ二〇　アップ五度」

操舵員が速力通信器を操作し、舵を取って艦首が五度上がり、深度二〇メートルに向かって上昇を始めた。

「深さ四〇、三五」

操舵員が深度計を読む。哨戒長は、潜望鏡のそばでしゃがんで待機している。

「一番（潜望鏡）上げ」

航海科員が潜望鏡を上昇させ、哨戒長の反対側で潜望鏡の接眼部が足元の格納筒から上がってくるのを待つ。グリースで光る鏡筒が上がっていくと、その下の接眼部の太い部分が現われる。航海科員が広げたハンドルを哨戒長が握って接眼鏡に目を当てると同時に、立ち上がりながら潜望鏡を旋回する。対物鏡はまだ水中だが、明るい光が届くので、水中から水面を観察し、近距離の水上艦船との衝突を避けるためである。

ハンドルの付け根を握った航海科員が、相対方位を発唱しながら旋回を助ける。

「右、艦尾、左、艦首……」

徐々に明るくなる水面を監視しつつ、二、三周したところで、潜望鏡の頂部の対物鏡が水面を切った。

「露頂」と哨戒長が発唱したから、航海科員は潜望鏡のハンドルから手を離した。哨戒長は、自力でさっと水面付近を一周させると、いったん潜望鏡を降ろす。

「近距離、水上目標なし」

戦術上の配慮ではなく、衝突の危険のある水上目標がいないことを確認するのが先決だ。潜水艦の衝突事故は、この露頂の瞬間に多い。次は、上空をチェックする。今度は戦術上の配慮である。

「一番（潜望鏡）上げ」

倍率を下げて視野を広げ、仰角をいっぱいにして数秒で一周する。潜望鏡も上手に使えば、真上も見えるのだ。これで近距離にヘリなどいないことを確認した。水上にも空中にも、危険はない。

「上空目標なし。潜望鏡、連続使用」

潜望鏡の昇降ハンドルを握って待機していた航海科員は、離れて海図台に戻った。

じっくりと水上と空中を捜索する。視界内には何も見えない。次は、電波で敵を探る。

「ESMマスト上げ、捜索始め。二番潜望鏡あげ」

敵がいれば電波を出しているだろう。潜望鏡も二本とも使って水上と空中を念入りに捜索する。

「脅威電波、感なし」

空は三割ほどが雲に覆われているが、雲高は高く対潜哨戒機が飛んでいる気配はない。よし、いいだろう。

「無音潜航止め。スノーケル用意、一機運転。魚雷発射管、注排水用意」

さほど電池は消耗していないから、エンジンは一基だけでよい。それより、トイレや生活排水が溜った汚水タンクを空にすることだ。それと、外の新鮮な空気も取り入れる。

スノーケルが始まったが、静かなディーゼルエンジンは艦内に居ても、音を感じない。換気のために送風機を高速運転にしている、その方が艦内では騒々しく感じるほどだ。車でいえば、エンジン音は静かだがエアコンの音だけが聞こえる、そんな高級車のような日本の潜水艦である。

一〇分もしたら電動機室から、「充電完了」と報告が来た。電池の充電だから、一〇〇パーセントではなく、さらに少しずつ充電はできるが、やり過ぎると危険な水素ガスが発生する。しかし、夕食のサンマの塩焼きのせいで、換気はまだ続けたいところだ。機関科もそこはわかっているから、エンジンにはよくない無負荷運転を続けている。

一五分ほどたってサンマの臭いもなくなった頃、

「発射管注排水終わり」

「換気終わり」

「処理事項、終わり」

の報告が相次いで届いた。この辺のタイミングの良さが、練度の高い潜水艦である。一つでも残れば、危険で非効率なスノーケルが続けられる。こんな高い練度の潜水艦を指揮する醍醐味は、経験した者にしかわかるまい。

「スノーケル止め」

哨戒長が命じたら、各部はテキパキと作業を終えた。哨戒に戻る。

「戦闘無音潜航」

そこで、艦長室で寛ぎながら発令所のやりとりを「非公式に」モニターしていた艦長が、絶妙のタイミングで指示を出す。

「しばらく露頂で行け。（潜水）艦隊から何か言ってくる気がする」

スノーケル後、機械的に全没しようとしていた哨戒長は、露頂をやり直す無駄な作業を省略できた。そのまま露頂哨戒に気持ちを切り替える。スノーケル止めで自動的に降ろしたESMアンテナを上げ、潜望鏡も二本にして捜索態勢を強化した。スノーケルを終えたら、針路を変えて後方をソーナーで確認するのはセオリーである。舵を取ると水中抵抗が増して速力が落ちるから、変針前に増速するのはセンスのいい証拠だ。

「前進半速」

「おもーかーじ」

そこへ艦長が発令所に現われた。

「衛星通信で(潜水)艦隊と連絡を取ろう。こっちが露頂しているのは向こうじゃわからんから、こっちから接触する」

衛星通信のアンテナは少々大きい。だから水面に露出するのは潜水艦乗りの本能としては好ましくない。しかし、情報を得た方が後の行動がずっと楽になる。この辺の判断は哨戒長では無理で、艦長から指示した方がいい。艦の安全の責任は艦長にある。当直を任されているとはいえ、1尉の哨戒長には2佐の責任は負えない。

潜水艦隊からの情報は、やはり貴重だった。

敵潜水艦が対馬を抜けた時刻と、その時の針路速力が判明したらしい。欺瞞の行動をとった可能性もあるが、そのまま予想針路を伸ばしたら竹島だ。欺瞞行動と見るか、そのまんま、と見るかだが。木梨2佐は後者をとった。欺瞞行動なら予測は無限になるが、そのまんまなら答えは一つだ。賭けるならこっちだろう。しかし、賭けは賭けだから危険は承知の上である。

「敵潜水艦の予想位置は、本艦の一八〇度一〇〇マイル(一八五キロ)。予想的針〇四〇度、的速六ノット。指揮装置に入力せよ」

SCDS(潜水艦戦闘指揮装置)にデータが入力された。

「原速での会敵針路を出せ。深さフタヒャク(二〇〇)」

答えが出る前に、さっさと必要な処置をしておくのが、木梨流である。深度二〇〇メートルに着くころには、答えが出ていた。

「会敵針路、原速で一三〇度。所要時間一三時間です」

まだ2尉の船務士が、言われなくても積極的に助言をする。これが潜水艦乗りであり、こんな部下を持った艦長は護衛艦にはいない。護衛艦では、言われないことをしてはならないのである。助言などもってのほか、それも2尉が艦長に助言など、論外だ。

実習に熱心な船務士は、ソーナー員にも人気があり、非番の時間に睡眠をとるより部下とダベってきた。そんな彼の努力が実を結んでいる。この海域では、深度二五〇メートルに入れば強速でもキャビが出ないと聞いたばかりだ。さらに助言を加えたのは当然だろう。

「艦長、二五〇なら強速可能です。強速なら会敵針路は一五〇度。会敵までの時間は九時間に短縮できます」

木梨2佐はリスクを負っても助言を採用することにした。

「よし、針路一五〇度で行く」

助言が採用されると、部下はやる気を増す。実習後期でドルフィンマークすら持っていない船務士は、「けんりゅう」をしょって立つ気になってきた。彼の若い脳みそはさらに回転数を増していく。船務士はソーナーも所掌している。護衛艦はソーナーは砲雷科の水雷長や水雷士の担当だが、潜水艦の水雷科は魚雷だけである。ソーナーは船務科に属している。

木梨2佐はヒラメではない。つまり、上ばかり見て出世しようとするタイプではなく、上司より部下に気を配る。特に後輩で最年少の船務士には、自分の若いころの姿を重ねている。部下は叱るものではなく、育てるものである。育てるためにはリスクを負う覚悟は要る。しかし、リスクよりメリットの方が多いのは、これまでの経験則が証明している。

「深さ二五〇、前進強速、一五〇度宜候」を下令した。

積極的な指揮は、部下の士気を高める。元々、艦長への信頼で結束している「けんりゅう」である。隊司令や司令部からの低次元の小言を艦長が握りつぶしているのは周知である。

敵に向かって速力を上げる行動は、理屈抜きに物理的に部下の士気を鼓舞する。潜水艦が高速を出すのは、リスクを伴うことは若い海士でも知っている。おまけに電池が動力の通常型潜水艦だ。被探知だけでなく電池の消耗というリスクもあるのだ。

しかし木梨2佐には、成算があった。成功の見込みがないまま強行するだけの蛮勇は、勝利につながらない。敵を捕捉する自信と、当てが外れたときの対策が腹にあるから、行動が大胆にみえるだけである。ちまちまと小さくまとまった自衛官が多い中で、そんなメリハリの効いた彼の言動は、実に目立つ。

出る杭は打たれる社会で、何とか艦長になれたのは幸運だった。幸運は彼にとってだけではない。部下にも国益にもよいことである、と後で知れる。

八時間後、一九〇度方向に〇〇ヘルツの信号が入りだした。

「一九〇度ヨーソロ、最微速」

探知方位に艦首を向けて様子を見る。方位はわずかに左に変わる。敵潜水艦は、「けんりゅう」の前方を左腹を見せながら横切る態勢だ。敵の方位が一九〇度から一八〇、一七〇度と変化し、一三〇度あたりから急激に変わって一二〇で最大となり、その後徐々に変化は緩やかになった。最近接距離（CPA）を通過していくのだ。「けんりゅう」は、ゆっくりと取舵をとって敵潜水艦に艦首を向け続ける。

潜水艦はいったん探知したら後は簡単である。後ろから追いかけながら動静を把握する。近い距離で探知に使える周波数をさらに得られるから、次の機会にも役に立つ。目標を逃したときはもちろんだが、首尾よく沈めても同型艦は同じような音を出すからだ。

敵潜水艦の方位が〇九〇度（東）を過ぎたころ、木梨2佐は追尾に入った。CPAを通過した敵の針路は〇四二度、速力五・八ノットと詳細にわかった。距離を保つため「けんりゅう」もそれに合わせた。他の艦長なら、探知と同時に攻撃しただろう。しかし、木梨2佐はデータをとることの価値も忘れない。潜水艦の音をしっかり録っておくのは、対潜水艦作戦上、計り知れない価値がある。

追尾して敵の雑音や動静をモニターすると、数十分おきに、探知方位に乱れがでることが分かった。

潜水艦は、艦尾方向のソーナー死角を捜索するため、時々大きく変針する。その際が最も危険である。探知されることはもちろんだが、距離が近いと衝突の危険がある。だから、失探しない程度に距離を保つ必要がある。そして敵が後方を捜索中は、舵も取らずにじっと待つのだ。

旧ソ連の潜水艦は、一側回頭をしていた。ロシア海軍も同じだろう。変針どころか、三六〇度一周するのである。追尾する米潜水艦には危険極まりない運動で「イワンターン」と呼ばれた。「クレイジーターン」と言う者もある。

二時間ほど追尾して、音響データはたっぷり録《と》れた。もういいだろう。もうすぐ敵が回頭するころだ。

発射管には注水済みだから、前扉を開けるだけである。しかし、魚雷発射管の前扉を開けたら、そこから前進にともなう水圧が管内にかかって、潜水艦の中で唯一内開き構造の脆弱な後扉に圧力がかかる。直径五三三ミリという大きなものだ。むろん、安全潜航深度ぎりぎりでも魚雷は撃てるように作られてはいる。しかし、二重構造で、圧力に強い外開きが原則の潜水艦の中で、唯一、一重で内開き構造の発射管後扉に、過大な期待をする潜水艦乗りはいない。木梨2佐も同様だ。まず、速力を落とす。

「前進微速」の後に、

「三、四番管発射はじめ。アクティブ、高雷速」を下令した。

クウーっと軽い振動とともに、前扉とこれに連結された門扉が開いた。

門扉というのは、艦体の外側にある長方形の扉で、これを空けないと内側にある魚雷発射管の開口部が得られない。後ろの方が内側に引っ込んで、発射管が外から見えるようになる。非耐圧の外板を形成するため、厚みはない。前扉と必ず同時に開く必要があるため、昔から前扉と機械的に連結され、同時に開く仕組みである。だから、「前扉開け」の号令はあって

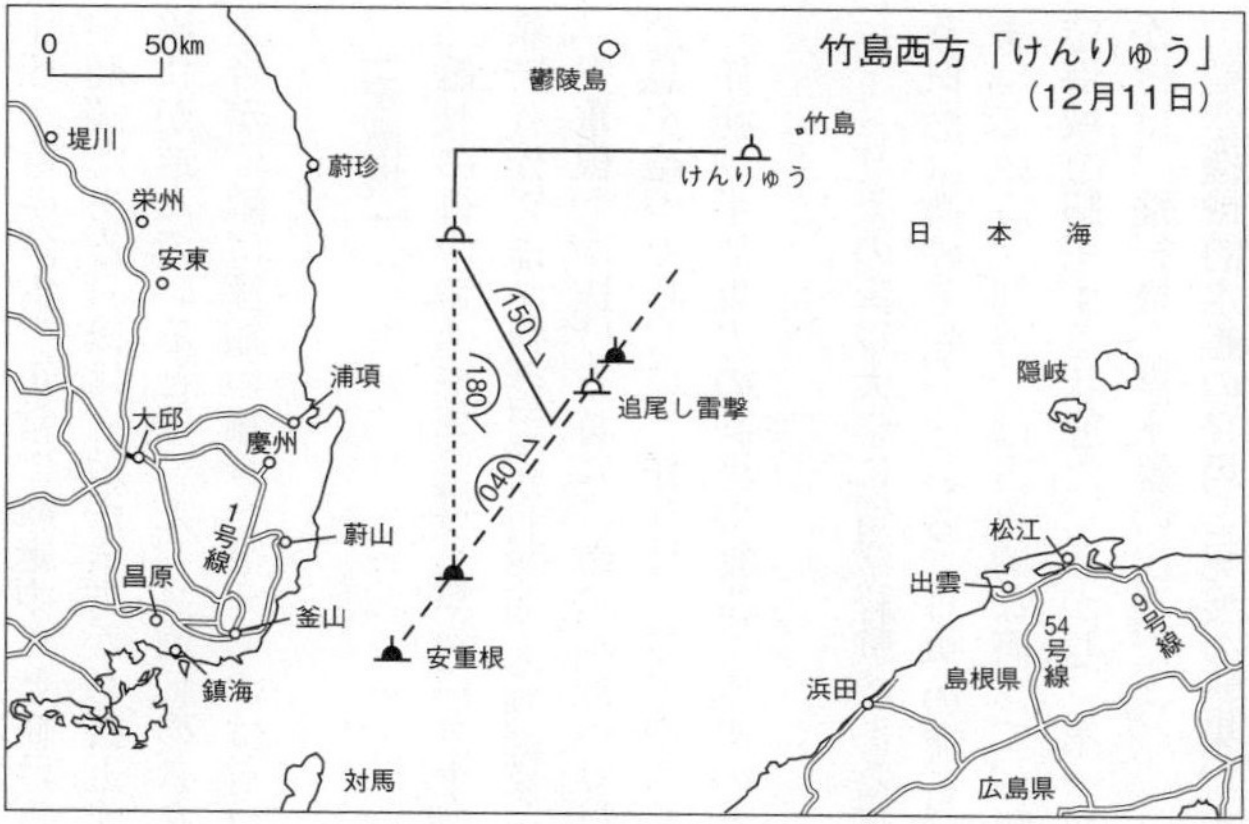

も、「門扉開け」の号令はない。

映画などで長方形の門扉が開いて、艦首に黒々とした窪みが現れる場面は、いかにもこれから魚雷を撃つぞ、という雰囲気がある。このため、門扉を発射管の一部と誤解されることがあるが、むしろ船体、外板の一部である。

というわけで、「けんりゅう」の艦首左右に二つの穴が開き、その奥に黒々と魚雷発射管が口を開いた。中には、必殺の八九式魚雷が発射を待っている。ほぼ真正面の「安重根」を狙うのだから、左右の優劣はない。艦長は右を指定した。

「三番管、次に打つ。四番管は予備」

「ソーナー、方位送れ」

「セット」

「シュート」

「ファイア」

水雷長が、「三番管発射」を報告した直後、ソーナーも「魚雷、正常に航走中」と続ける。

順調である。後は、敵が後方から接近する魚雷に気付かないことを祈るのみだ。魚雷は静粛化が進んでいるとはいえ、高回転のスクリューとそのうち始めるアクティブ捜索のソーナー音が、敵に探知の雑音を与えるのは避けられない。

「安重根」

艦長の柳中領（中佐）は、無事に日本海に入ってほっと一息ついた。狭い対馬海峡は、冷戦時代から海上自衛隊が封鎖する訓練を重ねていた場所だ。空軍が牽制してくれたためか「安重根」が抜ける時に、敵の哨戒ヘリは飛んでこなかった。しかし、後続の「金佐鎮」は消息を絶ったらしい。任務は一隻でやらねばならない。

任務は半島東方の制海の獲得。本当のところは日本に帰した制海の拒否だ。

アメリカの海軍大学に留学経験のある柳中領は、「制海（Command of the Sea)」という概念は微妙と知っている。世界の流行は「海上優勢（Sea Superiority)」だ。世間で広まっている「制海」は古典的な概念で、帆船時代にできた戦略用語である。武力をもって特定海域を制圧する状態だ。しかし、第一次世界大戦あたりから異論、異説が出てくる。きっかけは、飛行機と潜水艦の出現だ。

航空機や潜水艦の登場と発展の結果、水上艦だけでは海上支配ができそうにない、ことが判明した。それでも第二次大戦までは、航空機はともかく、潜水艦は長時間潜航ができなかったため、水上艦に対しては劣勢だった。

潜水艦と航空機や水上艦の対潜水艦部隊とでは、対潜部隊に分があったのである。それが原子力潜水艦の登場で潜水艦の優位が決定的となった。非核の通常型潜水艦も、電池の改良とスノーケルのため、浮上の必要がなくなって探知の危険性が激減した。こんな事情で、現代では水上艦では海を支配することはできなくなった。航空機で上空を支配し、潜水艦で水中を制することで、初めて海が支配できる。しかし、空中、水上、水中の完全な支配はもちろん、限定的にでも支配することは極めてむずかしい。米海軍でも無理だ。

陸上作戦は理解しやすい。進めば攻撃、止まれば防御。下がれば退却（敗走）である。止まって戦う場合は、地形を戦力化すべく、築城や地雷原、鉄条網など障害物で攻撃してくる敵を阻む。ところが、海上作戦には攻撃と防御の区別がしにくい。海洋を自由に使用するか、使用できないか、の差があるだけだ。その差は大きい。

だから、地理的に海戦を理解するのは的外れである。海域（本書では、竹島と朝鮮半島、対馬海峡、東シナ海北部など）の支配をするために海軍がすべきことは、地理的な海域の占拠ではない。海域を具体的に書くと、狭いようでも実際の海は広い。九州がすっぽり入るようなところを、一〇や二〇の軍艦では制圧できない。それに前述のごとく、空と水中もある。

また、制海権、制空権と「権」を付けることには異論がある。制海などは軍事行動の結果、目的であって、権利ではないし、兵術上権利という概念はなじまない。

日本側は韓国の軍艦や哨戒機を撃退して、この海域を支配している。日韓戦の戦場になった海域の自由な使用ができるから、制海（海上優勢）は日本側にある。

日本の水上艦は南に下がっている。駆逐されたわけではなく、攻撃目標の韓国の水上艦がいないからで、韓国艦隊が出撃すれば、いつでも出てこられる態勢だ。さらに、哨戒機も自在に飛行しているように見える。潜水艦も最低一隻は行動しているとの情報だ。

「安重根」としては、敵の潜水艦を撃沈して水中をわがものとし、水上艦が出てくればこれを撃沈する。その結果、鬱陵島、独島（竹島）の二島と半島間の海上補給路が確保できる。そう考えて、日本潜水艦の捕捉に向かった。敵潜水艦の位置は不明だが、自分ならそこにいると判断した、鬱陵島と竹島の間に向かった。そこなら、わが方の補給船を攻撃するのに都合がいいし、半島からも離れていて安全でもある。東に向かえば浅い海域があるから、通常型潜水艦にとっては沈座という切り札も使える。攻守に適した場所といえる。

行先が決まれば後は速力だ。深度を三〇〇メートルまで深くして、六ノットで行くことにした。ドイツ製の214型は、この深度でこの速力なら雑音は問題にならないだろう。日本の潜水艦は韓国の軍民の船舶を狙って露頂しているだろうから、下からこれを襲う。

針路を〇四二度にして一二時間が過ぎた。ここ一時間ほどは、うっかりして後方確認を忘れていた。変針して後方をソーナーで確認すると、航程にロスが出るが、安全上は大事な手続きである。

柳中領は、哨戒長に後方確認の指示を出した。哨戒長は、面舵をとって右に向きを変えた。その時、ソーナーが緊迫した報告を上げて来た。興奮で早口だから、二、三度再送させて、やっと意味がわかった。分かったとたん、発令所はパニックになった。

「右艦尾、近距離に高速スクリュー音、高周波探振音を伴う。魚雷らしい」

若い哨戒長は頭が真っ白になって、何もできない。やむを得ない。柳中領は直接号令をかけた。

「前進全速。取舵一杯。デコイ発射。深度四〇〇」

緊急事態で速力を上げ、深く入るのはある種の潜水艦乗りには条件反射みたいなものである。米海軍は魚雷に追われたら海面に逃げることはすでに述べた。「けんりゅう」も先日、そうして危機を脱した。しかし、「安重根」は深海への逃避を選んだ。魚雷より潜水艦の方が丈夫だとの判断である。

しかし、日本の魚雷は高性能である。左に旋回しながら深く逃げようとする「安重根」にがっちり食らいついていった。八九式魚雷は、時速一〇〇キロ以上で距離を詰めていった。「安重根」がキャビテーションをまき散らしながら速力を徐々に上げていったが、時速三〇キロを越えた頃、魚雷が命中した。二百数十キログラムの高性能炸薬が爆発し、「安重根」の艦尾は破壊され、海水は艦内の前方に短時間で流入していった。

深い深度に向かって高速で降下中だったうえ、どっと流入した海水はあっという間に「安重根」を圧潰深度に沈めた。丈夫な鋼板も限界に達した。潜水艦が圧潰深度に達したら、徐々に船体が壊れるわけではない。バーンと一瞬で圧潰する。上下左右どこかの方向から反対方向に一気に潰れて、艦内はペシャンコになる。だから、おぼれたり苦しんだりすることはないが、絶対に助からない。

「安重根」は長い半円状の鉄の塊になって、日本海の海底に沈んでいった。艦内から漏れ出した油が海面に浮き出し、短時間に油の膜を広げていった。

「けんりゅう」は、戦果を報告し、帰投を命じられた。

帰港後、「けんりゅう」艦長は自衛艦隊司令部に出頭を命じられ、竹島周辺の情勢や、韓国海軍との海戦の実態を報告した。味方のミサイルが敵艦に命中する状況や、魚雷で轟沈する敵の様子は、現場の潜水艦でないと知ることはできない。

陸上自衛隊や航空自衛隊からも参加者があり、司令部作戦室は満席になった。木梨2佐の控えめだが自信に満ちた報告と情勢分析は、自衛艦隊司令官以下に感銘を与えた。この感動が、自衛隊全体への自信となって、竹島を巡る日韓戦の決着をつける決戦への精神的追い風になるのである。

第四章

決戦

十二月十二日　竹島

竹島西方で韓国潜水艦が撃沈されたことを受け、竹作戦は次の段階に進めることになった。地上部隊の進攻で竹島を攻略するのである。

主役は陸上自衛隊の水陸機動団第二連隊。竹島は狭い二つの岩礁だから、実際に投入される兵力は少ない。一個小隊がヘリからファストロープで降下する計画だ。輸送のＵＨ－60ＪＡが三機の他、事前偵察用のＯＨ－１や上空で掩護にあたる攻撃ヘリも同行する。増援は状況次第だが、所要兵力は一個中隊を超えることはあるまい。

第一輸送隊のＬＳＴ「しもきた」に連隊本部と第一中隊、ヘリが搭載されて舞鶴から出港した。護衛は、第三護衛隊群。航空自衛隊も空域監視に念を入れているし、築城には即時待機の戦闘機が四機準備されている。

「けんりゅう」と交代した「うんりゅう」に、上陸部隊の行動が通報された。同時に、上陸部隊と護衛の水上部隊を掩護するため、対馬海峡東口で釜山から出てくるかもしれない韓国海軍に備えるよう、命じられた。水上部隊は東の舞鶴から隠岐の北を通って竹島に向かうから、「うんりゅう」に新たに指定された哨区は北緯三六度以南である。

竹島攻略作戦が始まった。

十三日早朝、観測ヘリＯＨ－１が偵察を兼ねて竹島上空を飛び、降伏勧告のビラをまいた。地上からの対空砲火に備えて攻撃ヘリが護衛に付いた。観測ヘリが撒いたビラより、攻撃ヘリの姿が竹島警備隊の士気をくじいた。洋上遥かな孤島に、陸軍の攻撃ヘリコプターを飛ばす日本の軍事力に恐れを感じたのである。しかし、簡単に降伏はできない。怖いのは攻撃してくる自衛隊より韓国のエキセントリックな反応だ。命が助かっても、韓国本土に帰って、自国民にリンチされるかもしれない、その恐怖の方が強い。

降伏期限になっても白旗が上がらないため、攻撃が開始された。

まず、攻撃ヘリが暴露されている武器を破壊し、対艦ミサイルなど長射程の武器がないことを確認した。

この準備攻撃の後、護衛艦が接近した。攻撃ヘリの攻撃が終わった後、対地砲撃を開始した。分刻みの正確な連携作戦である。一二七ミリ砲が対空弾を連射した。対地砲撃に対空弾を使用するのは目標が要塞ではないからだ。地面は堅いかもしれないが、敵は脆弱なコンクリートの建物や、周辺の障害物の間に隠れている。攻撃目標は軟目標で、対空弾がまき散らす調整破片弾が効果を発揮する。いわば大型の手榴弾が空中で爆発するようなもので、それが短時間に何十発も撃ち込まれた。

島の頂上にある警備隊庁舎が目標だから、砲撃は直接照準である。高速のミサイルを射撃する新型砲では、全弾が命中するから弾着観測の必要はない。だから、観測ヘリは砲撃効果の確認だけすればよい。

護衛艦は東から砲撃し、観測ヘリは南に距離をとって被害が及ばないようにした。着弾は、数秒間隔で島の上空至近距離で爆発する。観測ヘリの陸自パイロットは、富士の総合火力演習で親しんだ野砲より迫力のある艦砲の威力に驚いた。陸の野戦砲は、こないだまで一〇五ミリと一五五ミリ。今は一五五ミリに統一されたところだ。一二七ミリといえば、それに準じる口径だ。あんな大きな砲弾が、毎分四五発で発射できる対空弾というのだから海自は贅沢なものだ。

バッ、バッと砲弾が次々はじけて破片が四方八方に飛散する。下に飛んだ破片が島や建物に当たって、小さな爆発を無数に起こす。あの破片の一個ですら、重機関銃弾より威力があるだろう。建物には遠目にも確認できる穴がどんどん増えて行った。無数の弾片が短時間で島内にあられのように降り注いだ。

砲撃は二分で終了した。それでも十分すぎるほどの被害を与えたようで、砲撃終了と同時に白旗が上がった。もし、砲弾が対艦用だったら、一発で警備隊は全滅しただろう。対空用の破片弾だから、白旗を上げる生存者が残った。殲滅ではなく、降伏させる政治的効果を狙った結果だ。

観測ヘリから白旗確認の報告を受け、第二連隊長は、地上部隊の発進を命じた。「しもきた」からUH－60JA三機が発艦し、連隊本部と第一中隊第一小隊を運んだ。連隊長以下はわずかに無事に残った岸壁の端にファストロープを伝って降下、上陸した。岩とコンクリートの残骸の上を苦労して島の頂上に到達した連隊長は、穴だらけになった警備隊の建物から出て来た韓国警備隊生存者の降伏を受けた。

竹島は、日本の手に戻った。昭和二十七年（一九五二年）、国際法違反の李承晩ライン設定以来のことである。

竹島を奪還するのに、戦闘らしい戦闘はなかった。一方的な爆撃と砲撃、これで終わった。対空砲火も対艦ミサイルもなし。実弾射撃演習と変わらない。いままでこんな簡単なことを日本がしなかったのは、平和国家の看板のせいだ。その看板を下ろさせたのは、ほかならぬ韓国の対馬や五島への侵略である。寝た子を起こしたことを後悔しても、もう遅い。

竹島を攻略した日本は、韓国警備隊の生存者を収容した後、代わりに水陸機動団第二連隊から抽出した守備隊を置いた。連隊本部小隊の一部と第一中隊の一個小隊。指揮官は第一中隊長。狭いため兵力は約五〇名と韓国警備隊と大差はないが、装備は格段に強力である。まず、対空火器だ。航空自衛隊の航空優勢下にあるが、ゲリラ的経空攻撃に備えて、携帯式地対空誘導弾（携SAM）が配備された。水上からの攻撃には七九式対舟艇対戦車誘導弾（重MAT）と八七式対戦車誘導弾（中MAT）が準備されている。狭い島内での地上戦闘は、まず生起しないだろうが、あっても市街戦並みの至近距離での戦闘だろう。迫撃砲など重火器は不要で、小銃や軽機関銃で十分だ。

増援兵力は、第一中隊の主力が「しれとこ」に乗り組んだまま、隠岐近くの海上で待機している。第二、第三中隊は、第三連隊長の指揮下で五島に向けられているから、連隊本部と一中隊だけが竹島に向けられた兵力だ。ヘリなら一時間足らず、水上部隊が直接来援しても一〇時間とはかからない。補給も海空の経路が確保されている。

韓国が逆上陸を試みても、空からも海からも近づくことすらできまい。竹島周辺は、空も海も水中も、日本側の手にある。

竹島に翻った日章旗の写真が、日本のマスコミを賑わした。そして韓国のマスコミも。

十二月十五日　ソウル

竹島が日本に占領されたことは、韓国政府と韓国軍、そしてなによりも国民に大きな衝撃を与えた。衝撃の種類はそれぞれ違うが、大きいことは確かである。当然、奪還を主張する世論がマスコミにあふれた。日本の侵略を許すな、と激高した国民のデモや暴動が頻発し、日本大使館周辺は厳戒態勢が敷かれた。

韓国海兵隊が最初に対馬を侵略したことなど、とうに忘れ去られている。竹島奪還、が韓国軍の行動をまた縛り始める。海軍内の覚めた一部将校たちには、奪還の実現性どころか鬱陵島の喪失まで憂慮する声があったが、反発を恐れて公言されることはなかった。しかし、現実問題として、多数の韓国民間人が居住する鬱陵島が危機にさらされたことは、鬱陵島からの非公式情報で韓国内では周知の事実となりつつあった。

政府や軍は、あえて触れようとはしなかったが、鬱陵島から本土への私的通信が事実を伝えた。海上交通の途絶はすでに知られていたが、日本が鬱陵島に上陸してくる可能性が指摘され始めた。鬱陵島には韓国軍はいない。海兵一個連隊を送る計画はあったが、実現できずにいる。このままだと、鬱陵島に日本の小兵力が上陸しただけで、無血占領されてしまう危険性があるのだ。これは、まさに五島侵攻の裏返しである。日本に仕返しされることは当然予想しなければならないだろう。不安は拡大再生産され、鬱陵島はパニックに近い状態になった。

軍は、竹島の奪還に加えて、鬱陵島確保の課題を突き付けられた。鬱陵島に親族のある国民が、ソウルで暴動に近いデモを始めた。竹島を喪失したことの非難も加わって、その勢いは増しつつある。

青瓦台（大統領府）は、対日戦略の根本的な見直しを迫られた。冷遇されてきた国家情報院に出番が出てきた。

国家情報院は、開戦以来醒めた目で情勢を分析していた。冷遇された立場は、情報分析には却って好都合だった。水面下で日本からの情報も入っている。日韓の情報機関どうしのパイプは、細々と維持されてきた。日本は、必要最小限の武力行使しかしない、との確報が頼りだ。鬱陵島への進攻はない、と見ていい。しかし、竹島確保のために鬱陵島周辺海域の支配は続けるだろう。鬱陵島への生活物資の補給のめどは立たないままだ。解決策は、講和、つまり降伏である。それを国民に受け入れさせることは難問だが、政治家の仕事である。情報機関としては、冷静な情勢判断をすればいい。冷静な情勢判断は、誰が見ても明らかである。

補給が途絶えているのは、鬱陵島だけではない。対馬と五島の海兵隊も同様だ。幸いにも対馬と五島にはもっと多くの日本人民間人がいて、彼らの生活物資を横取りすれば生存は可能だ。しかし、自衛隊の逆上陸に対する備えは不安だ。日本人への被害を自衛隊が回避してくれることが、防御の要である。これは軍事的思考ではない。しかし、他に有効な手段はない。

韓国軍が島民の間に混在して、大規模な戦闘を回避していることは、逆の不安を生んでいる。日本側が小兵力、特に特殊部隊を韓国軍占領地域に浸透させてきた場合、有効な対策はないのだ。

日本は、ここ数年、陸上自衛隊を中心に特殊部隊を拡充させてきた。特殊作戦群の他、空挺団や水陸機動団などの精鋭部隊は、脅威である。日本側の作戦には地の利がある。九州からの距離や、海上、航空優勢など、部隊を送り込む条件は整っている。すでに、対馬、五島とも、一部の地域には敵部隊が進出済みである。島民たちも当然日本の軍事行動に協力すると考えねばなるまい。

韓国海兵隊は、戦闘部隊を島民の中に混在させることで安全を図っているが、特殊部隊の浸透という観点からは、まずい状況だ。かといって、島民と韓国軍を分離すれば、日本の攻撃の制約がなくなって、軍事的な危険は増す。判断は、軍事的な視点だけでなく、政治的な問題をはらんできた。

対馬、五島の状況は時間とともに悪化することは明らかである。やはりここは、独島（竹島）、鬱陵島方面の大規模作戦が要るだろう。海上自衛隊と航空自衛隊に痛撃を与えて独島（竹島）を奪還し、対馬、五島への補給を再開して現状を打開するほかない。でなければ、講和だ。それが無理なら、軍事的な無理をするしかあるまい。

以上の情勢判断は、青瓦台も合同参謀本部も同意した。海軍と空軍に出動命令が下った。全滅を賭しても決戦せよという命令だ。負けるなら全滅してからだ、と言わんばかりの常軌を逸した命令である。

合同参謀本部を始め、韓国軍は陸軍主体である。陸軍は一兵も損じていない。北朝鮮への備えを緩められない事情もあるが、軍種間の近親憎悪も一因である。北朝鮮相手にしては過剰な軍備をもつ海軍や空軍への嫉妬心が、決戦強要の背景にある。北朝鮮は、海軍も空軍も骨董品のような装備しかないので、陸軍が健在であれば何とかなると大統領に説明した。特に海軍は、密かに日本を仮想的にして建設してきた裏事情があるから、自業自得である。

空軍は、大邱基地を作戦拠点として、第一、第一一、第一六戦闘航空団及び第三八戦闘飛行隊の稼働機を準備した。Ｆ－15Ｋ一〇機、Ｆ－16二四機、Ｆ－４二二機、Ｆ－５三〇機、それと偵察機ＲＦ－４一機である。航空自衛隊西部航空方面隊の戦闘機兵力の数倍の機数である。航空自衛隊が、他の航空方面隊から増援しないと太刀打ちできまい。航空自衛隊の近代化を憂慮する良識は、質より量の大勢の前に発言力はなかった。

数に加えて前回の失敗に懲りたので、早期警戒管制機を無理して一機飛ばすことにした。半島上空から離れなければ、自衛隊機に攻撃されることはないだろう。戦闘機を護衛に付けることもできるし、地対空ミサイルで守ることもできる。

海軍は、釜山に艦隊を集結させた。潜水艦も鎮海から安全な釜山に進出させたから、対馬海峡で沈められることなく、東海（日本海）に出撃できる。

釜山に集められた艦隊は、駆逐艦四隻、フリゲート五隻、コルベット一一隻、ミサイル艇三隻、強襲揚陸艦一隻、潜水艦五隻などである。保有兵力に比べれば多いとはいえないが、稼働率の悪い韓国海軍としては、兵力の大半を投入した。

韓国軍の作戦計画がまた大きく変更されつつあったころ、日本側の作戦は予定どおり進捗していた。

松竹梅作戦のうち、主たる竹作戦、竹島奪還は成功し、付近の航空、海上優勢もわが手にある。付随的に鬱陵島の生存の危機が発生したことも、プラスである。日本は、韓国人が多数居住する鬱陵島を攻撃する計画はないが、韓国本土と鬱陵島の交通が途絶えているのは、韓国側の都合である。

韓国は、竹島奪回と鬱陵島への補給路確保のためには、大規模な海空戦を挑まねばならず、無理な兵力集中を準備中である。

支作戦の松、梅作戦、つまり対馬と五島奪還作戦も、徐々に準備が進んでいる。一方、補給路を断たれて孤立した韓国侵攻部隊の苦境は時間とともに、深刻さを加えているようだ。島民有志からの情報は、韓国軍の実情を詳細に伝えている。韓国部隊が、あえて島民を部隊の近傍に拘束していることが、情報収集に役立っている。対馬、五島出身の自衛官の中に、志願して情報収集に潜入した隊員も徐々に増加している。彼らと島民の情報活動を指導、統括するため、要員の派遣も準備中である。

情報活動は作戦の序章で、反撃のための部隊移動もこれに続いている。

対馬奪還の松作戦は、壱岐に進出した部隊の準備を推進中だが、下対馬での戦闘はまだ条件が整わない。島民と韓国軍分離のめどが立たないのである。対馬の韓国軍は兵力移動中に襲撃されたことに懲りて、島民の間に混在して動かない。

要するに、対馬の松作戦は、優勢な情勢で膠着しているといえるだろう。

十二月十五日　五島

一方、五島方面の梅作戦は、順調に進捗している。まず、中通島へ逆上陸が実施された。現地からの情報に基づき、韓国軍が展開していない北部と、東部に上陸して地歩を固めた。北は津和崎に上陸、細い地形の北部を県道二一八号線沿いに南下して、韓国軍が占領する奈摩郷の手前で停止、対峙した。この付近は狭いうえに険しい地形なので、県道を封鎖すれ

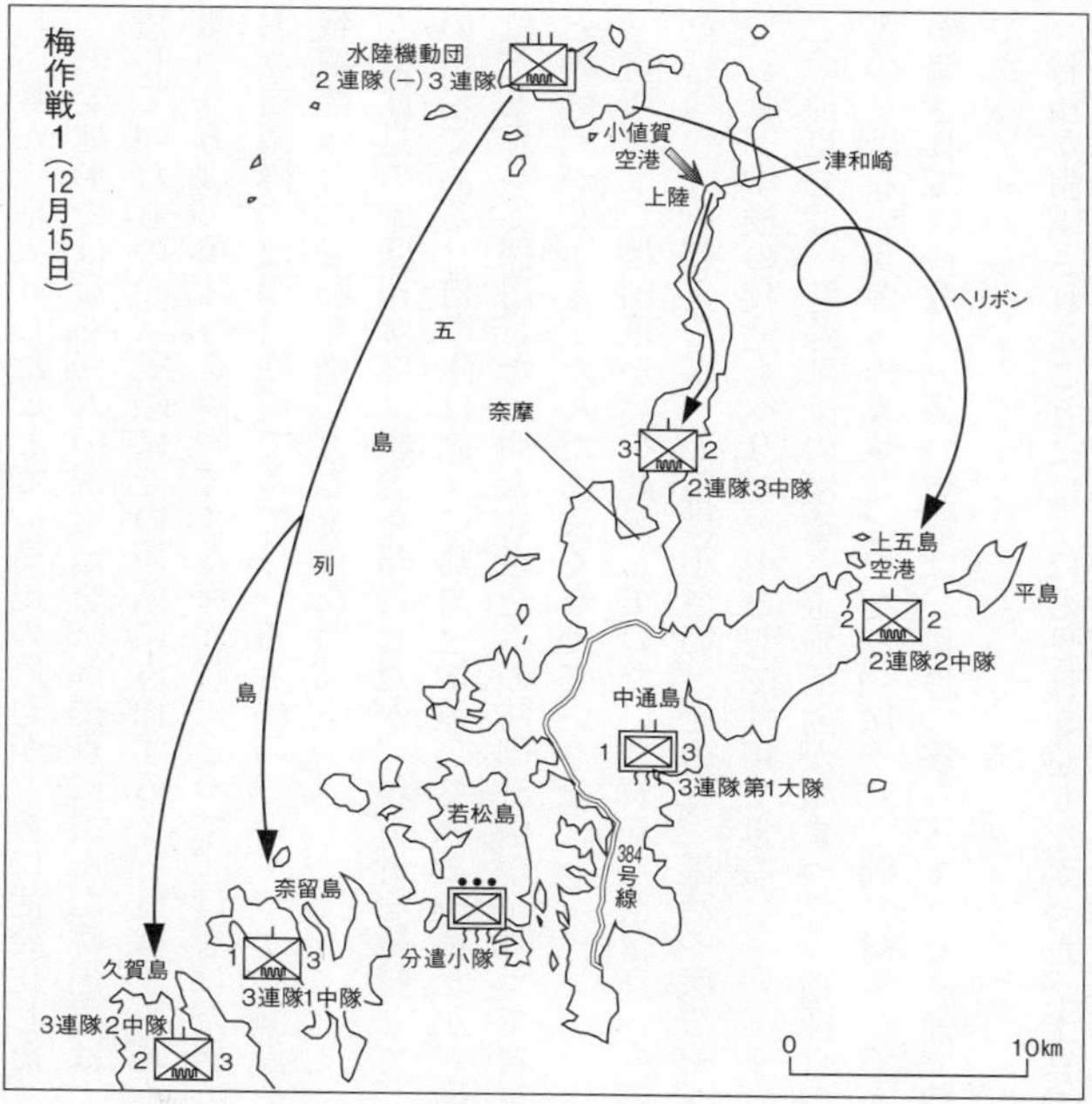

ば防御は容易である。

東は、頭ヶ島の上五島空港にヘリで進攻、橋を渡って中通島の友住地区までを確保した。空港にヘリ部隊が進出して、支援体制を強化した。機関銃を搭載した多用途ヘリＵＨ－１四機が、輸送と支援にあたる。

若松島は人口千数百、若松大橋で中通島と連結されている。若松島の海兵隊は約一個小隊。降伏勧告に応じなかったため、指揮官と通信手を狙撃したら、先任下士官が白旗を上げた。

いずれの方面も、島民は歓喜して自衛隊を歓迎した。

自衛隊が現地入りしたことで、島民の協力がさらに活発化した。

緊要地形ではなく、人口密集地を防御拠点に選んだ韓国軍は、漁港や空港を失うことは覚悟していたものの、実際にその事態に直面すると、危機感を募らせた。非戦闘員の陰に隠れるやり方は、勇猛さを誇ってきた海兵隊にとって、はなはだ居心地が悪い。確かに見込みどおり自衛隊の攻撃は回避できてはいるものの、いくつかの漁港や空港が無血占領されたのは、戦闘部隊として恥を感じざるを得ない。

福江島の師団司令部に状況を報告したが、現方針を維持して、民間人居住区から動くなとの指示である。自衛隊は徐々に兵力を増強している模様だが、出戦すれば被害を受ける。優位だと思って採用した民間人巻き込みの防御計画が、却って自軍を縛っているのではないか、との疑問が芽生え、だんだん強くなっていった。

自衛隊は、韓国軍が兵を配置していない久賀島、奈留島へも部隊を送った。奈留島は人口三〇〇〇人を超えるが、面積は小さい。その分、港湾や医療センターなどインフラが充実しており、学校の校庭もヘリパッドとして使用できる。

中通島では、特殊部隊の浸透と遊撃活動が始まった。指揮官や通信兵の狙撃、民間人に被害の及ばない兵舎への攻撃などである。徐々に、櫛の歯をひくように指揮官や将校、通信兵が倒されていった。一番の衝撃は、兵舎に撃ち込まれた擲弾で数十名が一挙に死傷した事件である。

将校が狙撃されることにはさほど恐怖を感じなかった下士官や兵が、自分たちもコマンド攻撃を受けると思い知らされて動揺が始まった。兵舎を出て島民の住居に侵入して身を隠す兵が続出し、指揮がとれなくなってきた。平時でも、同僚に実弾を乱射して逃亡する事件を起こす韓国兵である。士気は下がって、軍紀も乱れた。兵の所在が把握できなければ、指揮官は指揮を執れない。

中隊長や大隊の幕僚を失っても、奇跡的に無事だった大隊長だが、行動を迫られた。出戦を決意したのである。命令を受けた部下も生気を取り戻した。一方的に闇討ちを受ける恐怖には耐えられないが、堂々と野戦で戦うのは海兵隊としての本分だ。

この韓国軍の動きは、市街に潜入していた偵察員に捕捉され、報告された。

だいたい、防御部隊が出撃することは戦術上の誤りだ。航空支援も得られず、地の利、天の時、島民を含めた人の和がすべて欠けた最悪の行動である。それまで巧妙に防護されていた大隊長も、出撃するため所在を暴露してしまった。真っ先に狙撃の的となり、戦死した。大隊のほとんどの中隊や小隊は、すでに指揮官が倒されて、次席や三席の先任者が指揮していたから、大隊長の戦死で指揮系統が一気に乱れた。

韓国軍の主攻は、東の上五島空港に向けられていた。大隊長が狙撃されて出だしからつまずいた韓国部隊は、それでも進撃をつづけた。既定の方針で行くしかない。それに、敵の兵力は寡少だ。

寡少な自衛隊一個中隊は上五島空港の西、友住地区に防御線を張っていた。西と南からの進攻を阻止して、空港を守るためである。むろん、住民は空港へ避難させてある。友住地区に小銃小隊二個に対戦車小隊、橋と空港に小銃小隊、迫撃砲小隊、重迫撃砲小隊をおいて、中隊長は友住で指揮を執った。

韓国軍は西の赤尾と南の江ノ浜から分進してきた。二方向からの攻撃で一挙に友住の日本防衛線を突破して、そのまま上五島空港へ向かうのが、韓国の計画だったが。

まず、南の江ノ浜から北上する道路上に縦隊で進む韓国中隊が悲劇に見舞われた。五島の南には、佐世保の第一三護衛隊の「じんつう」が哨戒中であった。陸自部隊から韓国軍の移動が通報されていたから、「じんつう」は海上での哨戒を一時中断し、中通島の沖数キロに接近していた。地上からは平島の陰になって艦影は見えないから、韓国軍は海上の脅威には気づかなかった。

陸自が、江ノ浜から韓国軍の縦隊が出発、北上し始めたことを通報した。これは、平島の島陰から出た「じんつう」からも確認できた。陸上からは、刻々と詳報が届く。韓国軍は装甲車を先頭に約一個中隊が北上中であり、付近に島民はいないことが通報された。砲撃依頼もだ。

「じんつう」は小型の沿岸防備型の護衛艦で、備砲は七六ミリにすぎない。しかし六二口径の長砲身の自動砲で、射程は十数キロ、それが五、六キロの沖合から直接照準で砲撃を加えた。射距離がこの距離では、命中率は格段に高く、ほぼ命中する。目標は数百メートルに伸びた縦隊だから、狙いはさらに楽である。近くに民家はないから「じんつう」の砲撃は遠慮がなかった。

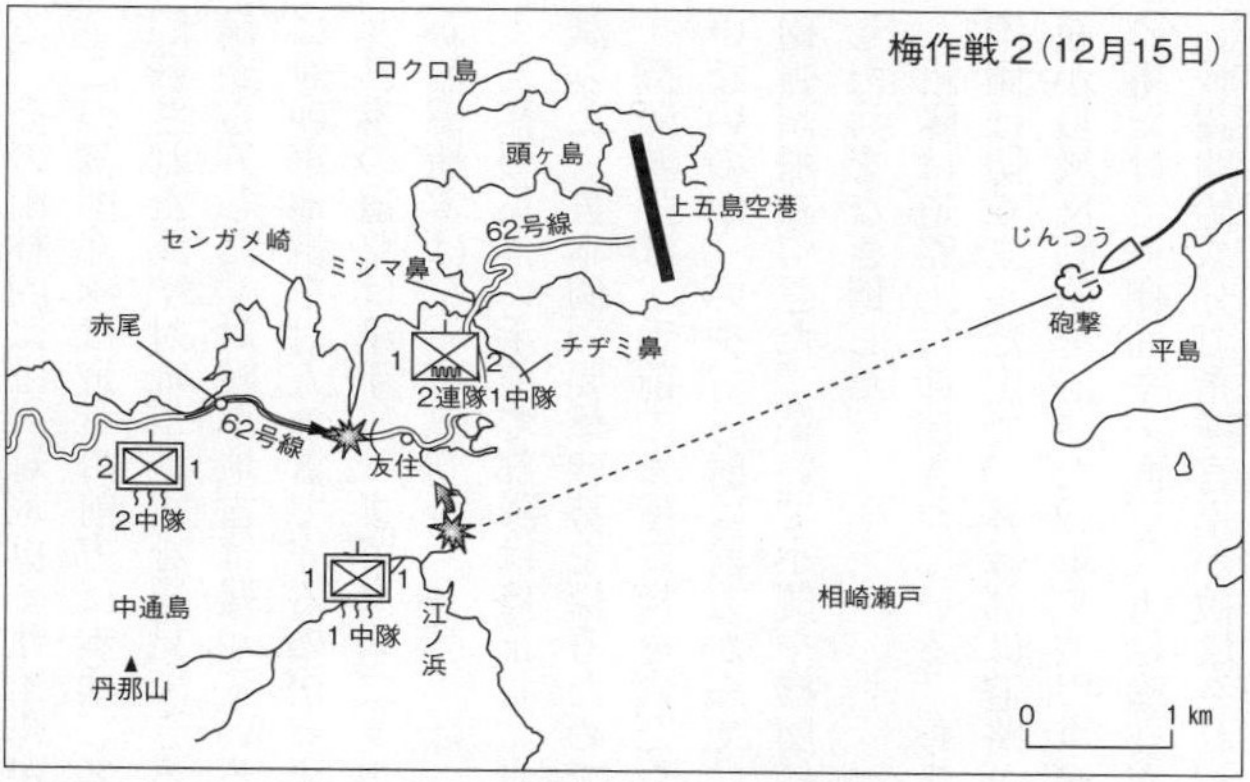

なにしろ、毎秒一発以上の高速射撃である。その上、精度は陸上の野砲の比ではない。マッハで飛ぶ高速のミサイルを射撃するために装備された自動砲は、止まっているに等しい地上部隊の目標の射撃は訓練より楽である。韓国軍は不意を突かれた。道路上の装甲車両への備えはあったものの、海上遥かな護衛艦には対抗手段はない。

初弾から命中弾が出た。まず、縦隊の先頭を走っていた装甲車が粉々になり、次に縦隊の後尾が直撃弾を受けた。これで、海岸沿いの道路に暴露したまま、韓国部隊は進退窮まった。七六ミリ砲は、砲としては小口径だが、軽装甲や非装甲車両、兵員に対しては十分すぎる威力を発揮した。この中隊は、数分で壊滅した。まさに、あっという間の出来事である。

赤尾地区からの一個中隊は、戦車を先頭に進んできた。赤尾から友住までの道路は、海上からはほとんど見えない。その代わり両側は山林に囲まれている。その山林内には、対戦車ミサイルが待ち構えていた。

この韓国部隊は戦車の前方に歩兵二名を出していた。路上や山林を警戒するためであろう。隠蔽された罠や対戦車地雷を発見できるかもしれない。日本は愚かな政治家が対人地雷を装備から外した。対戦車地雷は残っているが、歩兵が慎重に前進すれば発見できる。そのために対戦車地雷を対人地雷で守るのがセオリーだが、それができないのだ。

日本の道路は津々浦々までアスファルト舗装がいきわたっており、路面の異常は簡単にわかる。地雷はない。

友住の集落の手前で部隊は停止し、歩兵が慎重に前進しつつ、戦車の機関銃が探索射撃を試みた。日本側の要撃態勢を探るためである。

機関銃弾は、手前の家屋二棟を穴だらけにしたが、日本側からの応射はなかった。敵は、いないのか。いや、応射は前方からではなく、側面から来た。それも銃弾ではなく、無反動砲弾が飛んできた。続いて小銃や機関銃が火を噴いて、路上の歩兵や装甲車外に身を乗り出した兵をなぎ倒した。

縦隊は道路上に伸びきっている。むろん戦闘行動だから警戒はしている。しかし、道路の両側は切り立った山で、林縁部は道路ギリギリまで迫って、視界は効かない。至近距離の側面から無反動砲を浴びた戦車や装甲車が次々と爆発炎上した。戦車の装甲も厚いのは前面や砲塔だけで、側面や上面、後方は脆弱だ。そこに八四ミリ対戦車榴弾が撃ち込まれた。

戦闘開始二分で指揮官車が破壊され、頼みの戦車や装甲車が燃え上がったのを見た韓国兵は戦意を喪失した。敵が見えない状況で、一方的に撃たれては仕方があるまい。武器を捨てて手を挙げる海兵が一名出ると、すぐにそれに倣う者が続出した。自衛隊は、無抵抗な相手を殺傷することはしないから、すぐに銃火が収まった。

この戦闘でも、韓国軍は壊滅し、自衛隊の被害は皆無である。

自衛隊の特殊作戦のために、韓国軍の被害は少しずつ累積していた。そこに二個中隊が消滅する打撃を受けたのである。中通島の韓国軍の士気は落ちるところまで落ちた。一方的に叩かれて打つ手がなく、出撃した部隊は全滅である。この事態で活路を見出すのは無理というものだ。残存部隊は、港のある有川地区に集まった。指揮官が集結を命じた、というより、自然に集まってきたのが実態だ。残存兵力は一個中隊強。最先任者は、大隊本部の少佐で、一応軍隊の建制は生きているから、名目上は勝手な行動ではない。小部隊の臨時指揮官たちは上官に具申し、報告して移動したのだが、それを拒絶できないほど統制は緩んだ。人口の多い地区に紛れ込んでおかないと、危険だということは知れ渡っている。

崩壊をおそれた師団長は、重装備を放棄しての撤収を命じた。接収した大小の船舶に載った韓国兵は、港から福江島に逃れた。撤収前の混乱期に、島民への略奪暴行の兆候が出始めた。戦闘被害を考慮して島民居住区への前進を控えていた自衛隊だったが、島民を守らねばならない。若松島と上五島空港の部隊は連携して有川に急行した。すでに有川に潜入していた数名の特殊部隊は、主力到着まで、所在暴露の危険を冒して島民保護の戦闘を開始した。数で優る韓国兵に危害を与えようとする韓国兵を発見したら、個別に狙撃して排除した。数で優る韓国兵がその気になれば圧倒されるが、逃げることに必死の韓国兵は、組織的に戦闘する余裕はなかった。組織的に行動できれば、軍紀違反の民間人への犯罪行為はないはずだ。

何人かの島民を救った頃、駆け付けた部隊が姿を見せた。これで、逃げ遅れた韓国兵は降伏した。

若松島に続いて、中通島も奪還された。五島で韓国軍が居るのは福江島だけになった。他の諸島に進出した第三連隊は、陸自航空部隊や海上自衛隊の支援を受けて、福江に潜入、特殊作戦を継続した。襲撃、破壊、狙撃などで、韓国将兵や装備を精密攻撃して、士気と戦力を低下させる効果を上げている。

十二月二十三日

対馬と、五島での自衛隊の反撃が一定の成果を上げつつあるが、決着をつけないと、戦争は終わらないだろう。

韓国としては日本海で海上自衛隊を撃滅して海上優勢を確保し、竹島を奪還、鬱陵島への補給路を再開する。そして、対馬、五島の海兵隊への兵站線も再開する、のが狙いである。狙いと言うよりは、実現せねばならない課題である。

日本側は、韓国海軍と空軍を撃滅して日韓戦の決着をつけ、対馬、五島から韓国海兵隊を駆逐し、竹島の帰属を本来の姿に戻す、ことが戦略目的である。

両軍が一致して目指すのは、決戦、である。しかし、戦争は碁や将棋ではない。条件を整えて、自軍に有利な態勢で行動せねばならない。韓国海軍は釜山に艦隊を集結させ、空軍は大邱に作戦機を準備している。それでも、海上自衛隊や航空自衛隊に対抗するには不安がある。戦力とは量より質である。

韓国海軍は、質だけでなく量においても海上自衛隊に劣っている。空軍は量だけは揃っているが、戦闘機の質やパイロットの技量、指揮通信のネットワークなど総合的な戦力で劣勢が否めない。だが、大統領や国民はそんなことを斟酌せずに、戦わない陸軍とともに海軍空軍に決戦を強要している。

韓国軍の態勢は、

海軍（指揮官　第一艦隊司令官）
駆逐艦四隻（ＤＤＧ「栗谷李珥」「広開土大王」「揚万春」、ＤＤＨ「文武大王」）
フリゲート五隻（「全南」「馬山」「慶北」「済州」「全州」）
コルベット一一隻（「鎮海」「城南」「富川」「堤革」「東草」「栄州」「南原」「光明」「申城」「光州」「ソウル」）
ミサイル艇三隻（「韓相国」「徐厚源」「朴東赫」）
強襲揚陸艦一隻（「独島」）
空軍（指揮官　南部戦闘司令官）
第一、第十一、第十六戦闘航空団及び第三八戦闘飛行隊

稼働機は、F-15K一〇機、F-16二四機、F-4二二機、F-5三〇機、RF-4一機

日本側も、韓国軍の動静に対応している。松竹梅作戦の部隊編成は、海空決戦に備えて、再編成された。機動運用する護衛隊群と固定翼哨戒機、潜水艦で決戦兵力を構成した。従来の海上作戦、対馬、五島周辺海域の海上優勢維持は、地方配備の第一一〜一五護衛隊を充て、これに大村の第二二航空群の哨戒ヘリが協同する。

決戦のための機動兵力は、次のとおりである。

総指揮官　自衛艦隊司令官

海上自衛隊

水上部隊（指揮官　護衛艦隊司令官）

第一護衛隊群七隻（「ひゅうが」「むらさめ」「いかづち」「こんごう」「あけぼの」「ありあけ」「あきづき」）

第二護衛隊群六隻（「あしがら」「はるさめ」「あまぎり」「ちょうかい」「てるづき」「おおなみ」）

第三護衛隊群六隻（「あたご」「まきなみ」「すずなみ」「みょうこう」「ゆうだち」「ふゆづき」）

第四護衛隊群六隻（「いせ」「はたかぜ」「さみだれ」「きりしま」「きりさめ」「いなづま」）

計二五隻、稼働率七八パーセント。予算不足の中で維持整備に努力してきた成果が今活かされる。このほか、哨戒ヘリSH－60Kが二四機搭載されている。

第一ミサイル艇隊二隻（「わかたか」「くまたか」）

第二ミサイル艇隊二隻（「はやぶさ」「うみたか」）

第三ミサイル艇隊二隻（「おおたか」「しらたか」）

第一輸送隊一隻（「しもきた」）

航空部隊（指揮官　航空集団司令官）

第一航空群（鹿屋）P－3C一二機

第四航空群（厚木）P－1・P－3C八機

第二二航空群（大村）SH－60J八機

第三一航空群（岩国）OP－3C・EP－3二機

潜水艦部隊（指揮官　潜水艦隊司令官）

「うんりゅう」「たかしお」

航空自衛隊（指揮官　西部航空方面隊司令官）
第五航空団（新田原）Ｆ－４ＥＪ／改一〇機
第八航空団（築城）Ｆ－15Ｊ／ＤＪ一一機、Ｆ－２一二機
総隊直轄部隊の一部　ＲＦ－４Ｅ二機、Ｅ－767二機、ＫＣ－767一機

十二月二十四日　日本海

東経一三〇度を境界として、東に「うんりゅう」、西に「たかしお」が哨戒中である。釜山から出てくる韓国艦隊を二重の網にかけるためだ。この付近は水深が二〇〇メートルより浅い大陸棚で、海底もほぼ平らな地形だ。敵味方の潜水艦が、性能一杯潜航できるところではない。

比較的狭い海域に、味方の水上、航空部隊が行動するため、水域管理は異例の方式をとった。通常は、潜水艦と航空、水上部隊の行動海域は地理的に分離する。探知した水中目標が敵か味方かわからないからだ。それを今回採用すると、潜水艦が使えなくなる。だから、潜水艦隊の発案で、敵味方識別の全責任は潜水艦側が負うことにした。護衛艦や哨戒機は、探知した水中目標の敵味方識別をすることなく、自由に攻撃することができるとした。

潜水艦には甚だ危険な取り決めだ。ただ実際問題としては、それほどの危険はない。潜水艦側は、水上や空中の状況は把握できる。水上艦の敵味方識別はいろんな情報で可能である。そして万が一、味方に探知されて攻撃されそうになったとしても、その時は浮上すればすむ。

それに加えて、潜水艦は極力西で、水上部隊はできるだけ東で行動する予定だ。

佐世保から出撃した第一、第二護衛隊群一三隻は、「ひゅうが」に将旗を揚げている護衛艦隊司令官が率いて、壱岐の南に待機している。そのうち第二護衛隊の三隻は、「しもきた」と合流すべく、博多沖に向かった。

舞鶴を出た第三、第四護衛隊群の一二隻は、先任の第三護衛隊群司令の指揮で、隠岐の南にある。

大湊、舞鶴、佐世保から集結したミサイル艇六隻は、第一ミサイル艇隊司令の指揮下で、萩沖の見島の島陰に待機している。

韓国艦隊が出撃し、竹島へ向かえば第三、第四護衛隊群とミサイル艇六隻が南からミサイル攻撃を見舞う。竹島に向かわず、対馬海峡周辺あるいは東シナ海で行動すれば、潜水艦と第一、第二護衛隊群が相手をする。それと、空自も出撃できる。

哨戒機P－1一機が、厚木から日本海西部を監視するため飛行中だ。韓国軍への挑発を兼ねた海域監視である。

空自は、早期警戒管制機E－767を響灘上空に飛ばして、朝鮮半島南部と対馬海峡両側、つまり東シナ海東部と日本海西部を監視している。

築城のF－15Jが二機、CAP（戦闘空中哨戒）で飛行中で、これに給油機KC－767が協力している。さらに、築城にも緊急発進に備えて四機が待機中だ。

以上のように、日本側は海上・航空自衛隊が緊密に連携して、敵の出撃に備えている。待機の時間を節約し、敵の動きを誘導するために、囮を出した。これで作戦の主導権をとれるだろう。

〇七：〇〇　博多港を「しもきた」が出港し、朝鮮半島の東を竹島に向かった。これに、第二護衛隊群第二護衛隊の三隻（「あしがら」「はるさめ」「あまぎり」）が合流し、護衛に付いた。この「しもきた」の行動は、日本政府によって内外に公表された。日本に復帰した竹島を整備するため、建設機材や公務員などを運ぶ、とされている。護衛兵力は、むろん伏せてある。韓国としては、座視できまい。日本の誘導で、決戦が幕を開けた。

日本政府の発表に激怒した青瓦台は、合同参謀本部に「しもきた」の竹島行阻止を命じた。復帰した竹島を整備するために、建築資材を積んだ輸送艦を、博多から出すという。舞鶴からではなく、九州から韓半島の目前を通過するのは、許しがたい挑発行為、に見えた。思う壺である。

合同参謀本部は、大統領の命令を海軍と空軍に伝えた。海軍も空軍も独自に作戦を計画中だったが、命令とあれば仕方がない。策定した計画を放棄して出撃準備に入った。「しもきた」が竹島に着く前に、これを撃沈せねばならない。主導権のない作戦は、先制や集中を欠くことになる。

正午、「しもきた」が竹島の二〇〇度（ほぼ南西）一三〇マイル（約二四〇キロ）にあることが分かった。釜山の東八六マイル（約一六〇キロ）、目と鼻の先である。

一二：一〇　大邱の戦闘機が発進した。F－15K四機　F－16一〇機である。護衛が付いている可能性もあるが、要はLST一隻を撃破すればすむ。

一二：一五　釜山からミサイル艇三隻が出港し、駆逐艦「栗谷李珥」、フリゲート「全南」「馬山」、コルベット「鎮海」「城南」も出港準備が整った。さらに、後続部隊も出撃の指示が出された。

空自E－767は、大邱を韓国空軍機が離陸した瞬間にそれを探知、釜山のミサイル艇も出港を捕捉した。その情報は、西空、航空総隊とともに自衛艦隊や現場の護衛艦隊にも届けられた。

壱岐の島陰に待機していた第一、第二護衛隊群は、第二護衛隊を分離して一〇隻となり、対馬海峡東口に向かって北上していた。護衛艦一〇隻のうち、「こんごう」と「ちょうかい」はイージス艦であり、射程数十キロのSM－2対空ミサイルを数十発同時に誘導できる。

一二：一五　「こんごう」「ちょうかい」のSPY－1フェーズドアレイレーダーに、一四の航空目標が探知された。距離約五〇キロ。高度約八〇〇〇メートルで東に向かっている。数分で「しもきた」上空だ。囮を守らねばならない。

二隻のイージス艦にとって、高高度を横切っていく十数機の戦闘機は、訓練標的に等しい。

攻撃が令された。

「SAM攻撃始め」

二隻のVLS（垂直発射機）から次々と対空ミサイルが飛び出していった。明るいオレンジ色の炎を引きながら、白煙を残して一四発のミサイルがまっすぐ上昇し、それから水平飛行に移って北の空へ消えた。五〇キロも離れては、命中は見えない。

韓国空軍機の全滅は、E－767と各護衛艦のレーダー画面で分かった。ほぼ同時に、レーダーの輝点が消滅したからだ。

味方の空軍機が全滅したことを知らないまま、韓国ミサイル艇三隻は東に向かっていた。基準排水量四四〇トン、海星SSM八発を装備するから、三隻で二四発の艦対艦ミサイルを持っている。射程は十分だが、目標の正確な位置を知る術がないため、出撃前の情報に基づいた推定位置に発射した。一二：四〇のことである。

海星ミサイルは韓国独自で開発した艦対艦ミサイルで公称射程一五〇キロだが、試験は七〇キロ程度とされる。中間誘導は慣性航法とGPS、終末段階はアクティブレーダーホーミングである。燃料漏れなどの問題もあるとされるが、ともかく発射された。ミサイルを発射したら用はない。戦果確認は上級司令部に任せ、ミサイル艇三隻は釜山に帰投した。

一二：四二　「しもきた」と護衛についていた第二護衛隊は、E－767からミサイル攻撃を通報された。すぐに各艦の電波探知機もミサイルのレーダー波を探知した。

個艦防空能力の乏しい「しもきた」には、特別な配慮がされている。「しもきた」には固

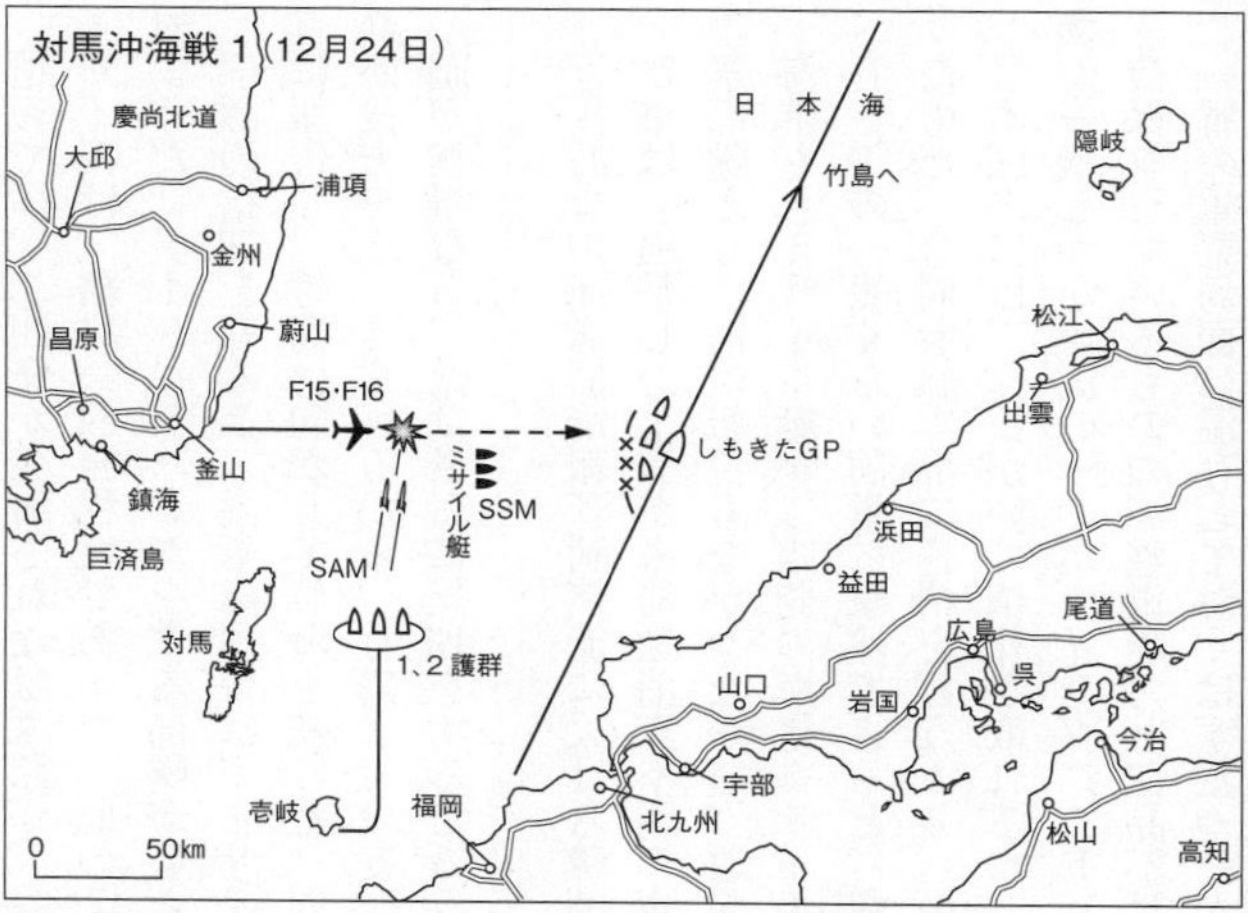

対馬沖海戦１（12月24日）

有装備として二基のＣＩＷＳが積んである。これに加えて広いヘリ甲板には、陸上自衛隊の九三式近距離地対空誘導弾（近ＳＡＭ）を搭載した高機動車が六両並んでいる。さらに八一式短距離地対空誘導弾を積んだトラックが六両、ずらりと配置についた。四師団と八師団から地対空ミサイルを抽出してくれたのは、西部方面総監の配慮である。

　間もなく、水平線上に白煙を引いたミサイルが見えた。「しもきた」に臨時配属されている第八高射特科大隊長が　対空戦闘の指揮を執った。

　しかし、「しもきた」に向かってくるミサイルはほとんどなく、第二護衛隊の護衛艦がほとんど撃墜してしまった。二発だけが、「しもきた」に向かってきたが、数十発の近距離、短距離ミサイルの迎撃に遭って、空中で爆発して終わった。

情報では、二四発が発射されたはずだが、「しもきた」グループに向かってきた敵の海星ミサイルは、結局一四発程度であった。他のミサイルは、こちらを探知できずに無駄になったようだ。ターゲッティングをする部隊がいないまま、不正確な攻撃をした結果であろう。

部隊の指揮を執る第二護衛隊司令は、ミサイル攻撃を受けたが被害なし、を護衛艦隊司令官に報告し、竹島に向かって航海を続けた。間もなく、隠岐から出てくる第三、第四護衛隊群が後方を守ってくれるから、竹島までは安全だ。

囮が無事なら、敵はさらに無理をするだろう。


近代的な指揮通信情報管制機能に欠ける韓国軍は、状況把握に手間取った。

空軍は、出撃した全機が未帰還消息不明の事態を、全機喪失と判断せざるを得なかった。攻撃部隊からは何の報告もなかったから、攻撃成果すら不明である。

海軍も「ミサイル艇が二四発の海星ミサイルを発射したが、戦果不明」以上の情報はない。LSTの一隻くらい簡単に撃沈できると、粗雑な計画で攻撃部隊を出したことが間違いだったのだ。合同参謀本部に苦情を言うより、敵情を正確に知らねばならない。

日本国内には工作員がいて情報が取れるが、戦場情報は得られない。やむを得ない、稼働機が一機しかない虎の子のボーイング737ＡＥＷ&Ｃ（早期警戒管制機）を飛ばすことにした。三機保有しているものの、整備能力と部品不足で、何とか飛べるのは一機だけ。だから、ここ一番の重要局面に温存しておくはずだったが、背に腹は代えられない。それも、あまり半島から離れると、航空自衛隊の餌食になってしまうから、半島上空を飛行するしかない。

それでも、対馬海峡東方の状況は把握できた。

日本の哨戒機が一機、半島の東を飛行しているほか、九州沖に早期警戒管制機が戦闘機二機とともに飛行中である。水上目標は、商船や漁船と識別が難しいが、おおむね三群の軍艦が行動中と判断される。合計二十数隻である。

これを知った韓国海軍は動揺した。釜山に集めた戦闘艦はコルベットを含めて二〇隻。少数の駆逐艦は自衛隊の護衛艦に対抗できるだろうが、フリゲートやコルベットでは太刀打ちできない。

兵力で八割の劣勢、質ならば戦力比は半分にもなるまい。敵が合流する前に、各個撃破すべきである。

出港準備が整った五隻をとりあえず出撃させ、後続部隊の出港準備を急いだ。

一三：〇〇、駆逐艦「栗谷李珥」、フリゲート「全南」「馬山」、コルベット「鎮海」「城南」が出港した。約一時間後、駆逐艦「広開土大王」「文武大王」、フリゲート「慶北」、コルベット「富川」「堤革」がその後を追った。

一四：三〇頃、釜山の沖で合流した韓国艦隊一〇隻は、壱岐の陰から出現した護衛艦の攻撃に向かうことにした。空軍機と協同すれば、対等以上の勝負が挑めるだろう。

足の遅い潜水艦は間に合わないし、敵味方識別が面倒だから、別に作戦させるしかない。前もって潜水艦だけでも出撃させておけばよかったが、作戦計画ができていなかった。

釜山の沖合で哨戒中の「たかしお」は、西方約一〇マイル（約一九キロ）で集結中の韓国艦隊を捕捉していた。対馬海流に逆らって低速で哨戒しているから、地理的位置はほぼ不動である。

韓国艦隊は、陣形を整えるために右往左往しているようで、ほぼ団子状態である。二流海軍にとって、二桁の軍艦が一糸乱れず陣形を組むことは至難だ。そんな訓練も積んではいまい。今なら、濡れ手に粟の雷撃ができる。

「たかしお」は、集団に向かって無誘導で魚雷を四本発射した。あと二本は、じっくりと誘導して発射する予定だ。

腰だめで撃った魚雷だが、四本中三本が命中して水柱を上げた。無誘導とはいえ、魚雷自身はホーミングをするから、敵の方向に撃っておけば魚雷に任せておけるのだ。

残りは七隻。大物を狙いたいが、そうはうまくいかない。水中爆発でかき乱されたため、ソーナーは七隻の敵を正確に捕捉できないのだ。やむを得ず、潜望鏡で見える一番手前のマストに魚雷を発射した。潜望鏡の方位で魚雷を有線誘導するのだ。

空軍の出撃を待って、協同攻撃をすべく態勢を整えつつあった韓国艦隊だが。

一四：三五、隊形を整えるべく整頓中、いきなり三隻が水中爆発に見舞われた。「馬山」「鎮海」「城南」である。いずれも、東側にいた艦だったので、雷撃した潜水艦は東にいるものと思われた。

西へ避退しようとしたところ、「栗谷李珥」が爆発した。これで、先行した五隻は「全南」を残して全滅した。

海上自衛隊や欧米海軍に留学した一部の士官の不安が的中した。近代海軍は、出撃も慎重なのだ。Port Break Outという戦術行動で、港外の危険に対して警戒部隊を出して安全を確保し、それから外洋に向けて出撃する。危険とは一に機雷、二に潜水艦だ。最近では自爆攻撃や特殊部隊の襲撃も加わった。

掃海はもちろん、対潜掃討すらやらずに出て来た粗雑さが、高いツケを払う結果になった。海上でミサイルや砲を撃つだけが海戦と考えてきた韓国海軍は、地道で複雑な近代戦の厳しさを知った。

残り六隻で、新型艦を揃えた海上自衛隊の一〇隻に挑戦するかどうか。報告を受けた第一艦隊司令官は、帰投を命じた。戦力になるのは駆逐艦二隻のみだろうし、それを失ったら韓国海軍は、三流国に落ちてしまう。時間をかければ一六隻が揃うが、その頃には敵の数はさらに増えて、戦力差はもっと開く。

代わりに、空軍が出動することになった。戦闘機主体の空軍は、勇猛果敢な体質を持つ。F－15K五機、F－16一二機、F－4二〇機、F－5二〇機が出撃準備に入った。これだけ異種多数の作戦指揮は韓国空軍の早期警戒管制機の手に余る。数波に分かれた波状攻撃をすることになった。第一波は、F－4二〇機。二波にF－16一二機が続く。

馴染んできた空対空戦闘ではなく、敵の軍艦を相手の管制作業に、ボーイング737AEW&Cの機内は多忙を極めていた。東から接近する一二隻の艦隊は探知していたものの、攻撃対象ではないのでモニターするのみである。

離陸した後、半島東岸上空で編隊を組んだ第一波二〇機から攻撃対象までは一八〇度七〇マイル（一三〇キロ）。低空で接近するため戦闘機の機上レーダーでは捕捉できない。ぎりぎりまで管制機が誘導せねばならないだろう。

空自のE－767は、大邱を離陸して半島東岸で編隊を組む韓国機を捕捉していた。空中給油が終わったばかりのCAP二機と築城から緊急発進してきた四機をこれに向かわせた。状況は、海上自衛隊にもリアルタイムで伝わっている。

F－15J六機は、九九式空対空誘導弾（AAM－4）を二発ずつ発射した。重量二二〇キログラム、マッハ四以上、終末誘導はアクティブレーダーホーミング（ARH）だが、途中は慣性・指令誘導なので複数目標へ同時攻撃ができるうえ、敵のミサイル警報にかからないという優れものである。

約一〇〇キロの距離で発射した。射程が長いから、韓国軍の意表をつくだろう。欧米では最新のAIM－120AMRAAMも、射程は七〇キロ程度だが、国産の九九式はそれをはるかに凌ぐ。

韓国ＡＥＷ＆Ｃは、南からＦ－４編隊に接近する六機の機影を捉えて、編隊に警告した。

Ｆ－４の編隊を指揮するのは、第一一〇戦闘飛行隊長羅中領である。対馬に近いとはいえ、まだ韓国領空だ。航空自衛隊の積極的な姿勢には驚かされる。それに、わずか六機である。編隊全機に注意喚起とミサイル警報、デコイなどの確認を命じた。

ところが、警報が鳴らないまま、周囲の僚機が相次いで爆発した。空対空ミサイルは近接信管で爆発するが、このミサイルの多くは、直撃してきた。恐るべき性能だ。近接信管で爆発するときも、全周に破片をばらまくのではなく、探知した方向に向けて弾頭が爆発するとみえ、破壊効果は恐るべきものがある。だから、撃墜された一二機で脱出できた機はない。

羅中領機以下八機は、第二波の到着を待った。Ｆ－４は航続力に優れた機体だから、二波のＦ－16一二機と合流するまで待機する余裕はあった。

一五：〇〇　合流して二〇機になった韓国空軍機は、ＡＥＷ＆Ｃの管制を受けて護衛艦の攻撃に向かった。ほんの二、三時間前にＦ－15とＦ－16の編隊を撃墜した相手であることは知らないままだ。

この攻撃を支援するため、Ｆ－５の一二機編隊も出撃させた。陽動のため、半島東方に迂回させて、日本艦隊を北東方向から攻撃する。旧式のＦ－５に高度をとらせて、日本艦隊を牽制する。Ｆ－５の編隊が日本艦隊に到達する前に、北から低空でＦ－４とＦ－16の編隊が殺到する計画だ。

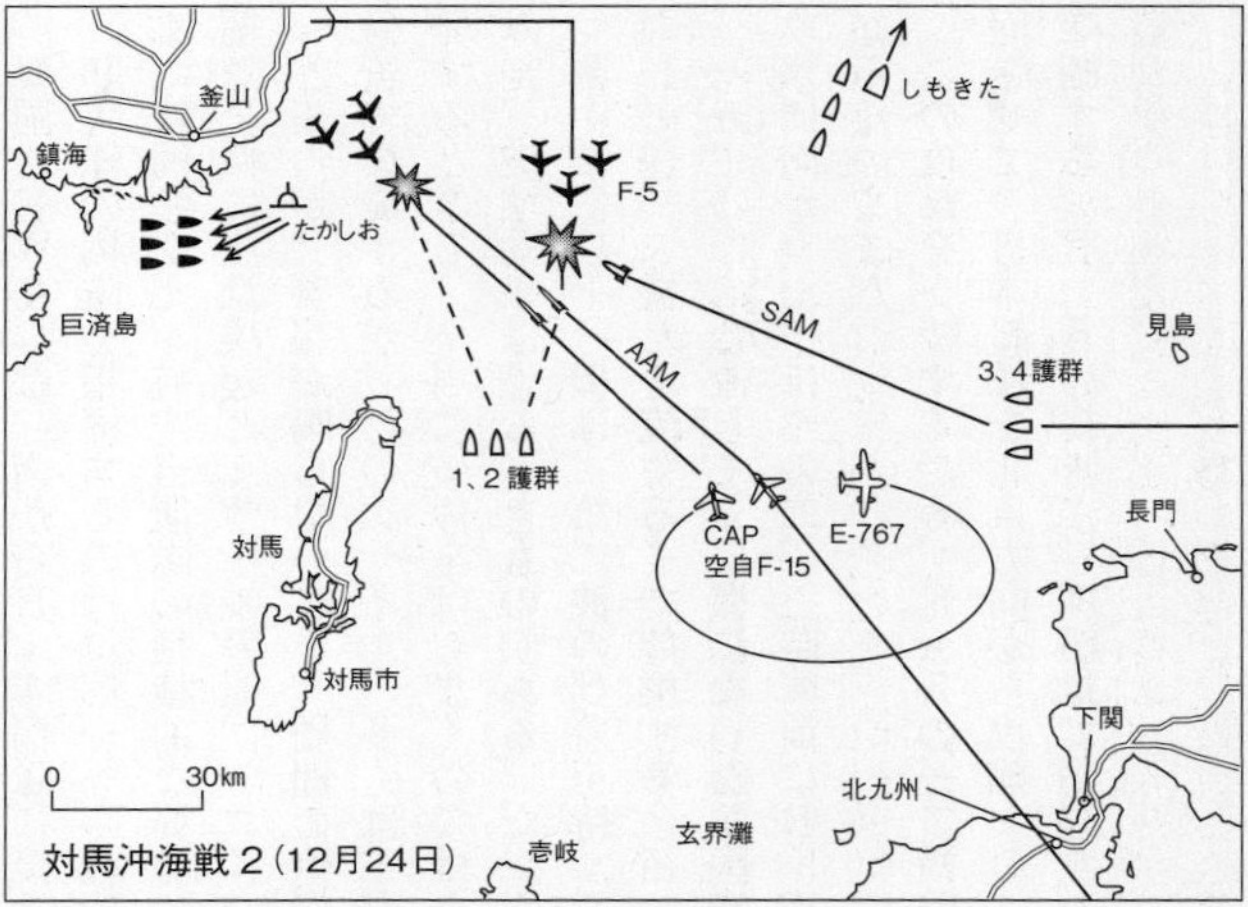

対馬沖海戦２（12月24日）

この韓国空軍の陽動戦術は、Ｅ－767で監視している日本側には筒抜けである。対馬付近にある第一、第二護衛隊群の一〇隻は、北から低空で接近する二〇機に備え、対空戦闘用意を整えていた。

隠岐から向かってきた第三、第四護衛隊群も一〇〇キロ西方に、Ｆ－５の編隊を捕捉していた。一二隻のうち「あたご」「みょうこう」「きりしま」の三隻がイージス艦である。一二機を撃墜するには一隻で十分だから、「きりしま」のみが対応した。

旧式の小型機Ｆ－５は、友軍のミサイル攻撃にタイミングを合わせて爆撃をするのであろう。三トン以上の爆弾を搭載できるが、無誘導爆弾のみだからいくらも効果はあるまい。第一、第二護衛隊群だけでも対処可能であるが、射程内の目標を見逃す手はない。第三護衛隊群司令は、護衛艦隊司令官に報告して、

「きりしま」に攻撃を命じた。

護衛艦隊司令官が、報告に了解したころ、F－5編隊一二機は消滅していた。

第二波のF－4、F－16の二〇機も、同じ運命をたどった。

竹島沖で日本に決戦を挑むつもりだった韓国軍は、玄関先の対馬海峡で海軍も空軍も壊滅的被害を受けた。囮の「しもきた」に釣り出され、海軍も空軍も兵力の逐次投入の愚を犯して、各個撃破されてしまった。もっとも、全力を挙げたとしても、近代化に差がある日韓の海空軍戦力だから、結果は変わらなかっただろう。

この情勢を見た北朝鮮は、挑発を画策することにした。情勢が自国にとって有利か不利かを冷静に見極めることなく、苦境にある韓国軍に対して比較優位のチャンスに飛びついた。

板門店付近の軍事境界線の数ヵ所で、韓国警備兵を挑発したことを皮切りに、黄海の北方限界線でも北朝鮮海軍が、延坪島近海で韓国哨戒艇に発砲した。韓国側の反応を見て、次の段階での行動を判断しようとするものだ。紛争は拡大するだろう。下手をすれば、第二次朝鮮戦争になる。

この事態に、ついに米国が動いた。日韓戦を内心歓迎していたロシアや中国も、朝鮮戦争の再発となれば話は別だ。国連安保理が珍しく機能して、日韓両国に停戦を求めた。

抑制的な日本は、侵略の撃退以上のことを望んでおらず、国連の仲介を受け入れた。問題は、不毛な反日政策で日本侵略をした韓国の説得である。多数の軍艦と軍用機、その乗員を失った上、竹島と面子をなくした韓国政府は、内政上の都合で停戦に難色を示した。しかし、現実的に他の選択肢はない。米国の圧力と中国、ロシアの説得を拒否できなかった。

こうして日韓戦は、あっけなく終結した。

対馬、五島を侵略し、島民に非道を働いた韓国海兵隊も、報復を受けることなく帰国できた。竹島は日本に戻った。

日韓戦を作為した北朝鮮も、得るところはなかった。

日本国内では、侵略を許した原因が検証された。自衛隊の軍事能力は、実戦で証明されたが、抑止が効かず反撃が遅れた原因は軍事的問題ではない。自衛隊の即応性を損なっていたのは、政治であることが国民に理解された。自衛隊法や有事法制の改正が進んだ。

出雲大社や在日韓国公館襲撃事件も、北朝鮮系工作員の犯行を示す証拠が出た。工作員や諜報員の跳梁を許した公安警察の機能強化と、法整備も進められることになった。

相変わらず、これらをエキセントリックに誹謗する政治勢力や偏向したマスコミは、「暴挙」「民主主義への挑戦」「軍靴の響き」などと陳腐なキャッチコピーをふりまいた。しかしもう、国民は騙されない。

翌年三月に行なわれた衆議院総選挙で、自民党と保守系政党が圧勝したのは、その証拠である。備えなければ憂い有り、が理解されたのだ。

もう、日本は侵略されることはないだろう。

あとがき

私は防衛大の学生だった昭和四十七年（一九七二年）の暮れに、韓国を訪れたことがある。北朝鮮特殊部隊が青瓦台（大統領官邸）の襲撃を試みた数年後だったから（三〇ページ参照）、まだ戒厳令下で夜間外出禁止であり、市街地のあちこちに小銃を持った警官が立っていた。金大中事件の前年で、日本人の対韓国感情は悪かった。日本ではまだ北朝鮮楽園伝説が根強く、朝鮮戦争も韓国が先に手を出した、と公言する知識人や政治家も多かった。そんな情勢の中でも、私は韓国に好意を持っていた。欧州の西ドイツとアジアの韓国が、共産圏の脅威に対する防波堤になっている、と考えたからである。

当時は、朴正熙が大統領で、日本のマスコミや社会党などの野党は否定的な評価をしていた。言わずと知れた現大統領の父親である。日本の大勢が反韓ムードの中、私は数少ない親韓家だったのである。旅先で接した韓国人たちも、私服公安警察官の一人を除き、皆親日的であったことも、印象を良くした。今とは一八〇度逆である。四〇代以上の韓国人は、日本統治時代をよく知っており、決して今のようではなかった。韓国人の親日的態度は、日本統治時代がよかったという事実に基づく。また、先進国として発展する日本に対する羨望もあった。これは、複数の韓国人に直接聞かされた。それも、日本語を使ってである。

翌年、金大中事件が起きたときは、日本のマスコミはこぞって韓国政府を攻撃した。KCIAの関与が明らかだったこともあり、左翼やマスコミの韓国攻撃は今日では想像できない激しさだった。

そんな日本の潮流に反して、私だけは長く韓国に好意を持ち続けて来た。その私が、こんな仮想戦記を出して、韓国に備えることを訴える理由は、ふたつある。

ひとつは、すべての国は情勢次第で脅威になる、という普遍的な歴史的教訓である。日本とアメリカはかつて世界最大の戦争を戦った。アメリカは独立戦争でイギリスと戦った。ドイツとフランスは大陸における源平だった。旧ソ連の侵攻をうけた頃のアフガンでは、タリバンはアメリカの盟友だったが、今日は敵対している。

そんな事例は世界中にある。特に隣国には警戒が必要だ。友好関係を維持することが第一だが、相手が友好関係を望まなくなれば、こちらの努力は無になる。相手の善意を信じるのは個人としては美徳であろうし、だますよりだまされる人生を選ぶ善人はいる。しかし、国家はそうはいかない。国家の誤りは、国民の不幸になる。不幸などではなく破滅さえあり得る。条約や国際機関は担保などにはならない。

特に隣国は、情勢の変化次第で、いつでも危険な敵になりうるのであるから、その備えは必要だというのが、第一の理由だ。

　もう一つの理由は言うまでもない。最近の韓国の異常な反日行動である。すでに情勢が変化して、隣国が危険な敵になりつつある。これまでの日本の好意はすべて無になったという現実がある。古今東西の歴史的教訓という観念的なものではなく、現実の問題がそこにあり、その解決策はこちらにはない。日本がどんなに譲歩しても、いや、譲歩すればするほど、韓国の対日姿勢は激化する、そんな現実を見せられたら、安全保障上の心配をせずにはいられないではないか。

　我が国周辺のロシア、中国、北朝鮮と韓国のうち韓国だけは西側で、同盟国に準ずる国のはずだった。私もそれに油断していた。アメリカが日韓関係の悪化を懸念し、日本につよく妥協を強いるのは、北朝鮮や中国という不安定材料にたいして、西側が結束せねばならないからだろう。アメリカの望む秩序のために、日本が出来ぬ堪忍と妥協を重ねても、韓国が害を加えない保証はない。味方のはずの国が我が国を侵略した事態、を仮想することは、意味のないことではあるまい。

　備えは必要だ。備えなければ憂いあり、は私の信念だ。備えがあることが相手に分かれば、侵略を思いとどまる可能性が高くなる。それが、抑止である。

　仮想戦記なので、時期は近未来の二〇××年とした。軍事情勢は執筆の時点、平成二六年をベースに、若干の仮想をしている。例えば、陸上総隊や水陸機動団である。そのほかは、日韓とも実態に近いはずだ。仮想戦記は、現実に近くなければただの妄想で、読者の期待に応えることはできない。

韓国海軍や空軍を殲滅することなく、大打撃を与えたところで日韓戦は終わる。読者の中には、もっと徹底した結果を期待される向きもあろう。水に落ちた犬を打つのは日本の文化にはないので、容赦されたい。武士の情けである。寸止めで剣を納めないと、北朝鮮の侵攻を誘発し、結果的に日本の安全保障にもかかわる。

近代的な海上自衛隊や航空自衛隊と、質に問題のある韓国海軍や空軍の間には、量はともかく質的には格差があることだけ、お分かりいただければ十分である。派手な戦闘力だけでなく、研究開発、維持整備、教育訓練など地味な後方部門の差が、質の格差を生むのである。

NF文庫書き下ろし作品
写真提供／毎日新聞社

NF文庫

日韓戦争

二〇一四年十二月　十七日　印刷
二〇一四年十二月二十二日　発行

著　者　中村秀樹
発行者　高城直一

発行所　株式会社潮書房光人社
〒102-0073　東京都千代田区九段北一-九-十一
振替／〇〇一七〇-六-五四六九三
電話／〇三-三二六五-一八六四㈹
印刷所　慶昌堂印刷株式会社
製本所　東　京　美　術　紙　工

定価はカバーに表示してあります
乱丁・落丁のものはお取りかえ
致します。本文は中性紙を使用

ISBN978-4-7698-2860-0　C0195
http://www.kojinsha.co.jp

ＮＦ文庫

刊行のことば

第二次世界大戦の戦火が熄《や》んで五〇年――その間、小社は夥しい数の戦争の記録を渉猟し、発掘し、常に公正なる立場を貫いて書誌とし、大方の絶讃を博して今日に及ぶが、その源は、散華された世代への熱き思い入れであり、同時に、その記録を誌して平和の礎とし、後世に伝えんとするにある。

　小社の出版物は、戦記、伝記、文学、エッセイ、写真集、その他、すでに一、〇〇〇点を越え、加えて戦後五〇年になんなんとするを契機として、「光人社ＮＦ（ノンフィクション）文庫」を創刊して、読者諸賢の熱烈要望におこたえする次第である。人生のバイブルとして、心弱きときの活性の糧《かて》として、散華の世代からの感動の肉声に、あなたもぜひ、耳を傾けて下さい。

補給
戦う艦娘たちにとって
食事も重要な仕事なのだ。
艦これ《艦隊これくしょん》
とある鎮守府の一日

遠征
出発前、装備を点検する姿にも
個性が表れる。

「左舷、砲雷撃戦、用意!」
古鷹
たとえ仲間同士でも、
勝負となれば本気なのだ。
演習